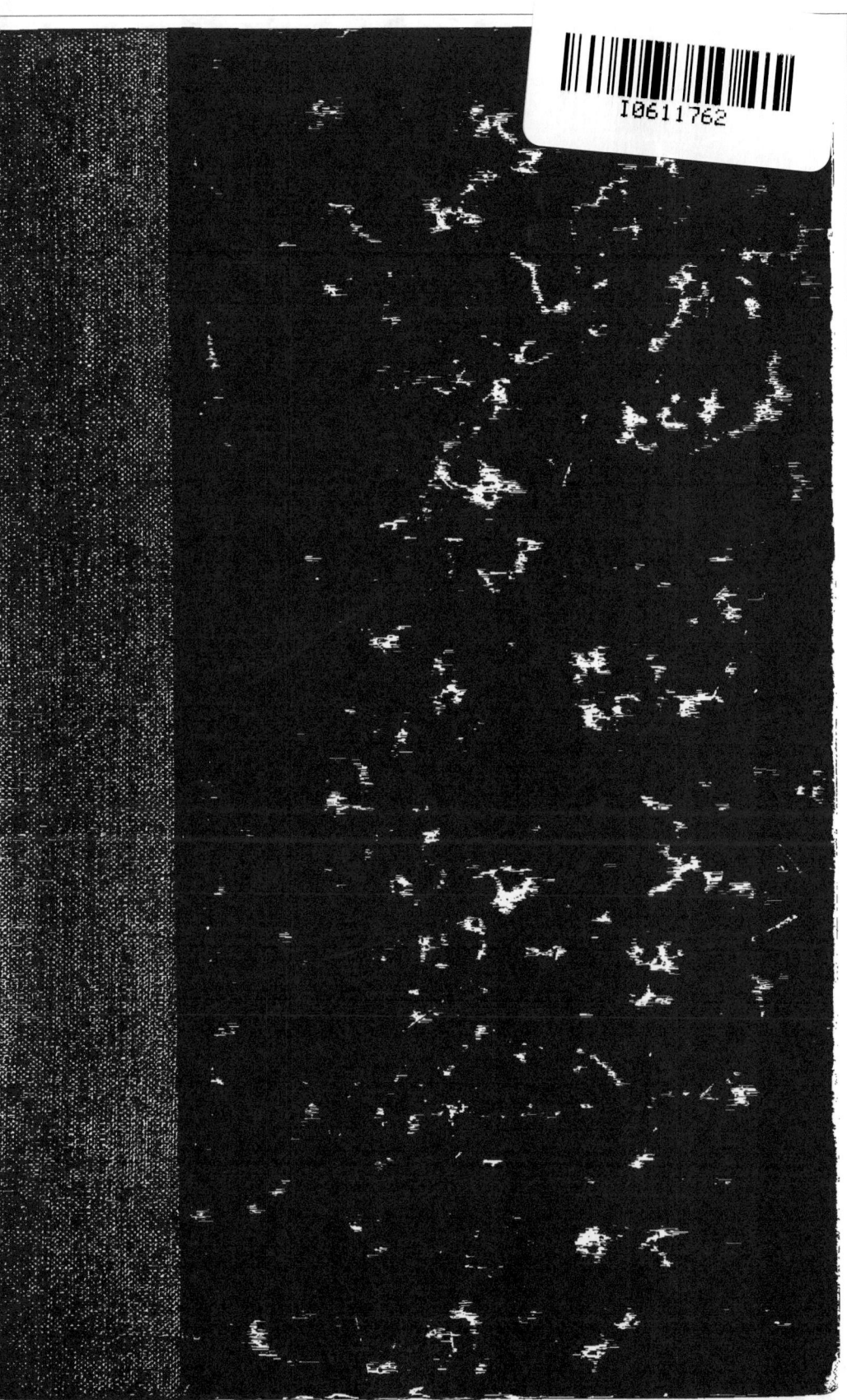

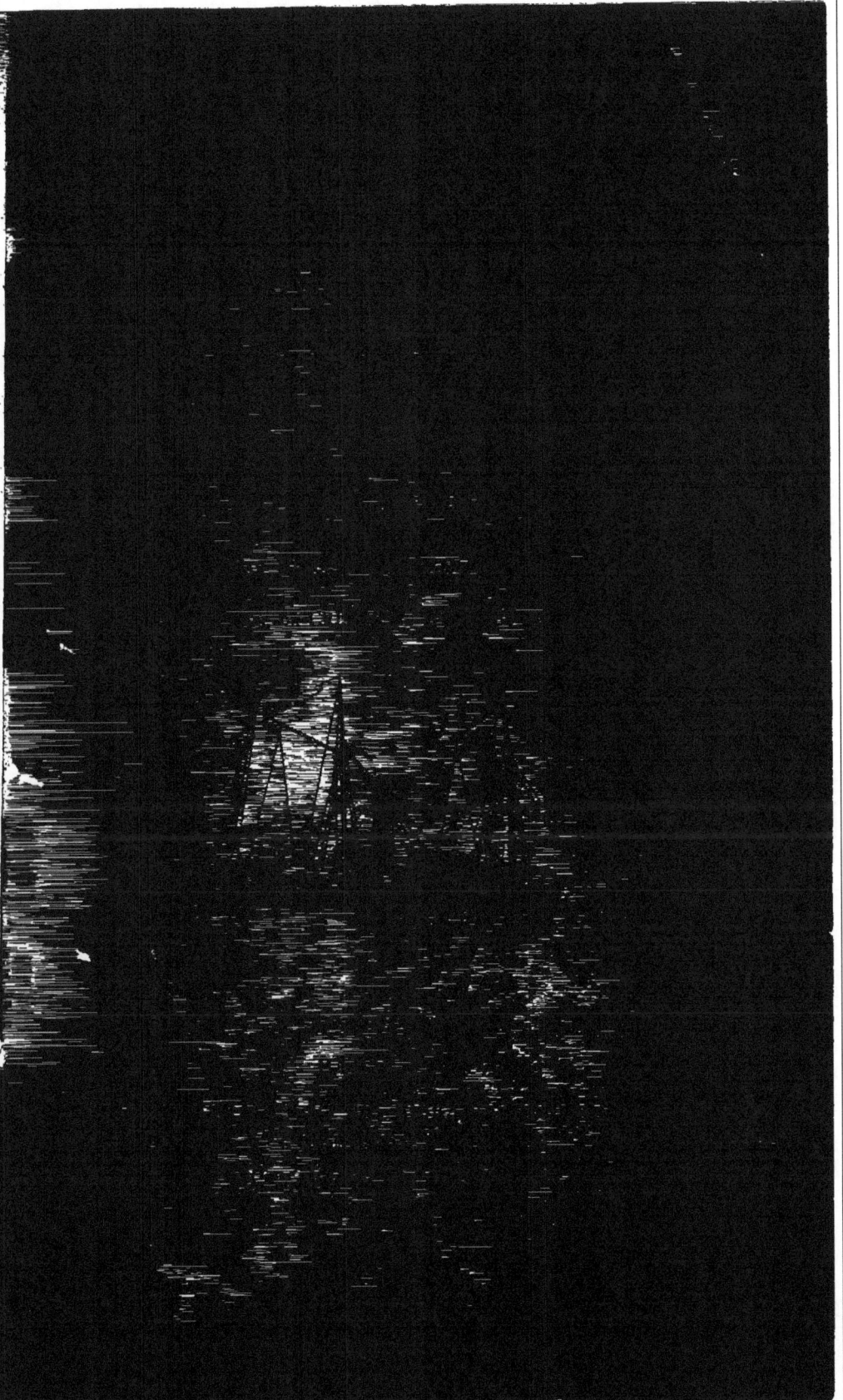

Lh 8
39

L'aviso à vapeur l'*Écossaise* au mouillage.

DE

ROCHEFORT A CAYENNE

NANCY, IMP. BERGER-LEVRAULT ET Cie

Scènes de la vie maritime

DE ROCHEFORT

A CAYENNE

Journal du capitaine de l'*Économe*

Par Jules de CRISENOY

Illustré par Pierre de CRISENOY, peintre de la marine

PARIS

BERGER-LEVRAULT ET Cie, LIBRAIRES-ÉDITEURS

5, RUE DES BEAUX-ARTS, 5

MÊME MAISON A NANCY

1883

AVANT-PROPOS

orsqu'on offre au public un livre où, par la force des choses, on se trouve presque continuellement en scène, il est convenable, ce me semble, de faire savoir, dès le début, à ses lecteurs comment on a été amené à les entretenir ainsi de sa propre personnalité.

Dans certains cas, l'emploi du Je se justifie de lui-même : l'auteur a été mêlé aux grandes affaires politiques de son temps, il a vécu dans l'intimité des hommes d'État, dont il a reçu les confidences et connu les secrets ; en écrivant ses mémoires, en disant ce qu'il a vu et entendu, même ce qu'il a fait, il prépare pour l'avenir les matériaux de l'histoire. Tel autre a parcouru des régions inexplorées, recueillant à chaque pas de précieux renseignements pour la science et la civilisation ; il raconte

ses voyages ; c'est encore un devoir auquel il ne saurait
se soustraire. Mais ici, il n'y a rien de pareil ; je ne
prétends ni accomplir un devoir à l'égard de mes sem-
blables, ni ajouter un chapitre aux annales de mon temps ;
voici, en peu de mots, ce qui est arrivé :

Un soir, à la veillée, on causait voyages ; chacun évo-
quant ses souvenirs avait conté quelque histoire des pays
qu'il avait visités, et le temps s'était écoulé rapidement en
devisant ainsi. On était sur le point de se séparer, lorsque,
s'adressant à moi, un des assistants me rappela certain
jour où il m'avait rencontré dans l'arsenal de Rochefort,
tout occupé d'un petit bâtiment dont je venais de prendre
le commandement, avec la mission de lui faire traverser
l'Atlantique. Il s'agissait d'aller à Cayenne, et le bateau
en question n'était guère plus grand que les mouches qui
circulent à Paris entre les berges de la Seine. Le voyage
s'accomplit heureusement, non toutefois sans donner lieu
à des difficultés, à des incidents de toute sorte dont mes
amis avaient vaguement entendu parler jadis. Cette fois,
ils ont voulu en connaître les détails et je me suis mis
en devoir de les satisfaire ; mais le récit commencé, les
faits me sont revenus en foule à la mémoire, tantôt s'en-
chaînant au courant des jours, tantôt amenés brusquement
en scène, sous la forme de parenthèses, par l'apparition,
au sein du passé, d'un passé plus lointain encore. L'histoire
s'est allongée de la sorte, les veillées se succédant comme
dans ces contes de matelots que j'avais souvent entendus
pendant mes quarts de nuit, au pied du gaillard d'avant.

Puis, lorsque j'ai eu fini, mon bienveillant auditoire m'a demandé de réunir dans un livre les anecdotes qu'il venait d'entendre. Mon frère, dont le crayon jouit d'un certain renom parmi les marins, s'est offert à les illustrer; c'est alors qu'enhardi par sa collaboration, je me suis décidé à écrire ces pages.

C'est le récit fidèle et vrai des péripéties de la vie de bord, un tableau pris d'après nature de cette existence si différente de toute autre, si remplie d'imprévu, de mouvement et de charme. A ce titre, le public y trouvera, je l'espère, quelque intérêt, et parmi les jeunes gens qui le liront, peut-être s'en rencontrera-t-il qui y puiseront la pensée de devenir à leur tour des travailleurs de la mer.

CHAPITRE Ier

Le vaisseau l'Ulm.

L'odeur de la poudre. — L'organisation d'un équipage de vaisseau. — Les colères d'un avocat. — Les clairons et les fifres du commandant Labrousse. — En rade de l'île d'Aix. — Ce qui se passa le 21 avril 1855. — L'embarras du choix. — Où l'on voit le *Boyard* se diriger tristement vers Fouras.

Au mois de novembre de l'année 1854, j'étais enseigne de vaisseau et je me trouvais à Rochefort sur la corvette à vapeur *le Newton,* que le mauvais état de sa machine avait obligé à quitter momentanément son poste sur les côtes du Portugal pour venir se réparer en France. La guerre de Crimée occupait alors tous les esprits, on ne parlait que d'armements, que d'opérations militaires, on respirait l'odeur de la poudre, les camarades que l'on rencontrait partaient pour la mer Noire ou en revenaient, racontant les premiers épisodes de la campagne : l'entrée triom-

1

phale de notre flotte dans le Bosphore à la suite du *Napoléon,* le débarquement de l'armée à Eupatoria, si brillamment conduit par le chef d'état-major de l'escadre, le combat du 17 octobre contre les forts de Sébastopol. Confesser, après avoir entendu le récit de ces glorieux faits d'armes, qu'on appartenait à la station du Tage, le fleuve aux bords heureux où fleurit l'oranger, avait quelque chose de blessant pour l'amour-propre; mieux valait encore ne pas parler de soi. Il me vint donc un jour à la pensée qu'étant en supplément du cadre réglementaire de l'état-major, je pourrais obtenir sans trop de difficulté de passer sur le vaisseau *l'Ulm* désigné pour entrer bientôt en armement.

Le vaisseau amarré à notre avant me faisait envie depuis longtemps et m'attirait invinciblement avec sa masse imposante, ses longues batteries et ses larges sabords étagés sur deux rangs. Depuis ma sortie de l'École navale, j'avais parcouru bien des mers et navigué sur la plupart des modèles de navires dont se composait alors la flotte, le vaisseau manquait presque seul à la série de mes embarquements. Or, le vaisseau représentait encore à cette époque le type le plus puissant de l'unité de combat; et si, en temps ordinaire, la vie d'escadre dans la Méditerranée, les éléments d'instruction, de plus grandes chances d'avancement, même le confortable presque luxueux qu'on y rencontrait, fai-

saient du vaisseau le rêve de l'officier de marine,
combien ne devait-il pas être plus recherché, alors
qu'il offrait en outre un moyen assuré de prendre
part aux opérations militaires.

Ma résolution fut bientôt prise et je me mis sans
retard en campagne auprès des grands chefs du
port, le préfet maritime, le major général et les
commandants, pour les convaincre qu'inutile au
Newton, je servirais à quelque chose sur l'*Ulm*;
j'ajoutai que dans les circonstances actuelles, il était
difficile de justifier le maintien d'un officier hors
cadre sur une corvette qui n'aurait plus un coup de
canon à tirer. Ce dernier argument parut sans doute
convaincant, car quelques jours plus tard, j'allais
dans ma plus belle tenue prendre congé de mon
ex-capitaine, M. Hugueteau de Challié, et présenter
mes devoirs à mon nouveau commandant, M. Labrousse. Je faisais partie désormais de l'état-major
d'un vaisseau à vapeur de cent canons, et je pouvais
à mon tour annoncer tête haute que nous devions
aller rejoindre au printemps l'escadre de la Baltique.

Je trouvai une satisfaction d'un ordre plus élevé
dans le service dont je fus chargé peu de temps
après mon embarquement. Ce service consistait à
préparer, sous les ordres du commandant en second,
l'organisation de l'équipage, puis à en assurer le
fonctionnement dans ses détails, travail considérable,
exigeant d'autant plus d'application que nous de-

vions rallier, en sortant du port, une escadre déjà
formée et exercée depuis plusieurs mois. Je m'y
consacrai avec toute l'ardeur dont j'étais capable.

Il me fallait m'occuper avant tout de dresser les
rôles. Dans l'armée de terre, chaque corps a sa
spécialité. Pour l'infanterie, la cavalerie, l'artillerie,
le génie, la compagnie, l'escadron ou la batterie, unité
administrative, constitue en même temps l'unité de
combat. Sur un vaisseau, il n'en est pas ainsi:
chaque matelot remplit plusieurs fonctions ; les
mêmes hommes font le quart, servent les canons,
manœuvrent les voiles, arment les embarcations,
forment la compagnie de débarquement. L'équipage
est réparti à cet effet en petits groupes répondant
aux différents services, mais n'ayant aucun rapport
avec les compagnies proprement dites, qui restent
seulement des unités administratives. Ancienne-
ment, cette organisation des groupes était très
compliquée, de sorte qu'il fallait un temps assez
long pour apprendre aux hommes leurs différents
postes, et aux chefs de groupes à les réunir sans
hésitation. Lorsque j'entrai dans la marine, M. de
Gueydon, alors capitaine de frégate, aujourd'hui
vice-amiral, avait inauguré un système d'une merveilleuse simplicité, et qui ne tarda pas à devenir
réglementaire. D'après ce système, chaque homme
était, comme auparavant, désigné par un numéro,
mais le numérotage de tout l'équipage fut combiné

de manière à ce que le numéro indiquât toutes les fonctions de l'homme auquel il appartenait et, comme conséquence, ses armes et ses divers postes pendant le combat. A cet effet, les chefs de pièce portaient le numéro même de leurs pièces ou séries, auquel on ajoutait 100 pour les servants de droite et 150 pour les servants de gauche. Les servants de la batterie basse, pourvue de canons de gros calibre, choisis parmi les hommes les plus grands et les plus forts, serraient les basses voiles et armaient les grandes embarcations ; ceux de la seconde batterie serraient les huniers et armaient les moyennes embarcations, ceux de la troisième batterie serraient les perroquets et armaient les embarcations légères. Le numéro 453, par exemple, était 4ᵉ servant de gauche de la 3ᵉ pièce de la batterie basse, faisait le quart avec les tribordais, serrait la misaine, embarquait dans le grand canot, était armé de sabre et de pistolet et compris dans la première division d'abordage ; avec ses trois chiffres, ce numéro 453 disait tout cela.

L'établissement des rôles, au moment de l'armement d'un vaisseau, consiste dans la confection d'un tableau général indiquant la composition des séries et portant, en face de chaque numéro et de sa fonction, une fiche mobile destinée à recevoir le nom du matelot, puis de tableaux complémentaires réglant l'armement des embarcations, la composition de la compagnie de débarquement, le service des poudres, des projectiles, des blessés, de l'incendie, les rôles de plats, les postes de couchage, etc.

Le rôle général établi, l'équipage constitué à la division des équipages de ligne se rendait à bord, où les hommes examinés et interrogés un à un étaient classés suivant leur spécialité et leur force physique et recevaient leur numéro. Cette opération, lorsqu'elle s'appliquait à 800 hommes, exigeait une journée tout entière, encore n'était-elle que provisoire. Il n'existait alors d'écoles et de brevets que pour les canonniers. A part ceux-ci, en trop petit nombre pour fournir des chefs de pièce à toutes les bouches à feu de la flotte, à part les seconds maîtres, quartiers-maîtres et matelots des professions, voiliers, charpentiers, calfats, armuriers, l'emploi des hommes était déterminé par celui qu'ils avaient rempli lors de leurs précédents embarquements ; mais ce n'était pas là, à beaucoup près, une preuve absolue d'aptitude, et les premières désignations subissaient de nombreuses modifications entraînant chaque jour des changements de poste et de numéro. Ce travail de classement ne pouvait même s'achever complètement qu'une fois en rade, car pendant l'armement dans le port, l'équipage allait coucher à la caserne et se trouvait tout le jour réparti, en vue des tra-

vaux de transport et d'aménagement du matériel,
par groupes différents de ceux du service à la mer.

Nous fûmes retenus longtemps dans l'arsenal
par le montage de l'appareil à vapeur. M. Labrousse
était alors le premier mécanicien de la marine. Il
avait dessiné lui-même le plan de l'hélice d'après un
nouveau modèle, et surveillait minutieusement les
travaux de la machine, à laquelle il faisait apporter
sans cesse de nouveaux perfectionnements ; entré
en armement le 6 novembre 1854, l'*Ulm* ne descendit la Charente pour prendre son mouillage en
rade de l'île d'Aix que le 18 mars 1855. Cependant,
le commandant Labrousse était homme à mener de
front bien des idées à la fois, et tandis qu'il cal-
culait les courbes de son propulseur et s'ingéniait
à supprimer les coudes de ses tuyaux de vapeur,
il ne laissait pas de songer aux moyens d'obtenir
le maximum d'effet utile de son équipage aussi
bien que de son bâtiment. A ce point de vue, il
attachait une grande importance à tout ce qui pouvait contribuer à entretenir la bonne humeur et à
soutenir le moral de ses hommes et s'était mis en
tête d'avoir une musique, considérant avec raison
qu'il y trouverait un précieux élément pour réagir
contre l'isolement, le découragement et les priva-
tions d'une croisière dans les mers du Nord. Mais
les officiers généraux ont seuls droit à une musique, c'est-à-dire à un crédit pour en couvrir les

dépenses et à l'embarquement de musiciens gagistes.
L'*Ulm* n'étant pas destiné à porter un pavillon
d'amiral, ne pouvait compter sur ces avantages ;
le problème consistait donc à organiser une musique sans musiciens, sans argent, et avec les seules
ressources du bord, ce qui paraissait, au premier
aspect, devoir présenter quelque difficulté. Le commandant ne s'y arrêta pas un instant, et un incident
imprévu lui suggéra la pensée de s'adresser à moi
pour l'aider à réaliser son projet.

Je demeurais rue de l'Arsenal, au-dessous d'un
avocat, M. D.., que j'entendais parfois se promener
en pérorant assez bruyamment. De mon côté, je
possédais un piano dont j'usais et dont j'abusais
autant que me le permettaient les nécessités du
service, au grand déplaisir de mon voisin chez qui
montaient en ligne directe mes flots d'harmonie.

> Et tout le jour cette valse sonore
> Frappait le ciel blanc ou bleu, gris ou noir,
> Le soir venait, je la chantais encore.
> . . . .

M. D... manifesta d'abord son impatience par un
redoublement de promenades, dont il accentua les
effets en chaussant de grosses bottes de chasse.
Mais cette gymnastique le fatiguait beaucoup plus
que moi et produisait un résultat absolument opposé à celui qu'il cherchait, car pour me mettre à

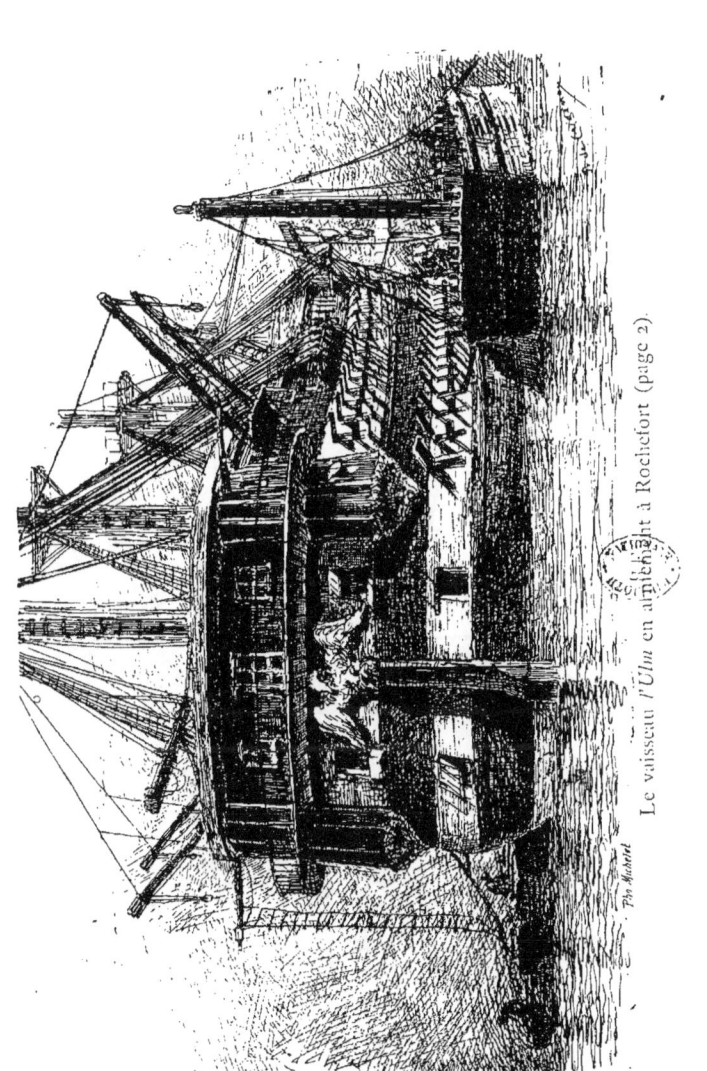

Phot Machinet

Le vaisseau *l'Ulm* en arablment à Rochefort (page 2).

l'abri de son tapage, je n'avais trouvé d'autre moyen que d'augmenter le mien ; ce que voyant, il entreprit de me faire déloger en demandant tout simplement au propriétaire de me donner congé : nouveau déboire, le digne homme s'étant formellement refusé à commettre cette mauvaise action. Comme par un fait exprès, la veille, oubliant l'heure, j'avais prolongé mes études assez avant dans la nuit ; cette coïncidence mit le comble à l'exaspération de mon irritable voisin, qui ne sachant plus à quel saint se vouer, exhala ses plaintes amères dans les colonnes d'un journal de la localité auquel il collaborait : « Certain officier de marine qu'il ne voulait pas nommer, mais qui demeurait rue de l'Arsenal et dont le nom commençait par un C., troublait tout le quartier par sa passion malheureuse pour la musique. On s'étonnait à juste titre qu'au moment où la France se trouvait aux prises avec un ennemi redoutable, où le sang de ses enfants coulait sur des plages lointaines, etc., etc., des officiers eussent le loisir de consacrer des journées, des semaines, des mois, car cela durait depuis plusieurs mois, à cultiver les arts de la paix au détriment de celle du public !!! » Au point de vue littéraire, le jeu de mot de la fin pouvait paraître critiquable, mais à part cela, l'article, dont je n'ai cité que deux phrases, était plus long que méchant, et M. D... avait, au fond, quelque motif de se

plaindre que j'eusse mis ses oreilles et ses nerfs
à une trop rude épreuve. Je ne voulus pas réduire
mon adversaire au désespoir, ce qui aurait pu, à la
longue, exercer sur sa santé une influence fâcheuse,
je m'appliquai donc à user plus souvent de la sour-
dine et à ne plus dépasser dans mes études l'heure
de Cendrillon. M. D... répondit à ce bon procédé
en reprenant l'usage de ses pantoufles, et les hostilités cessèrent. Mais tout Rochefort connaissait
maintenant l'aventure par la publicité que lui avait
donnée le journal. Cette bonne ville jouit d'un
calme si patriarcal que le moindre caillou tombant
dans ses ondes tranquilles y fait des ronds à l'infini.
Pendant trois jours au moins, l'accès de mauvaise
humeur de mon voisin et ses vains projets de ven-
geance défrayèrent toutes les conversations. On en
parla même à la préfecture maritime, dans les
salons de l'amiral Montagnès de la Roque. Aussitôt
le commandant Labrousse de dresser l'oreille :
« Comment! j'ai à bord un officier musicien et je
l'ignorais, moi qui cherche depuis ce temps quelqu'un pour organiser ma musique. » Il crut avoir
trouvé la pie au nid et m'aborda le lendemain d'un
air vainqueur en mettant à ma disposition sa
bourse et l'équipage tout entier pour en faire surgir
un orchestre. J'eus beau lui représenter que pour
fredonner tant bien que mal *Triste exilé* et le *Voyage
aérien,* je n'étais pas nécessairement apte à former

et à diriger une musique instrumentale ; ce fut peine perdue, je dus céder à ses instances et me mettre à l'œuvre.

Je pris d'abord les quatre clairons des compagnies de l'*Ulm,* que j'armai de pistons et de trombones ; deux des fifres attaquèrent la petite flûte ; je trouvai ensuite une dizaine d'hommes ayant plus ou moins soufflé dans des instruments et autant d'autres qui, moyennant quelques avantages, promirent d'attraper l'embouchure. Cette musique devait, bien entendu, n'être qu'une fanfare ; un matelot charpentier, que la nature avait doué d'un certain talent sur le cornet à piston, en fut nommé le chef. Les instruments achetés, on se mit au travail avec tant d'ardeur, sous la direction du chef de musique de la division des équipages de ligne, dont je m'étais assuré le concours, qu'au bout de deux mois je pus annoncer une première audition. Elle eut lieu le dimanche suivant, d'abord sur la dunette de l'*Ulm* pendant l'inspection, puis dans les rues mêmes de Rochefort. L'équipage ayant débarqué aussitôt après le défilé pour retourner à la caserne, la fanfare alla se placer en tête de la colonne ; au sortir de la grille de l'arsenal, les tambours cessèrent de battre et elle attaqua avec assurance une marche militaire. Ce fut comme un coup de baguette magique. L'équipage accentua le cadencement de son pas. Les promeneurs et flâ-

neurs, fort nombreux à cette heure, se rangèrent
vivement pour faire la haie; les femmes, entraînées
par leurs marmots, se mirent à suivre le mouvement, les gamins en firent autant en chantant et en
battant des mains, pendant que quelques vieux
maîtres du port s'arrêtaient pour regarder et retour-
naient leur chique avec un hochement de tête de
satisfaction. Au milieu des groupes, on voyait se
faufiler le commandant Labrousse qui, lui aussi,
suivait sa musique en marquant le pas, sa casquette en arrière, les mains dans les poches de son
burnous et l'air radieux. Le soleil s'était mis de
la fête et faisait étinceler le cuivre des instruments ;
ce fut une vraie marche triomphale jusqu'à la caserne.

L'*Ulm* sortit du port quelque temps après. C'est
alors que commença le véritable travail d'organisation de l'équipage. L'avant-veille tout le monde
coucha à bord, et il fallut régler les mille détails
de la vie matérielle de ces 800 hommes, dont la
moitié embarquaient pour la première fois sur un
bâtiment de guerre. Les armements de l'expédition
de Crimée avaient déjà épuisé les meilleurs éléments de l'inscription maritime ; ceux que four-
nissaient alors les levées étaient d'autant plus
insuffisants qu'on n'avait pas le temps de les
dégrossir dans les casernes, ils devenaient à bord
un véritable embarras, dont l'officier *du détail* avait

à supporter tout le poids. Un bon tiers des matelots composant l'équipage de l'*Ulm,* tirés de la
basse Bretagne et de la Vendée, n'entendaient pas
un mot de français ; plusieurs n'avaient même
jamais vu la mer, c'étaient des passeurs de rivière,
manœuvrant des bacs dans la zone mouillée par le
flot de mars. Je me souviens encore que, pendant
les essais au large, on ne pouvait trouver dans
toute une bordée de quart un nombre suffisant de
gabiers en état de tenir la barre et de gouverner au
plus près. Quand il fallut imprimer, du jour au
lendemain, à tout ce monde les mouvements rapides indispensables à la vie du bord, ce fut une
rude besogne. A l'heure des repas, je rencontrais
généralement dans les batteries une quinzaine
d'hommes errants à la recherche de leur table, ne
se souvenant plus de leurs numéros et n'ayant pas
dîné ; si je ne me trouvais pas là pour leur venir en
aide, ils ne mangeaient pas, le capitaine d'armes
et ses adjoints jugeant plus commode pour euxmêmes et, dès lors, préférable au point de vue du
service, de les laisser jeûner pour leur ouvrir l'intelligence.

En même temps que de la vie matérielle, il
fallait s'occuper de la discipline. Dans l'armée de
terre, tout le monde, depuis le caporal jusqu'au
général, est investi de pouvoirs disciplinaires et
peut infliger des punitions. Dans la marine, ce

pouvoir n'appartient qu'à l'officier en second. Tout
gradé, l'officier de quart lui-même, doit se borner,
excepté en cas d'urgence absolue, à inscrire sur le
cahier de punition le subalterne qu'il veut faire
punir, avec l'indication de la faute commise ; et le
soir venu, le second règle les punitions dont on fait
la lecture à haute voix au moment du branle-bas.
Les avantages de cette manière d'agir sont faciles
à saisir : point de ces punitions irritantes, inspirées
par un mouvement de mauvaise humeur ou de
colère ; une discipline calme, uniforme, dirigée et
réglée par une pensée supérieure et constante, pouvant s'inspirer des circonstances particulières où
l'on se trouve, enfin publicité donnée aux punitions
de chaque jour. Cette publicité a en même temps
pour résultat d'obliger à appliquer les punitions avec
plus de soin, à calculer en quelque sorte la portée,
l'utilité de chacune d'elles, afin d'en réduire le
nombre dans la plus extrême limite. Rien ne dé-
courage plus un équipage que d'entendre, le soir,
la lecture d'une longue liste de retranchements de
vin ou de peloton de punition. Le commandant
Labrousse ne souffrait pas ces exagérations, car
s'il était inflexible en face de la mauvaise volonté
ou de l'insubordination, il aimait vraiment ses
hommes dont il se considérait comme le protec-
teur et comme le père, en même temps qu'il savait
en être le chef.

L'*Ulm* faisant ses expériences au large (page 15).

2

Un pareil système, on le comprend toutefois, n'est compatible avec une ferme discipline qu'à la condition, pour celui qui l'applique, de discerner toujours les vrais coupables afin de les punir et de ne punir qu'eux. Si, à bord de l'*Ulm,* au début de l'armement, on avait écouté les seconds maîtres, les quartiers-maîtres et les fourriers, on aurait porté tous les jours 200 hommes sur le cahier de punition, alors que souvent c'étaient eux-mêmes qui s'y voyaient inscrits comme ayant occasionné, par leur négligence, les manquements de leurs subordonnés.

Chaque officier avait, outre les quarts, son service spécial. Les deux plus anciens lieutenants et enseignes de vaisseau étaient chargés des deux batteries couvertes, où ils établissaient le tir convergent, fort en honneur à cette époque ; le troisième lieutenant de vaisseau, officier de manœuvre, s'occupait du gréement et des embarcations ; le quatrième avait les montres et la timonerie, et le cinquième la batterie des gaillards. Les enseignes étaient répartis de la même manière. Quant à moi, je ne faisais pas de quart sur le pont, mais, en réalité, j'étais toujours sur pied et je ne dormais guère, obligé de courir sans cesse du haut en bas du vaisseau pour assurer la promptitude et la régularité des mouvements de l'équipage et veiller aux appels. L'importance de ma tâche et le désir de la mener aussi rapidement que possible m'empê-

chaient de sentir la fatigue ; les services s'amélio-
raient à vue d'œil, au bout d'un mois ils marchaient
convenablement, et les expériences que nous venions
de faire au dehors avaient commencé à amariner
l'équipage. Quelques jours encore et nous allions
appareiller de nouveau ; cette fois pour commencer
véritablement la campagne.

Un matin, c'était le 21 avril, le déjeuner venait
de finir et, suivant leur habitude, les officiers se dis-
posaient à quitter le carré, vaste salle à manger située
à l'arrière de la seconde batterie, pour monter sur le
pont, lorsqu'un timonier, paraissant à la porte d'entrée, annonça que le commandant faisait demander
MM. les enseignes de vaisseau dans sa galerie ; nous
nous y rendîmes aussitôt, quelque peu intrigués par
cette convocation collective dont aucune nécessité de
service ne nous laissait pressentir l'objet. Notre incertitude dura peu : sans autre préambule le commandant nous fit savoir en effet qu'en raison des
nombreux armements nécessités par la guerre d'O-
rient, le ministre de la marine avait décidé, par
mesure générale, que, jusqu'à nouvel ordre, les états-
majors des vaisseaux ne comprendraient plus que
des lieutenants de vaisseau ; en conséquence, les
enseignes de l'*Ulm* devaient être immédiatement
débarqués.

En lui transmettant l'ordre du ministre, le préfet
maritime de Rochefort indiquait au commandant

la nouvelle destination de ces officiers : deux devaient prendre le commandement de petits avisos à vapeur, le *Surveillant* et l'*Économe,* en construction pour la station de Cayenne ; deux autres seraient

L'*Ulm* vu par le travers.

embarqués comme seconds sur les canonnières *la Tourmente* et *la Tempête ;* le cinquième irait à Brest rejoindre une corvette à vapeur en armement. Nous étions autorisés à choisir, selon notre rang d'ancienneté, entre ces diverses destinations ; on nous donnait vingt-quatre heures pour y réfléchir, nous entendre entre nous et faire nos préparatifs de départ.

Nous restâmes quelques instants à nous regarder, étourdis par cette communication, la dernière assurément à laquelle nous eussions songé. Avoir eu la bonne fortune d'un pareil embarquement, avoir travaillé pendant six mois à l'armement, pour être mis à terre à la veille d'aller prendre son rang dans la ligne de bataille et réduits à courir les hasards d'une nouvelle destination, c'était une cruelle déception. Elle m'atteignait plus vivement encore que mes camarades, en me privant de la satisfaction de voir entièrement achevée cette tâche de l'organisation de l'équipage, qui me tenait tant au cœur. Mais qu'y faire ? La décision était irrévocable et le premier moment de stupéfaction passé, nous nous mîmes à considérer et à discuter les destinations qui nous étaient offertes. Chacune d'elles avait ses avantages et ses inconvénients. Les commandements étaient bien séduisants pour de jeunes enseignes, on n'avait pas souvenir de pareille aubaine dans la marine, mais ces prétendus avisos que nous nous rappelions avoir vus en construction l'un derrière l'autre sur la même cale, ressemblaient bien plutôt à des chaloupes; et Cayenne, avec ses pénitenciers, offrait une assez médiocre perspective à des gens qui s'étaient

vus sur le chemin de la Baltique ou de Sébastopol.

Les canonnières étaient des bâtiments d'un type
entièrement nouveau, pourvues d'appareils à vapeur
à haute pression et d'un canon de gros calibre sur
l'avant. Elles avaient été construites en vue d'une
campagne dans la Baltique, mais si l'on ignorait
encore le rôle qu'elles pourraient y jouer, on était
bien certain, en revanche, de mener à bord une
existence de canard. Il n'était guère possible de
porter un jugement sur la cinquième destination.
En thèse générale, une corvette à vapeur est un
embarquement agréable ; la campagne et, plus
encore, le caractère du commandant peuvent cependant modifier la situation du tout au tout, et
l'on ne connaissait encore ni le commandant ni
la mission de la corvette en question.

Après avoir bien examiné, bien pesé le pour et
le contre, l'attrait du commandement l'emporta
chez moi et je résolus d'opter pour l'un des avisos
à vapeur. Mais il fallait encore compter avec les
préférences de mes camarades. Deux d'entre eux
étaient plus anciens que moi. Le premier, M. Jacquemart, dont le beau-père remplissait les fonctions de commandant militaire à Cayenne, devait
naturellement choisir cette destination ; le second,
M. Martenot, était hésitant et demanda la nuit pour
réfléchir ; je restai donc dans l'incertitude sur mon

sort jusqu'au moment où nous nous trouvâmes réunis de nouveau chez le commandant : M. Martenot choisit la canonnière, et l'aviso *l'Économe* me resta en partage.

Dans l'après-midi, le vapeur *le Boyard* vint nous chercher. Nos regrets de quitter *l'Ulm* étaient partagés par ceux qui restaient à bord. Ce n'est véritablement pas beaucoup que dix officiers pour diriger, dans les événements de mer et de guerre, 100 bouches à feu et un équipage de 800 hommes, et puis l'aspect du carré allait se trouver singulièrement modifié : réduite de près de moitié par notre départ, la table commune paraîtrait sans doute bien petite dans cette énorme salle ; plus de camarade de quart, plus de partner disponible à point nommé pour faire un whist, un piquet, un trictrac, ou seulement pour *tailler une pauvre bavette.* En rade, en escadre, il y a la ressource de descendre à terre ou d'aller voir ses voisins ; à la mer, au contraire, pendant une croisière, on est réduit à vivre sur son propre fonds ; or, il en est des navires et des carrés comme des châteaux et des salons, il leur faut des hôtes en proportion de leurs dimensions, sans quoi on y respire la solitude et on y engendre le spleen. On eût dit en apercevoir déjà l'impression sur la figure de nos amis.

Le *Boyard* était là cependant, nous attendant le long du bord. Pour nous faire honneur, le commandant appela la musique sur la dunette, et nous étions déjà loin dans la direction de Fouras que les derniers accords portés par la brise nous arrivaient encore comme un écho des souvenirs que nous laissions à bord de l'*Ulm*.

CHAPITRE II

L'armement.

L'*Économe* entre en scène. — Un ministre sous la Commune. — Les lanternes des habitants de Falaise. — Un baromètre qui n'a pas de chance. — Je pends la crémaillère. — Les navires russes n'ont qu'à bien se tenir. — La poule et ses poussins. — Grandeur et décadence d'une soupape.

ON premier soin, en débarquant à Rochefort, fut d'aller à la recherche de mon bateau. Ne prévoyant pas que je mettrais un jour mon sac à bord, j'avais souvent passé devant la cale où il se trouvait en construction, sans m'arrêter pour l'examiner, et je n'en avais conservé qu'un assez vague souvenir.

J'eus quelque peine à le trouver, caché qu'il était par un vaisseau désarmé qui lui servait de ponton d'amarrage. Malgré le contraste peu avantageux qui résultait pour lui de ce voisinage, il me parut plus grand et plus haut sur l'eau que je ne me le figurais. Il n'avait pas encore de mâture, sa coque était

peinte en gris et le doublage en cuivre émergeait
démesurément au-dessus de l'eau.

L'arrière, arrondi, portait le nom d'*Économe* en
lettres sculptées. L'avant se terminait par une
grosse tête de bélier-licorne sur laquelle devait
s'appuyer un petit beaupré horizontal. En somme,

L'avant de l'*Économe*.

on ne pouvait dire du navire qu'il fût bien joli, mais
je n'en avais jamais vu de semblable et je lui trouvai un certain air original et distingué qui me plut
beaucoup.

Ce qui me plaisait moins, c'était ce nom étrange
d'*Économe*. Cayenne est le pays des rivières aux
noms bariolés et pittoresques comme les plumages
de leurs oiseaux. A part l'Oyapock, dont le nom

était déjà donné, il y a l'Approuague, le Maroni, le Coromonbo, l'Orapu, l'Arataïe, l'Aratamonbo, le Coripi, l'Ouanary, l'Anotaye et tant d'autres. Qui donc, au ministère de la marine, avait eu l'idée de cette bourgeoise et vulgaire dénomination ? J'aurais été si fier de commander l'Orapu ou l'Ouanary, tandis qu'involontairement je serais toujours tenté de recourir à des périphrases pour désigner mon bateau, triste extrémité pour un capitaine !

En sortant du port, j'allai me mettre aux ordres du préfet maritime, l'amiral Laplace, qui venait de succéder à l'amiral Montagnès de la Roque. Il m'apprit que l'*Économe* et le *Surveillant* avaient été spécialement construits en vue de la navigation des rivières et devaient être pourvus de machines assez puissantes pour pouvoir remorquer plusieurs chalands à la fois. Le ministre, préoccupé de leur traversée, désirait les expédier le plus tôt possible pour mettre à profit la belle saison. On allait embarquer les chaudières sous peu de jours et procéder aussitôt après au montage de la machine. Cette opération exigeant un certain délai, les bâtiments n'entreraient pas immédiatement en armement et, jusque-là, je devais être attaché à la direction du port, ce qui, effectivement, eut lieu dès le lendemain.

Tout en faisant ce service, je pus suivre jour par jour les travaux qui s'exécutaient à bord de

l'*Économe*, sous les ordres de M. l'ingénieur Sabattier. M. Sabattier avait construit déjà des vaisseaux
de haut bord et une brillante carrière lui était réservée, car il est arrivé au poste le plus élevé du
génie maritime, celui de directeur du matériel au
ministère de la marine; il n'avait pas dédaigné
cependant de tracer lui-même les plans de la coque
et de la machine de ces avisos microscopiques, et
il en surveillait l'exécution avec une sollicitude toute
paternelle. Maintenant encore, le souvenir de l'*Économe* ne lui est pas indifférent, car il ne manque
guère de le rappeler à son ancien capitaine lorsqu'il
le rencontre. Peut-être doit-on attribuer ce sentiment aux difficultés du problème qu'il avait été
chargé de résoudre et aux efforts d'invention qu'il
lui fallut renouveler chaque jour pour surmonter
ces difficultés à mesure qu'elles apparaissaient. Ce
problème, posé une première fois quelques années
auparavant, mais dans des conditions un peu différentes, n'avait pas été résolu alors d'une manière
entièrement satisfaisante. L'*Oyapock*, construit en
1853, était un bâtiment de mer solidement mem-
bré; par contre, il avait un fort tirant d'eau et une
machine trop faible pour faire convenablement le
service dans les rivières rapides et sinueuses de la
Guyane.

Il s'agissait, cette fois, de construire des navires
n'ayant pas plus d'un mètre de tirant d'eau, doués

d'une grande force de traction, évoluant rapidement
et en état de traverser l'Atlantique avec vivres,
charbon, approvisionnements et un équipage suffisant. Il était indispensable, pour y parvenir, de
ramener plusieurs des éléments du problème à
leur limite extrême. Le type auquel s'arrêta M. Sabattier ressemble assez, je l'ai dit, à celui des
bateaux-mouches qui naviguent actuellement sur
la Seine, si ce n'est qu'il comportait, au lieu d'hélice, des roues à aubes de grande dimension. La
coque avait 25 mètres de longueur de tête en tête
et 4 mètres à la plus grande largeur. Pour la rendre
aussi légère que possible, on l'avait construite
comme une embarcation, c'est-à-dire au moyen
de couples en bois tors, espacés de 50 en 50 centimètres, sur lesquels s'appliquait, par des rivets en
cuivre, un bordage en chêne de 5 centimètres d'é-
paisseur. Il n'y avait pas de muraille intérieure.
Les bastingages étaient remplacés par une simple
batayole, barre d'appui horizontale, faisant le tour
du pont et fixée sur des montants en cuivre reliés
par des armatures en losange. C'était un poids de
moins et les lames qui, à la mer, devaient souvent
balayer le pont, pourraient s'écouler facilement.
Une toile peinte, faisant le tour du navire, était
tendue de la batayole au plat-bord pour abriter
un peu l'équipage.

La machine marchait à haute pression ; c'était

dans la marine une importante innovation dont on faisait, en même temps, l'expérience sur les batteries flottantes et sur les canonnières. L'emploi de la basse pression dans les machines de mer est motivé par le voisinage de l'eau froide dont on dispose en quantité indéfinie pour opérer la condensation. On se procure ainsi sans frais un vide qui équivaut à la pression de près d'une atmosphère; mais sur de petits navires, le poids et le volume des appareils de condensation sont à considérer et l'on peut, en les supprimant, obtenir sur ces deux éléments une réduction appréciable. Les chaudières de l'*Économe,* au nombre de deux, devaient produire de la vapeur à quatre atmosphères. La machine se composait d'un seul cylindre vertical, oscillant, mettant directement en mouvement l'arbre des roues. A gauche, une coulisse Stephenson pour la mise en marche; à droite, un tiroir de détente variable.

Avec une faible stabilité résultant du peu de largeur du bâtiment et de l'absence de lest auquel une fausse quille en fer ne suppléait qu'en partie, la voilure ne pouvait avoir une grande surface; elle se composait de deux goélettes, un foc, une trinquette et une misaine de fortune.

Quant au personnel, un seul officier, le capitaine; un second, douze matelots, huit mécaniciens et un commis aux vivres; vingt-trois en tout, c'était le strict nécessaire. Chaque homme ne pèse pas

Le *Boyard* quittant l'*Ulm* et se dirigeant vers Fouras (page 25).

beaucoup, mais il lui faut pour une longue traversée de l'eau et des vivres, et l'espace était
compté. Il importait de suppléer à la quantité par
la qualité, je m'occupai donc immédiatement de
recruter mon équipage. Plusieurs matelots de l'*Ulm*
avaient demandé à me suivre, et le commandant
Labrousse m'autorisa à en emmener cinq. Je donnai à l'un d'eux, excellent matelot de première
classe, les galons de quartier-maître et les fonctions de maître d'équipage ; un autre, dont j'avais
mis à l'épreuve la fidélité, sinon les talents profes-
sionnels, fut pourvu de la double charge de maître
d'hôtel et de cuisinier.

Le plus difficile était de trouver un second. Il
aurait fallu un chef de timonerie, supérieur en
grade au maître mécanicien et capable par ses connaissances nautiques de conduire le bâtiment au cas
où il arriverait malheur au capitaine, mais il n'y
en avait aucun disponible. Je trouvai, à la division
des équipages de ligne, un jeune homme, nommé
Quest, qui avait préparé son examen de capitaine
au long cours et navigué en qualité de pilotin sur
un navire de commerce ; il me parut intelligent,
mais il n'avait pas vingt ans et n'était encore que
matelot de troisième classe. C'était, au point de
vue de la discipline, un sérieux inconvénient. Le
préfet maritime jugea néanmoins que, dans la
situation qui nous était faite, il fallait en prendre

son parti et je n'eus pas à me repentir de mon
choix. Quest sut, par son tact et sa fermeté, faire
respecter son autorité; il entra, plus tard, dans la
marine militaire en qualité d'enseigne auxiliaire,
et en avril 1871, je le vis arriver à Versailles,
commandant, comme lieutenant de vaisseau, une
des compagnies de marins fusiliers appelées pour
combattre l'insurrection; il fut décoré à la suite
de cette campagne. Par une coïncidence singulière,
Latapie, l'ex-second du *Surveillant,* choisi à la caserne des équipages en même temps et dans les
mêmes conditions, se trouvait alors dans les rangs
de la Commune; et si le hasard les a mis en face
l'un de l'autre pendant cette lutte sanglante, le
pauvre garçon a dû faire un triste retour sur cet
heureux temps de bonne camaraderie où il travaillait à côté de Quest dans le port de Rochefort.
Quelques mois auparavant, pendant le siège de
Paris, je l'avais rencontré moi-même d'une manière
aussi bizarre qu'inattendue. Tous les chefs de
bataillon de la garde nationale avaient été invités
à se réunir, sous le prétexte de s'entendre relativement à des questions intéressant la défense de
Paris, mais en réalité pour tâter le terrain en vue
du mouvement insurrectionnel qui éclata le 31 octobre. La réunion avait lieu, à huit heures du soir,
dans une maison du faubourg Saint-Antoine. Je
m'y rendis avec plusieurs de mes collègues du

septième arrondissement ; le bureau était occupé
par Blanqui ; à sa droite siégeait Jules Vallès et à
sa gauche je reconnus Latapie, sous l'uniforme de
commandant du 76ᵉ bataillon de la garde nationale ; il fut élu président du bureau définitif, et
dirigea la discussion, je dois le dire, avec beaucoup
de calme et d'impartialité. Cette attitude ne suffit
pas cependant à rassurer les esprits, que ne persua-
dèrent pas non plus les paroles insidieuses du dangereux agitateur; la réunion se sépara donc après
avoir repoussé à une grande majorité les proposi-
tions qui lui étaient soumises. Le 18 mars, Latapie
passa aux insurgés et fut nommé, en sa qualité
d'ancien marin, délégué au ministère de la marine.
Il n'y fit rien que de bons dîners et de pressantes
recommandations au concierge pour qu'il veillât à
ce que les gardes nationaux qui occupaient le ministère n'enlevassent pas les dossiers. Le lendemain de l'entrée des troupes, il se replia prudemment sur l'Hôtel-de-Ville, puis il passa en Suisse où
j'ai entendu dire qu'il était mort depuis. Il était
discipliné et d'un caractère doux; mon ami Jacquemart appréciait ses services, et je n'ai jamais su par
quelle suite de circonstances il s'était fourvoyé dans
cette sinistre aventure.

Le 1ᵉʳ juin 1855, l'*Économe* entra en armement
et me fut remis par la direction des constructions
navales. L'équipage ayant été embarqué le même

jour, je m'occupai activement de l'installation du navire ; mâture, gréement, dispositions pour le logement de l'équipage, embarquement des vivres, du matériel et de l'artillerie composée de quatre fusils et de deux espingoles.

J'étais très fier du titre de capitaine qui me donnait entrée à la conférence des commandants des bâtiments en armement. Cette conférence se tient une fois par semaine dans le cabinet du préfet maritime, en présence des chefs de service du port. Elle a pour objet de traiter et de résoudre séance tenante les nombreuses questions de détail que soulève inévitablement l'armement des navires. L'*Économe* et le *Surveillant* prenaient la parole à leur rang de taille et de grade, c'est-à-dire les derniers ; mais on eût dit qu'ils se piquaient de faire autant de bruit que des vaisseaux à trois ponts.

Un jour, c'était la question des gouvernails qui nous obligeait à demander la parole. On nous avait construit de larges gouvernails appliqués en dehors de l'étambot comme dans les embarcations, et pour compléter l'assimilation, le génie maritime prétendait les faire manœuvrer avec une barre franche et, au besoin, avec des palans. Nous étions indignés et nous réclamions une roue, en faisant ressortir les dangers que, pendant la traversée, la manœuvre d'une barre ferait courir à nos hommes. Après un vif débat, la roue nous fut accordée.

Une autre fois, on discuta à la conférence notre
système d'éclairage extérieur. Les bâtiments à vapeur portent un feu vert à tribord et un feu rouge
à bâbord, disposés dans des fanaux-phares qui leur
donnent une grande intensité ; mais ces fanaux
sont volumineux et lourds, et l'on cherchait à supprimer autant que possible les poids dans les hauts ;
déjà la passerelle avait été condamnée et remplacée
par une échelle volante donnant accès au poste de
manœuvre sur les tambours ; on sacrifia de même
les fanaux-phares ; c'était plus grave cependant, car
par une nuit noire et un gros temps, un grand
navire pourrait passer sur nous sans même s'en
apercevoir. Mais avant tout, il fallait assurer la stabilité. Ne valait-il pas mieux risquer de se faire
couler une fois par hasard que de manquer de cha-
virer à chaque grain ou à chaque coup de roulis
un peu fort. On décida, en conséquence, d'accro-
cher aux tambours deux fanaux de signaux dont
les verres recevraient, à l'intérieur, une couche
de peinture. On se conformait ainsi au texte des
règlements maritimes et internationaux, mais c'é-
tait un peu à la manière des habitants de Falaise
qui, portant à la main les lanternes prescrites par
l'autorité, *n'avaient pas mis de chandelles dedans parce
qu'on ne l'avait point dit.* Les feux verts et rouges
étaient exactement placés à tribord et à bâbord,
comme l'exige le décret de 1852, seulement ils

n'éclairaient pas : très faibles par eux-mêmes et obscurcis encore par la peinture, on les distinguait à peine à une distance d'une cinquantaine de mètres.

Plus tard, vint la question des embarcations. On avait construit pour chacun de nous un charmant youyou, bordé à clins et pouvant, dans les grandes occasions, armer quatre avirons, mais où le placer ? A l'arrière ? il n'y fallait pas songer, il aurait traîné dans l'eau ; sur des portemanteaux disposés de côté ? on n'avait jamais vu de canots d'un seul bord. On s'arrêta cependant à cette solution. J'y

Le Youyou.

trouvai même un argument pour enlever l'autorisation d'embarquer mon piano. A mesure que l'armement s'avançait, on ajoutait quelque objet reconnu indispensable, quoique non prévu au devis primitif, et l'*Économe* s'enfonçait de plus en plus ; que serait-ce lorsqu'on aurait fait le plein des chaudières et des soutes à charbon ? M. Sabattier n'était pas ennemi de la musique et des musiciens comme

l'avocat de la rue de l'Arsenal, mais malgré la
confiance que lui inspiraient ses calculs, il ne
voyait pas sans ennui diminuer chaque jour la hauteur du doublage en cuivre et se montrait impi-
toyable pour tous les objets étrangers à l'armement,
en particulier pour l'instrument en question. J'en
appelai au préfet maritime dans l'une des dernières
conférences. Mon piano avait fait la campagne du
Newton, ce n'était pas un piano à queue, on l'eût
dit au contraire fait exprès pour être embarqué,
tant il était petit et léger. Placé au-dessous de la
flottaison et du côté opposé à l'embarcation, il lui
ferait équilibre et servirait de lest. Ces raisons
parurent si péremptoires que M. Sabattier lui-
même se laissa convaincre et leva son opposition.

Cependant, plus l'armement s'avançait, plus
notre sort paraissait préoccuper les autorités maritimes.

Nos bâtiments n'avaient pas à beaucoup près une
tournure de coup de vent ; ce n'était pas indispensable et on n'y avait jamais songé pour eux. Mais
encore fallait-il que la vie matérielle fût possible
à bord ; et force était de reconnaître que l'on ne
pourrait y embarquer assez de vivres pour nourrir,
pendant la traversée, les vingt-trois hommes représentant le personnel réduit à sa plus simple expression ; pour arriver à ce chiffre, on avait même
sacrifié le chirurgien que comporte réglementaire-

ment un effectif de plus de vingt hommes. Tout calculé et en utilisant les moindres recoins, comme on sait le faire sur un navire, on arrivait à grand' peine à emmagasiner un mois d'eau et de vivres; c'était trop court pour se lancer en plein Atlantique avec quatre jours de charbon et une petite voilure pouvant donner une vitesse de six à sept nœuds tout au plus avec des brises à tout casser.

Il n'y avait qu'un moyen de résoudre cette difficulté, c'était de nous faire escorter; grosse dépense, sans compter que l'on n'avait pas alors trop de bâtiments pour le service de l'armée d'Orient. Le ministre s'y décida pourtant, et la corvette à vapeur *le Caméléon* fut désignée pour remplir cette mission. Elle devait nous fournir du charbon et des vivres frais, soigner nos malades, et s'il arrivait malheur aux bateaux, recueillir leurs équipages ou, tout au moins, rapporter en France la nouvelle de l'événement; la traversée se présentait, dès lors, dans des conditions tout autres et nous nous trouvions rassurés sur les points les plus importants.

Le *Caméléon* arriva à Rochefort le 24 juillet. Nous aurions dû pouvoir prendre la mer à cette date, et l'armement était terminé, mais on travaillait encore à la machine dont il avait fallu modifier certaines dispositions et reprendre le montage. Ce fut le 31 seulement que l'on se trouva en mesure de procéder aux essais sur place. Lorsque je me

rendis à bord, on venait d'allumer les feux qui
ronflaient déjà dans les fourneaux ; un panache de
fumée s'échappait de la cheminée en épaisses bouffées noires que l'équipage, groupé sur le pont,
regardait de l'air satisfait de gens qui voient se
réaliser enfin ce qu'ils ont longtemps attendu. Toutefois, l'achèvement de l'armement n'était pas, ainsi
que je l'avais naïvement supposé tout d'abord, le
seul motif du contentement qui se peignait sur
leurs physionomies. Je m'en avisai bientôt lorsqu'en descendant dans ma chambre je vis au milieu
de la table un gros bouquet avec une lettre écrite
sur un beau papier à vignettes dorées. C'était une
surprise de l'équipage. La lettre était remplie de
protestations d'affection et de dévoûment. Tout
le monde avait signé ; ceux qui ne savaient pas
écrire s'étaient fait tenir la main ou avaient tracé
des croix.

Ces petites fêtes de famille se terminent nécessairement par un régal que ne peut se dispenser
d'offrir celui qui en est le héros, et la perspective
du régal ajoute bien quelque chose à la vivacité
des sentiments. Quoi de plus naturel ? Ne sommes-
nous pas tous de même ; et si l'objet de ses désirs
est différent, le cœur, au fond, ne subit-il pas toujours plus ou moins l'influence de la récompense
attendue ? Je n'y trouve pas à redire quant à moi,
j'ajoute que cela ne m'a jamais empêché de croire à

la sincérité des témoignages d'affection qui m'ont
été donnés. A bord de l'*Économe,* mes rapports avec
l'équipage avaient un caractère tout particulier d'en-
tente et de cordialité. Je connaissais tous les matelots que j'avais choisis un à un, soit à bord de
l'*Ulm,* soit à la division. Ensemble, nous partions
pour un voyage considéré comme quelque peu
aventureux. J'avais donc les meilleures raisons de
prendre au sérieux la lettre et le bouquet qui m'é-
taient offerts. J'en fus sincèrement ému, et je ne le
cachai pas à mes hommes dans les remercîments
que je leur adressai immédiatement.

Pendant ce temps, on continuait à chauffer
et la pression montait. L'amarrage du navire fut
doublé, le dynamomètre installé, et aussitôt l'arrivée de M. Sabattier, on mit en marche. La machine partit sans hésitation et fonctionna environ
une demi-heure avec la régularité la plus parfaite ;
mais, lorsqu'après avoir stoppé dix minutes, on
voulut la remettre en mouvement, il n'y eut plus
moyen. Il fallut ouvrir la porte de l'un des tambours et faire tourner la roue avec un levier. C'est
là ce que nous avions toujours redouté : la machine n'ayant qu'un seul cylindre, s'arrêtait au point
mort et ne voulait plus repartir ni en avant ni en
arrière. On avait pensé qu'avec une aussi forte
pression on pourrait toujours, en ayant soin de
mettre la manivelle en bonne position, lui donner

assez d'élan pour faire franchir les points morts.
On essaya dix fois, mais le plus souvent, à mesure
que l'on tournait la vis de manœuvre de la coulisse Stephenson, la vapeur s'introduisait lentement
dans le cylindre, et lorsque le piston arrivait à bout
de course, l'appareil n'avait pas acquis assez de vitesse pour l'entraîner ; le cas était fort embarrassant,
car on ne pouvait couper le cylindre pour en faire
deux. Nous devions, quelques jours après, descendre la Charente et passer une journée à la mer
afin d'essayer les bâtiments ; il fut décidé que l'on
ne ferait subir jusque-là aucune modification à la
mise en train. Pendant cette journée, on aurait le
loisir d'étudier plus complétement le fonctionnement de l'appareil, et on chercherait ensuite les
moyens d'en assurer la manœuvre. Pour le moment, on se borna à confectionner deux grands
leviers en bois destinés à mettre les roues en mouvement.

Les expériences au large eurent lieu le 4 août.
Les opérations de cette nature se font en présence
d'une commission, qui en dresse procès-verbal, et
aucun bâtiment ne peut prendre la mer sans avoir
été déclaré par elle en état de naviguer. Nous étions
entièrement prêts, tout était à bord, et je pendais la
crémaillère en offrant à déjeuner aux membres de
la commission. C'était l'occasion pour David, mon
cuisinier et maître d'hôtel, de faire ses premières

armes ; mais il faut croire que les hauts grades de
mes invités lui donnèrent le vertige, car la veille il
vint me déclarer ne pas se sentir assez sûr de lui
pour prendre la responsabilité d'un repas de cette
importance. Ne sachant pas au juste jusqu'à quel
point ce sentiment d'extrême modestie était justifié,
je n'insistai pas, et jaloux de sauvegarder avant tout
mon honneur d'amphitryon, je commandai à terre
le déjeuner complet.

Lorsque la commission monta à bord, elle trouva
l'*Économe* sous vapeur, prêt à larguer ses amarres
et tout le monde à son poste pour l'appareillage.
Il était vraiment coquet, avec sa muraille toute
noire et bien astiquée, bordée au-dessus par la
ligne blanche de la lisse et au-dessous par la flottaison en cuivre; la tête du bélier penchée sur
l'eau comme s'il voulait dévorer l'espace; les deux
petites ancres au bossoir; la mâture un peu in-
clinée; les voiles serrées avec soin; sur le pont,
tous les cuivres, espingoles, claires-voies, habitacle, reluisant comme de l'or; la longue flamme
ondulant en tête du grand mât, tandis que le
pavillon de poupe se déployait à l'arrière en tombant jusqu'à l'eau.

Tout étant prêt, je montai sur le tambour :
« Largue les amarres, la barre à tribord et machine
en avant. » On avait eu soin de mettre la manivelle le plus bas possible, de sorte que la machine

obéit du premier coup ; nous descendîmes la Charente sans encombre en compagnie du *Surveillant,* puis nous nous dirigeâmes sur l'île d'Aix en passant majestueusement entre la batterie flottante *la Congrève* et les deux canonnières *la Tourmente* et *la Tempête.* L'*Économe* prenait possession de la mer.

Tandis qu'il s'avance jusque par le travers de La Rochelle en s'esseyant sous ses différentes allures, c'est le moment de dire un mot de ses aménagements intérieurs.

Les chaudières et la machine, flanquées de chaque côté des soutes à charbon, occupent le milieu du bâtiment. A l'arrière, la chambre du capitaine s'étend dans toute la largeur, sur une longueur de cinq mètres. C'est un élégant salon garni des deux côtés de larges et moelleux divans recouverts en damas de laine cramoisi ; un cadre-lit en coutil rayé bleu et blanc est appliqué pendant le jour entre les barrots du pont auxquels on le suspendra le soir. Le mobilier, en noyer ciré, a été confectionné tout exprès : contre la cloison arrière, une commode-secrétaire surmontée d'une bibliothèque, avec une toilette d'un côté, et de l'autre, la porte cachée par une portière en damas pareil aux divans. Au milieu de la pièce, sous une large claire-voie, se trouve une table ronde avec son surtout percé de trous pour maintenir les objets au roulis ; au fond, contre la cloison des chaudières, un buffet entourant le grand mât. Un tapis de toile cirée couvre le plancher. Près du buffet, à bâbord, est installé mon piano, solidement tenu le long du divan.

Au-dessus des divans, les murailles sont garnies de cadres et de panoplies. Celles-ci remplissent tout le côté de bâbord : au centre, les quatre fusils de l'armement, autour desquels se groupent des

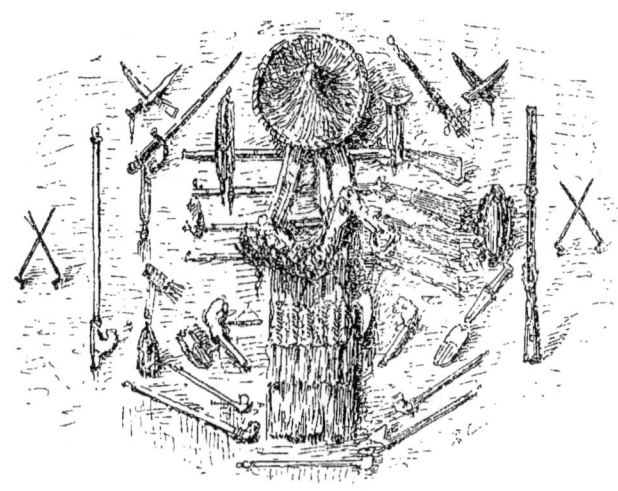

Panoplie du salon de l'*Économe.*

pistolets, un fusil de chasse, un équipement complet de Kabyle provenant d'une expédition faite l'année précédente, à bord du *Newton,* sur la côte du Riff, des babouches de Tanger, mes premières aiguillettes d'aspirant de seconde classe, un sabre faisant pendant à son fourreau. Dans les angles,

L'*Économe* faisant ses essais en rade de l'île d'Aix (page 47).

4

se dissimulent, ou plutôt ne se dissimulent pas du
tout, deux pipes d'écume à long tuyau, et le tout
est surmonté par un énorme chapeau de paille cafre,
souvenir du cap de Bonne-Espérance et d'une campagne à bord de la *Belle-Poule.*

Voici enfin un bibelot que l'on ne rencontre pas
habituellement dans les panoplies et qui doit être
fort étonné de se trouver en semblable compagnie :
un bijou, presque un objet d'art, un souvenir et aussi
une décoration ; c'est un porte-crayon en or. J'aurai,
plus tard, l'occasion de dire d'où il vient.

En face de la panoplie, une lithographie, *la Nuit
dans le golfe de Naples,* de Gudin, occupe le milieu de
la muraille de tribord ; de chaque côté, sont accro-
chés deux dessins représentant la frégate *l'Africaine*
à Fort-de-France ; c'est un souvenir de ma première
campagne.

J'allais oublier mon baromètre. Ce n'a pas été
sans peine, cependant, que j'ai réussi à le suspendre
à ce crochet doré à gauche de la bibliothèque. Aucun bâtiment, cela va sans dire, ne doit quitter le
port sans baromètre, on se mit donc en devoir
d'en installer à bord ; mais, à cette époque, les
instruments à mercure étaient encore exclusivement employés dans la marine de l'État ; ils ont
un mètre de haut et doivent être suspendus au
roulis, assez loin de la muraille pour ne jamais
la heurter. Cette disposition était impraticable dans

nos chambres en raison de tout ce qu'elles renfermaient déjà, et le port de Rochefort ne possédant pas en magasin de baromètre anéroïde, il fut décidé que nous nous en passerions ; le *Caméléon* n'était-il pas là pour nous signaler les prévisions du temps. Cette situation ne me satisfaisait pas : nous

La chambre de l'*Économe.*

pouvions être séparés du *Caméléon,* un capitaine sans baromètre m'apparaissait, au surplus, comme un être tout à fait incomplet ; je me décidai, en conséquence, à en faire venir un de Paris. L'instrument arriva en parfait état ; après l'avoir examiné sous

toutes ses faces, je chargeai mon domestique de le
porter à bord, en lui recommandant les plus grands
soins; mais en arrivant sur le pont, le maladroit
fit un faux pas, s'étala de tout son long et le baromètre se brisa. Il fallut le renvoyer à Paris, d'où il
me revint réparé au bout de quinze jours. Cette
fois, je ne voulus le confier à personne; un matin, de
bonne heure, afin d'éviter les mauvaises rencontres,
je le pris sous mon bras et je m'acheminai vers l'*Économe* en me garant des rares passants. Au moment
où j'allais franchir la grille de l'arsenal, un camarade m'appela pour me dire bonjour, je me retournai; au même instant, deux ouvriers, qui marchaient sans doute le nez en l'air, m'abordèrent, le
baromètre tomba à mes pieds et s'écrasa sur le pavé.

La fatalité me poursuivait, mais elle ne parvint
pas à m'abattre; réfléchissant qu'il serait plus avantageux d'avoir un baromètre, fallût-il le payer le
double de sa valeur, que de ne rien avoir du tout
en échange de la somme déjà consacrée à cette
acquisition, j'en fis venir immédiatement un autre,
et cette fois je m'arrangeai de manière à rendre
impossible un nouveau malheur. La boîte fut suspendue au cou de David, que deux hommes ac-
compagnèrent; je le suivais moi-même pour surveiller sa marche, prévenir les imprudences, écarter
les dangers. Grâce à ces précautions, le voyage eut
lieu sans accident, et, plus heureux que son pré-

décesseur, le précieux objet prit enfin possession de la place qui lui était destinée. Les baromètres ont sans doute des étoiles comme les humains, car il n'est jamais rien arrivé à celui-ci depuis vingt-cinq ans qu'il m'accompagne partout, et il fait encore bonne figure dans ma bibliothèque, près des mêmes panoplies qui ornaient avec lui la chambre de l'*Économe*.

Cette histoire de baromètre m'a fait m'attarder dans le salon de l'arrière; il nous reste maintenant à jeter un coup d'œil sur les autres parties du navire. En face de la porte donnant dans le carré de l'échelle qui conduit sur le pont, se trouve une petite pièce demi-circulaire occupant l'arrière. Cette pièce devait être d'abord la chambre à coucher du capitaine, mais je l'ai cédée provisoirement au second et au maître mécanicien dont le logement, disposé sur le pont, dans un compartiment en tôle, à l'arrière des tambours, sera inhabitable à la mer.

Tout le bâtiment en avant de la machine est occupé par l'équipage et les approvisionnements. Le long de la muraille, sont des caissons renfermant les hamacs et les sacs; au milieu, deux caisses à eau contenant ensemble 2,000 litres, la consommation de 29 jours à trois litres par homme et par jour; puis le vin, l'eau-de-vie, les salaisons et les légumes secs. Dans des armoires, près de la machine, le biscuit, le café et les menus vivres. La cuisine de l'équipage est sur le pont, derrière le mât de misaine; un petit fourneau suspendu au roulis est disposé pour le capitaine, entre le grand mât et le tuyau de la cheminée. Il est probable que la mer se chargera souvent de saler les plats.

Cette éventualité n'était pas à redouter le jour de notre première sortie. La commission voulut bien trouver le déjeuner excellent et me félicita d'avoir découvert d'emblée un cordon bleu dans les rangs d'un équipage aussi peu nombreux. David reçut le compliment sans broncher, en grommelant à demi-voix qu'on n'aurait pas toujours autant de facilité pour faire la cuisine pendant la traversée.

Avant de nous mettre à table, j'avais établi la voilure. On ne pouvait désirer un temps plus favorable pour les expériences. Il faisait une belle brise de N.-E. et assez de mer dans les pertuis pour juger des qualités du bateau. Bien que la flottaison fût presque noyée et qu'en s'asseyant sur le plat-bord, on pût tremper ses pieds dans l'eau, l'*Économe* se comporta d'une manière satisfaisante. Il s'élevait bien à la lame, n'embarquait pas d'eau et portait gaillardement sa toile. Tout aurait donc été parfait sans la machine dont l'humeur capricieuse et fantasque ne se démentit pas de toute la journée. Tantôt elle partait, tantôt elle ne partait pas; ce dernier cas était le plus fréquent. Le maniement des leviers en bois n'était pas sans danger, et la commission déclara que les bâtiments ne pouvaient prendre la mer sans que leur manœuvre fût assurée par d'autres moyens. M. Sabattier les avait déjà cherchés et arrêtés dans son esprit ; il s'agissait d'établir sur le tuyau de vapeur une soupape d'arrêt, que l'on ouvrirait brusquement après avoir manœuvré le tiroir. Plus tard, à Cayenne, l'expérience donna la clef des mécomptes éprouvés au début, et l'on arriva à faire partir la machine, avec la plus grande facilité, en avant et en arrière sans le secours de la soupape d'arrêt : il suffisait de laisser tomber la pression à trois atmosphères lorsqu'on voulait manœuvrer. Cette solution explique les effets si divers et si incertains qui se produisirent au début, suivant que la pression de la vapeur était plus ou moins forte.

Pour l'instant, la soupape était tout notre espoir, mais on demandait quinze jours pour la construire, et il fallut s'armer de patience. Le ministre de la marine en manquait plus que nous, il ne voyait pas sans inquiétude approcher le mois de septembre avec ses coups de vent. La responsabilité de lancer ainsi 50 hommes à travers l'Océan sur des coquilles de noix semblait lui peser chaque jour davantage, et il demandait au préfet maritime, s'il n'y avait pas lieu d'ajourner le départ à l'année suivante; il ne voulait pas, en tout cas, nous mettre dehors contre notre gré. Le préfet nous invita, en conséquence, à formuler notre avis dans un rapport écrit ; nos deux rapports furent très catégoriques et conclurent dans le même sens : depuis quatre mois que nous travaillions à l'armement de nos bâtiments, nous cherchions à résoudre les difficultés de ce problème entièrement nouveau, consistant à faire traverser l'Océan à des chaloupes à vapeur. Nous touchions au but ; les avisos étaient dans d'aussi bonnes conditions que les circonstances le comportaient et qu'on pouvait l'espérer, il ne nous semblait donc pas admissible que pour quelques jours de retard on remît encore leur départ en question. Nous nous déclarions, en terminant, prêts à partir sous notre responsabilité, et le préfet maritime insista de nouveau sur ce dernier point lorsque nous allâmes lui remettre nos rapports.

Les quelques jours qui restaient avant le départ furent mis à profit pour perfectionner et compléter les installations intérieures. Mon camarade Jaquemart courut à Brest embrasser sa femme et un nouvel héritier qu'elle venait de lui donner ; j'aurais voulu, de mon côté, aller dire adieu à ma famille et reconduire mon frère qui était venu pour assister aux expériences de l'*Econome,* mais tout mon monde se trouvait dispersé à la campagne, et je n'aurais pas eu assez de temps pour aller l'y chercher.

Le 21 août, les soupapes d'arrêt ayant été mises en place, le ministre télégraphia de nous mettre

en route, et le départ fut fixé au lendemain. On
convint que la commission d'expériences viendrait
en rade faire de nouveaux essais et que si tout allait
bien, nous partirions immédiatement; nous devions
relâcher à Lisbonne, à Ténériffe, à Gorée et entreprendre, de là, la traversée de l'Océan.

Dans l'après-midi, il y eut une dernière conférence chez le préfet maritime, qui recommanda
expressément à M. Arnoux, le commandant du
Caméléon, de ne jamais remorquer les avisos, de
peur de fatiguer leurs membrures, mais de les escorter seulement en les tenant derrière lui à petite
distance. En cas de mauvais temps, la nuit, la corvette piquerait dans le vent, assurée de ne pas y
rencontrer ses conserves et de ne pas s'exposer ainsi
à les couler, éventualité que la faiblesse de leurs
feux de tambours lui donnait lieu de redouter par-
dessus tout. Le préfet nous remit nos ordres de départ ainsi qu'un large pli cacheté, transmis le matin
même par le ministre, et nous souhaita un bon
voyage. Ce pli mystérieux, que j'ouvris en arrivant
à bord, contenait des instructions détaillées pour le
cas où je viendrais à opérer sur ma route la capture
de quelque navire russe. Je me redressai en jetant
un coup d'œil sur mes deux espingoles et sur mes
quatre fusils, et je serrai soigneusement les instructions dans mon secrétaire.

Le lendemain, à huit heures du matin, je faisais

mes adieux à quelques amis qui étaient venus me
reconduire à bord et à l'aide de camp du préfet maritime, envoyé pour assister au départ. Le pont était
encombré d'objets de toute sorte qu'on apporte toujours au dernier moment, et le bâtiment n'était plus
tenu que par deux amarres prêtes à être filées par le
bout. Le maître mécanicien me demanda à balancer
la machine, opération consistant à la faire marcher
doucement avec peu de vapeur pour s'assurer qu'elle
fonctionne bien; mais il se trouva sans doute dans
les mouvements quelque serrage qui obligea à
ouvrir complètement l'introduction de vapeur, et
voilà qu'au bout d'un instant, la résistance étant
vaincue, la machine se met à partir comme une folle.
Le bâtiment, prenant de la vitesse, casse l'amarre de
l'arrière; on n'a que le temps de couper celle de
l'avant pour qu'il ne tourne pas sur lui-même, et je
me trouve au beau milieu de la rivière, ayant gardé
à bord mes amis et laissé à terre le pilote. Ce brusque
départ avait produit une grande confusion qu'aug-
mentait encore la vapeur s'échappant avec un bruit
assourdissant et enveloppant le bâtiment au point
qu'on n'y voyait pas de l'arrière à l'avant. Je parvins
cependant à gouverner tant bien que mal, et aussitôt
sorti du port je mouillai une ancre pour remettre
de l'ordre à bord et embarquer le pilote. De toute
manière, il me fallait d'ailleurs m'arrêter pour
prendre les poudres. Elles étaient renfermées dans

une caisse en cuivre hermétiquement fermée, que je
reçus avec les formes voulues et que je déposai non
loin de mes instructions sur les prises, dans une
armoire préparée à cet effet.

A part ce petit incident, tout alla au mieux. La
soupape d'arrêt fit merveille. Arrivé en rade de
l'île d'Aix, on manœuvra la machine dans tous les
sens, elle partait sans hésitation; M. Sabattier était
enchanté du succès de son expédient, et c'était pour
moi un grand souci de moins que de me sentir
assuré de mes mouvements. Pendant ce temps, le
Caméléon avait mouillé sur rade et nous faisait le
signal de l'accoster tribord et bâbord pour compléter
notre charbon. Le *Caméléon* était une de ces corvettes à roues construites en 1840, monumentales
et solennelles, à large pont débordant au-dessus de
la flottaison, aux tambours recouverts de baleinières
en tôle retournées la quille en l'air. Il avait eu ses
jours de gloire : il y a quelque quarante ans, son
apparition fut saluée comme un progrès de l'art
naval, ce qui lui valut alors l'honneur d'être en
quelque sorte réservé pour le service des princes et
des ambassadeurs. Mais des navires plus élégants et
plus rapides le supplantèrent bientôt, et depuis plusieurs années déjà, on n'utilisait plus guère ses vastes
flancs que pour transporter des troupes et du matériel. C'est au retour d'une mission de ce genre qu'il
avait été désigné pour nous escorter. Son extérieur

répondait parfaitement, d'ailleurs, au rôle qu'il devait remplir à notre égard, et lorsqu'il nous appelait à ses côtés pour nous donner la pâture, on aurait dit une mère-poule rassemblant ses poussins sous son aile.

Pendant qu'on embarquait le charbon, je montai à bord pour signer le procès-verbal de la commission et prendre congé du commandant. Le *Surveillant,* servi le premier, était déjà en route. Au moment où, voulant déborder à mon tour, je marchai en avant, un bruit insolite se fit entendre, c'était la soupape d'arrêt qui était déjà hors de service. Sa tige avait grippé dans l'écrou et s'y trouvait immobilisée. Il n'y avait aucun remède à cet accident, qui provenait de la précipitation apportée dans l'exécution du travail ; le *Surveillant* était déjà loin, le *Caméléon* venait de lever son ancre et se mettait en marche, je me décidai, en conséquence, à les suivre, me promettant d'éviter, jusqu'à nouvel ordre, les occasions d'avoir à faire avec ma machine des manœuvres de précision. A cinq heures du soir, j'étais à mon poste derrière le *Caméléon,* le *Surveillant* à tribord par mon travers ; nous faisions route pour sortir du pertuis d'Antioche en contournant la pointe de Chassiron, extrémité nord de l'île d'Oléron. Le temps était beau, la brise assez fraîche du N.-N.-E., et je ne tardai pas à établir la voilure. A neuf heures, je relevai ce qu'on appelle

le point de départ, que je portai sur ma carte : le feu
de Chassiron à l'Est et celui des Baleines (île de
Ré) au Nord du monde, ce qui correspondait à
46 degrés de latitude Nord et 3 degrés 52 minutes
de longitude Ouest.

Le feu des Baleines ne tarda pas à disparaître, et
à une heure du matin, nous perdions de vue celui
de Chassiron.

CHAPITRE III

La première Étape.

En mer. — Souvenirs d'enfance. — Premières épreuves. — Un bain
forcé. — Où l'*Isly* et le *Mogador* se font des politesses. — Comment
on fait tomber le croissant. — Le rat à trompe. — Déception.

E ne pouvais y croire encore et je me
demandais si ce n'était pas un rêve, si
c'était bien moi le capitaine de ce navire lancé en plein Océan. Il arrive parfois qu'à la
suite d'un événement venant modifier profondément la vie, on éprouve comme si une solution
de continuité s'y produisait tout à coup. La chaîne
semble brisée, les premiers plans du tableau, le
chemin que l'on suivait la veille, que l'on foulait
encore une heure auparavant, disparaît pour ne
laisser apercevoir que les horizons plus lointains
du passé. Un sentiment de cette nature s'em-

para de moi tandis que je regardais les côtes de
France s'effacer dans la brume du soir; on eût dit
que j'entrais en possession d'une existence nouvelle,
et cette existence, je la rapprochais de l'idée que je
m'en étais faite jadis. Je me souvenais du temps où
je regardais d'un œil d'envie toutes ces petites *bai-
gnoires,* connues sous les noms de cotres et de
goëlettes : au *Borda,* je ne pouvais voir appareiller
le *Capelan* sans émotion, ni aux Antilles l'essaim des
Gazelle, Jouvencelle, Mésange et autres. Leurs capitaines
m'apparaissaient comme de fortunés pachas dont
l'existence devait être pleine d'indépendance et de
charme. Et puis mes souvenirs se reportaient plus
loin encore dans le passé, au voyage qu'en 1844,
n'étant pas encore marin, j'avais fait à Cherbourg, où
l'escadre de l'amiral de Lassusse se trouvait réunie
pour porter le roi en Angleterre; plus loin encore,
à ma première visite à bord d'un bâtiment de guerre,
le vaisseau *l'Océan,* à Toulon, en 1840. L'avenir que
j'avais vaguement entrevu alors comme une chimère
irréalisable s'était dessiné et rapproché peu à peu.
Aujourd'hui, il était devenu le présent, je comman-
dais à mon tour, j'étais bien réellement enfin, suivant l'expression du Code maritime, le maître après
Dieu du bâtiment qui me portait en ce moment.

J'avais l'habitude de rédiger, outre mon journal
de bord, des notes particulières relatant les incidents

de mes voyages. C'est le résumé de ces notes que
je transcris ci-après.

Jeudi 23 août, 10 heures du soir, à la mer.

La première nuit de notre traversée a été quelque peu agitée, la mer s'était creusée et l'*Économe*
sautait au milieu des lames comme une simple embarcation. Quest et le quartier-maître Gombaud ont
fait le quart à tour de rôle avec cinq matelots, tout
le reste était occupé à la machine. J'avais bien inscrit sur le journal du bord mes ordres pour la nuit,
et fait verbalement mes recommandations aux deux
chefs de quart ainsi qu'au maître mécanicien, mais
je tenais à m'assurer par moi-même de leur exécution ; je craignais surtout qu'on ne perdît de vue le
Caméléon, et cette préoccupation m'a tenu éveillé. Je
suis descendu plusieurs fois dans la machine, dont
le service est difficile : le fond du navire étant très
plat, l'eau de la cale passe à chaque coup de roulis
par les intervalles de la membrure et se répand sur
les parquets en fonte de la chambre de chauffe, où
elle forme avec l'huile qui se perd dans le graissage
des coussinets et des articulations, une sorte d'en-
duit glissant. Les mécaniciens ne savent comment
se tenir aux mouvements désordonnés du bâtiment;
ils ont grand'peine à assurer la marche de la machine, l'entretien des feux et l'alimenation des chau-

dières qui, par leur construction, exigent de fréquentes extractions d'eau pour éviter les dépôts de sel.

M. Lasmesasse, le maître mécanicien, est un homme de sang-froid, dur à la fatigue, accoutumé aux épreuves de la navigation. Je puis aussi compter sur l'un des contre-maîtres, un grand mulâtre nommé Dumbard, intelligent, adroit, marin à toute épreuve, qui circule dans cet étroit espace avec autant d'aisance que s'il dansait le bamboula sur la savane. Malheureusement, les six autres mécaniciens ne sont pas tous taillés sur ces modèles accomplis. Plusieurs sont embarqués pour la première fois. Dès le commencement de la guerre, ce personnel spécial s'est trouvé insuffisant, et il n'a été possible de satisfaire aux besoins du service qu'en ayant recours aux mécaniciens des ateliers et des chemins de fer, que l'on s'est procurés moyennant des primes élevées. Le second contre-maître Taupenot et deux ou trois de ses aides sont dans ce cas : braves garçons, remplis de bonne volonté, maniant avec dextérité la lime et le ciseau, mais n'ayant ni le pied ni le cœur marins. Ils n'ont pas tardé à être étourdis, abasourdis par le mal de mer et par ce remue-ménage extravagant qui se fait autour d'eux. En descendant dans la machine pour prendre le quart à quatre heures du matin, Taupenot a dégringolé le long de l'étroite échelle en fer; il s'est fait de telles contusions qu'on a dû le transporter dans le

faux pont, et j'ai inauguré, séance tenante, mes
fonctions de chirurgien.

Au lever du jour, je me suis trouvé à grande distance du *Caméléon*. Depuis minuit, la brise était
complètement tombée, de sorte qu'au lieu de six à
sept nœuds, je n'en filais plus que quatre et demi.
Le *Surveillant* était dans le même cas, et vers
sept heures, le *Caméléon* hissa au grand mât le pavillon de ralliement, pour nous inviter à reprendre
notre poste. Ce n'était pas la bonne volonté qui
nous manquait, mais nous avions beau allonger
nos petites jambes, nous n'arrivions pas à diminuer
notre distance. Il se décida enfin à stopper pour
nous attendre, puis nous signala de passer à poupe.
Le vent avait halé le Sud pendant ce temps, en fraî-
chissant un peu, et la voilure aidant, nous exécu-
tâmes brillamment cette manœuvre d'escadre. Arrivé
à portée de la voix, je fis connaître au commandant
les incidents de la nuit, ainsi que l'impossibilité
où j'étais de maintenir la pression de la vapeur au-
dessus de deux atmosphères et, conséquemment, de
le suivre s'il ne ralentissait pas sa marche.

J'avais à peine repris mon poste qu'il me fallut
de nouveau échanger des signaux avec le *Caméléon,*
mais cette fois ce fut moi qui commençai, je demandais un chirurgien. Malgré les compresses d'eau-de-
vie camphrée et les paroles d'encouragement dont
j'avais pris soin de les accompagner, Taupenot

souffrait de plus en plus de son épaule qui était
devenue très enflée. Je craignais qu'il n'eût quelque
chose de démis ou de cassé, et je voulais profiter
de l'état encore assez maniable de la mer pour savoir
à quoi m'en tenir, et recevoir des instructions ver-
bales concernant le traitement à suivre. Le docteur
arriva immédiatement, constata qu'il n'y avait rien
de grave et se rembarqua bien vite après avoir indiqué ce qu'il y avait à faire. David, nommé séance
tenante infirmier en chef, confectionna l'ordonnance,
mais je dus procéder moi-même au pansement; on
n'était pas à son aise pour une telle opération, sur
le caisson du faux pont, dans les circonstances
où nous nous trouvions, et le pauvre patient se
figurait que la main tout inexpérimentée du capitaine serait moins à redouter que celle de son
camarade.

Les heures s'écoulaient rapidement au milieu de
ces incidents, on approchait de midi, et le moment
était venu de se mettre en observation pour prendre
la hauteur du soleil qui se montrait de temps à
autre à travers les nuages. On fait à bord des observations astronomiques un peu à toutes les heures
du jour et quelquefois de la nuit, mais l'observation de midi a une importance capitale, en ce qu'elle
donne la latitude du navire presque sans erreur
possible, et au moyen d'une simple soustraction,
la hauteur du soleil au moment de son passage

au méridien étant d'autant plus grande que l'on se trouve plus rapproché de l'équateur. Vers onze heures et demie, l'officier chargé des montres, se met en observation avec son instrument à réflexion, sextant ou cercle, et ramène par le jeu de deux miroirs, dont l'un est fixe et l'autre mobile sur une règle dite alidade, l'image du soleil à toucher l'horizon. Jusqu'à midi le soleil monte et l'observateur suit son mouvement en poussant l'alidade de manière à maintenir le contact de l'astre avec l'horizon. Rien n'est joli comme que de voir cet énorme disque vert, rouge ou violet, suivant les verres employés pour en éteindre les rayons, glisser sur la ligne bleue de la mer. A midi, le soleil demeure un instant stationnaire, puis il commence à descendre, et à ce moment son image mord imperceptiblement sur l'horizon. L'observateur donne aussitôt l'ordre de piquer midi; le timonier sonne quatre coups doubles à la cloche suspendue au pied du grand mât, et le maître de quart lance un vigoureux coup de sifflet en criant : « l'Équipage à dîner! »

C'est ainsi que les choses se sont passées tantôt à bord de l'*Économe*, le capitaine remplissant les fonctions d'officier des montres, avec l'assistance de son jeune lieutenant dont il lui importe d'éprouver et d'entretenir les connaissances nautiques. Mais la latitude n'est qu'un des éléments de la position du navire; le second élément est la longitude, que l'on

calcule chaque jour en comparant l'heure du soleil,
obtenue par l'observation directe de l'astre, faite le
matin ou le soir, avec l'heure de Paris, marquée par
le chronomètre. Je ne puis employer ce procédé, car
on ne nous a pas donné de chronomètre, faute de
trouver à bord un endroit suffisamment à l'abri des
mouvements du bâtiment et des trépidations de la
machine. Heureusement j'ai plusieurs manières d'y
suppléer : l'observation de la distance de la lune au
soleil, opération toujours délicate, possible seulement
à de certains intervalles, et difficile à bien faire sur un
aussi petit navire; la longitude calculée à bord du
Caméléon, qu'on nous signalera chaque jour, c'est là
encore le moyen le plus simple et qui me donnera le
moins de peine; enfin, la longitude calculée d'après
l'estime.

L'estime, son nom l'indique, n'est autre chose que
le relevé des routes successives du navire : on note
sur le journal, d'une part, les changements de direction d'après la boussole ; de l'autre, les vitesses me-
surées chaque demi-heure, au moyen du loch, petit
flotteur attaché à une ligne, qu'on laisse filer à l'arrière pendant la durée d'un sablier. Toutefois, ces
indications n'étant pas d'une exactitude rigoureuse,
on ne s'en sert que pour avoir le point dans l'intervalle d'un midi à l'autre, ou à défaut d'observations
astronomiques rendues impossibles par l'état du ciel,
ou bien encore pour mesurer la direction et la vi-

tesse des courants dont l'influence ne se fait sentir
que sur le point estimé.

D'après les observations et les calculs faits aujour-
d'hui, nous n'avions parcouru, à midi, que soixante-
seize milles depuis hier au soir, soit une moyenne
de cinq milles à l'heure, et pour faire ce trajet nous
avions consommé cinq tonnes de charbon. Dans la
journée, le temps a pris une mauvaise apparence :
après avoir passé du N.-E. au Sud puis au S.-O.,
le vent s'est établi à l'O.-S.-O., c'est-à-dire précisément à l'opposé de notre route ; il était encore faible
à la vérité, mais le ciel se chargeait dans cette direction et la mer, devenant très houleuse, ralentissait
notre marche qui est tombée à quatre nœuds malgré
tous nos efforts pour augmenter la pression ; le
Caméléon a stoppé plusieurs fois pour nous atendre.

Il était sept heures et je venais de régler le service
pour la nuit, lorsque je vis monter au grand mât
de la corvette un signal composé de trois pavillons ;
je consultai mon dictionnaire où je lus non sans
étonnement la phrase suivante : « Ordre aux capitaines des bâtiments à vapeur de se rendre à bord
de l'amiral. » Dès que nous eûmes hissé l'aperçu,
l'amiral stoppa et amena sa baleinière qui vint me
prendre après avoir passé à bord du *Surveillant;* nos
petits youyous auraient eu de la peine, en effet, à
tenir la mer par le temps qu'il faisait. L'accostage
même du *Caméléon* n'était pas facile ; le navire rou-

lait beaucoup, et il fallait saisir, pour sauter sur la
plate-forme de l'escalier, le moment où le roulis
l'amenait à portée de l'embarcation. C'est ce que
je fis, mais mon pied glissa, je tombai à l'eau, et
comme Télémaque, je bus l'onde amère. Par bonheur, je n'avais pas laissé échapper le montant de
la rampe, deux matelots de la corvette se précipi-
tèrent à mon secours et, me saisissant par mon

La baleinière du *Caméléon* conduisant à bord les capitaines
de l'*Économe* et du *Surveillant*.

burnous, me halèrent sur l'échelle que je grimpai
lestement. J'apparus sur le pont, ruisselant comme
un fleuve, et je fus obligé de descendre en cet état
chez le commandant, auprès duquel je m'excusai de
me présenter dans une tenue si peu correcte, mais
que je n'avais pas choisie. Pour toute réponse, il
sonna son domestique et lui dit de préparer du vin
chaud pendant que nous tiendrions conseil.

Malgré la diversion produite par cet incident, le commandant Arnoux avait conservé un air sérieux et préoccupé qui me laissait très perplexe sur l'objet de la conférence à laquelle nous étions conviés. Le second, M. Maudet, fut appelé à y prendre part, et lorsque nous nous trouvâmes tous les quatre assis autour de la table ronde, le commandant prit la parole en ces termes : « Messieurs, voilà plus de vingt-quatre heures que nous sommes à la mer et nous n'avons fait qu'une centaine de milles sur plus de sept cents qui nous séparaient de Lisbonne, notre premier point de relâche. Au train dont nous allons, il nous faudrait encore six jours pour l'atteindre, tandis qu'il vous reste à peine pour deux jours de charbon. Le fait est que vos bâtiments ne marchent plus dès qu'il y a un peu de mer ; à mon avis, ils ne sont pas en état de faire la traversée de Cayenne. Au surplus le vent a tourné au S.-O., le baromètre baisse ; si un coup de vent se déclare, ce qui est à craindre, je ne sais pas comment vous le supporteriez, je pense donc que le plus sage est de renoncer au voyage et de retourner à Rochefort pendant que vous avez encore assez de charbon pour y arriver ; avant de prendre ce parti, j'ai voulu toutefois connaître votre sentiment, et c'est dans ce but que je vous ai fait appeler. »

Je regardai Jacquemart, dont l'air de profond étonnement me montra que nous jugions cette

proposition de la même manière et que la pensée
d'abandonner la partie ne lui était pas venue un seul
instant, non plus qu'à moi. Malgré les petits ennuis
des débuts, nous étions enchantés de nos bateaux;
il fallait bien reconnaître qu'ils ne marchaient pas
comme des marsouins, et que la grosse mer ralentissait sensiblement leur vitesse, mais il n'y avait là
rien de surprenant puisqu'ils n'avaient pas été construits en vue de la grande navigation. A part cela,
ils se comportaient très bien, s'élevaient facilement
à la lame, et si l'eau couvrait souvent le pont, elle
n'y restait pas et s'écoulait instantanément du bord
opposé ou par l'arrière sans charger le navire. Quant
au charbon, nous n'avions qu'à entrer à la Corogne
ou à Porto pour renouveler notre approvisionnement; si le coup de vent redouté venait à se déclarer, nous gagnerions facilement Bayonne, Saint-
Sébastien ou Santander qui nous offraient des
refuges assurés; une fois à Lisbonne, nous étions
sauvés. Fallait-il donc, pour s'éviter quelques soucis,
renoncer à une entreprise si laborieusement préparée
et ramener au port ces excellents petits bâtiments
qui ne se relèveraient pas d'un premier échec? Car
vraisemblablement on ne tenterait pas une seconde
fois de leur faire entreprendre la traversée, et la
dépense qu'ils avaient occasionnée se trouverait
ainsi complètement perdue. Telles furent en subs-
tance les considérations que nous fîmes valoir pour

démontrer au commandant que nous pouvions poursuivre sans crainte notre navigation et qu'il était raisonnable de le faire.

Notre éloquence eut un plein succès : « Après tout, dit M. Arnoux, c'est votre affaire. Ma mission est de vous escorter et de vous assister de mon mieux dans tous vos besoins ; puisque vous jugez pouvoir tenir la mer et arriver à Cayenne, il ne m'appartient pas d'y mettre obstacle. » Il conclut en nous engageant à regagner immédiatement notre bord. Il n'y avait pas de temps à perdre, car le jour tombait rapidement et la mer grossissait de plus en plus. Quant à moi, malgré mes efforts réitérés pour provoquer, à l'aide de l'excellent vin chaud du commandant, une réaction salutaire, je commençais à me sentir glacé dans mes vêtements trempés d'eau de mer. Nous sautâmes donc dans la baleinière du *Caméléon,* qui en quelques coups d'aviron nous ramena à bord de nos bateaux, et un instant après la flottille était en marche.

Vendredi 24 août.

J'ai plusieurs hommes couchés dans leurs hamacs avec la fièvre, et David passe son temps à les abreuver de tisane, ce qui fait grand tort à ma cuisine. Je crois que le mal de mer et l'humidité continuelle dans laquelle nous vivons depuis deux jours sont

pour beaucoup dans ces indispositions. J'engage donc
mes malades à manger et à ne pas laisser leur quart
de vin aux camarades. Dans la matinée, nous rece-
vons un fort grain d'O.-N.-O.; la mer grossit, le
pont est complètement balayé par les lames; je suis
obligé de fermer les claires-voies et de relever les
toiles qui entourent les batayoles afin de permettre
à l'eau de s'écouler plus promptement. A midi, on
constate que nous avons fait cent dix milles depuis
la veille. Nous nous trouvons par le travers d'Ar-
cachon à soixante milles environ au nord du cap
Pénas. Quelques heures plus tard, Lasmesasse me
prévient qu'un des mécaniciens de quart est malade
et obligé de se coucher. C'est, avec le contre-maître
Taupenot, le troisième mécanicien hors de service.
Il n'y en a plus que deux par quart; il faut absolument leur adjoindre des matelots, sous peine de voir
la machine s'arrêter et le bateau s'en aller en dérive. Dans les soutes, déjà plus d'à moitié vides, un
homme est en outre constamment occupé à pousser
le charbon aux ouvertures donnant à côté des chaudières. Ces services assurés, il reste deux hommes
sur le pont. Je me décide alors à demander aide au
Caméléon, dont je m'approche à portée de la voix
pour héler Maudet que j'aperçois se promenant à
l'arrière et lui faire part de mon embarras. « Impossible, me répond-il, nous avons aussi plusieurs mécaniciens sur les cadres, et les autres suffisent à

peine. J'en ai dit autant au *Surveillant* qui se trouve dans la même situation que vous. Tâchez de vous débrouiller. »

Le verbe *se débrouiller* est un des termes de marine les plus usuels, qui répond à tout. Je l'ai souvent conjugué et je me résigne à le conjuguer encore; s'il le faut, je ne conserverai qu'un homme pour tenir la barre, tout le reste travaillera à entretenir les feux et à faire marcher la machine. Le temps paraît d'ailleurs en ce moment prendre une meilleure apparence, le vent a halé le nord et le baromètre remonte. Demain nous nous réveillerons sans doute en vue des côtes d'Espagne. Je viens d'ouvrir mon piano pour la première fois depuis le départ; malgré le roulis, j'ai pu faire de la musique; cela m'a réconforté et m'a rendu mon aplomb quelque peu ébranlé par les préoccupations incessantes de la journée.

Samedi 25 août, 11 heures du soir.

Nous doublons en ce moment le cap Cisargas, extrémité nord de la Galice, avec une jolie brise de N.-N.-E., qui gonfle les voiles en appuyant la machine et nous fait filer huit nœuds.

Ce matin de bonne heure, me trouvant en avant de mes conserves, j'ai aperçu le premier les côtes d'Espagne, que je me suis empressé de signaler. A onze heures, le *Caméléon* a mis le cap au sud sur la

Corogne en nous donnant l'ordre de le suivre. Je
supposais que nous allions renouveler dans ce port
notre approvisionnement de charbon, mais une fois
dans la baie, la corvette est venue sur bâbord dans
la direction du Ferrol, et a mouillé à une assez
grande distance de la terre, dans une anse déserte.
Je me disposais à imiter sa manœuvre en cherchant
un mouillage le plus près possible de lui, et j'allais
passer par son travers, lorsque le commandant me
héla de l'accoster pour recevoir du charbon. Je
stoppai immédiatement en mettant la barre à
bâbord, mais j'avais trop d'élan; lorsque je voulus
marcher en arrière, la machine ne partit pas. Je m'y
repris à deux fois sans plus de succès; pendant ce
temps, j'avançais toujours en dérivant sur la corvette,
à laquelle une grosse houle imprimait de forts mouvements de tangage et de roulis. Encore quelques
instants et je tombais en travers sous l'avant qui
m'aurait haché et coulé infailliblement. La situation
était critique; il restait cependant une chance de
salut, c'était de reprendre de la vitesse pour élonger
le *Caméléon* et contourner son beaupré. Si donc la
machine, qui s'obstinait à ne pas marcher en arrière,
consentait à partir en avant, nous pouvions encore
nous en tirer sans trop d'avaries; l'équipage, comprenant le danger, attendait immobile et impassible
le résultat de cette tentative suprême.

La machine obéit cette fois, grâce à la vitesse que

possédait encore le bateau, et quelques tours de
roues nous éloignèrent du monstre, pas assez vite
cependant pour qu'il ne nous fît quelques égrati-
gnures. Un coup de tangage ayant soulevé heureusement son avant au moment où nous passions sous
le beaupré, nous en fûmes quittes pour un pistolet du canot tordu et la drisse du pavillon coupée.

L'*Économe* sous l'avant du *Caméléon*.

Tout cela avait duré quelques minutes; mais ce
sont des minutes de vive anxiété qu'on n'oublie de
sa vie, non plus que le sentiment de détente et de
soulagement qui y succède.

Ce n'est pas la première fois d'ailleurs que je vois

de près l'abordage et que j'y échappe. En 1852,
étant aspirant de première classe, j'entrais à Toulon,
venant d'Oran, à bord de l'*Isly,* la première frégate
à hélice construite en France. Il est rare que l'on
réussisse complètement et du premier coup les
types nouveaux ; l'*Isly* en était un exemple. La machine, sortie des ateliers de M. Cavé, était un chef-
d'œuvre de légèreté et de savantes combinaisons
de mouvements, mais elle faisait tourner l'hélice
par l'intermédiaire d'une énorme roue munie de
quatre rangées de dents en buis, qui se détério-
raient rapidement. Un matin, quarante-huit heures
après le départ de Brest, nous éprouvâmes soudain
trois violentes secousses qui ébranlèrent tout le navire comme s'il avait talonné ou touché sur une
roche. Les dents de la grande roue étaient littéralement rasées sur la moitié de la circonférence, et
comme quelques-unes étaient restées engagées dans
le pignon en fonte, il avait fallu que, jusqu'à l'arrêt de
la machine, la roue sautât à chaque tour de toute la
hauteur des dents, ce qui n'avait pu se faire que grâce
à l'élasticité des bâtis entièrement en fer forgé. Le
commandant mit à la voile pour gagner Rochefort,
mais le bâtiment avait aussi une stabilité exagérée ;
un coup de vent étant survenu, nous cassâmes notre
petit mât de hune. On passa trois mois à réparer la
machine, et à lui remettre de nouvelles dents qui ne
furent pas meilleures que les premières. Après quel-

Le *Mogador* et l'*Isly* à l'entrée du port de Toulon (page 83).

6

ques jours de marche, elles commencèrent à s'en aller par morceaux; à chaque quart on stoppait pendant une demi-heure pour retirer celles qui ne tenaient plus; enfin, lorsque nous fûmes arrivés à la hauteur de Barcelone, il en restait si peu qu'il parut imprudent de continuer à la vapeur; ce fut donc encore à la voile que nous entrâmes à Toulon. Après avoir défilé au plus près, par une belle brise, devant la ligne de l'escadre au mouillage, nous nous dirigions vers la petite rade, lorsque nous vîmes venir devant nous, sortant du port à la vapeur, le *Mogador,* frégate à roues de six cent cinquante chevaux comme l'*Isly*. Deux navires qui se rencontrent doivent prendre leur droite comme le font les voitures, mais lorsque l'un des navires est sous voiles et l'autre sous vapeur, celui-ci, qui est plus libre de sa manœuvre, cède le pas et laisse l'autre passer devant. Cette règle peut cependant, dans certains cas, donner lieu à des interprétations diverses. C'est ce qui se produisit cette fois : à deux reprises, le *Mogador* et l'*Isly* se détournèrent ensemble du même côté, se retrouvant toujours nez à nez. Ils filaient l'un et l'autre sept à huit nœuds ; une catastrophe était imminente; j'étais sur l'avant à côté du capitaine de frégate, attendant le choc, les bras croisés, et sans pouvoir rien faire pour l'empêcher. Au dernier moment, les deux bâtiments se lancèrent enfin à contre-bord et se rasèrent de si près qu'on aurait pu sauter de l'un à l'autre.

A bord de l'*Économe*, j'avais en plus que sur l'*Isly*
la responsabilité de la manœuvre, j'ai donc ressenti
beaucoup plus vivement cette fois la crainte de l'accident et la satisfaction de l'avoir évité; toutefois je
n'eus guère le temps de m'abandonner à ce dernier
sentiment, car il me fallait recommencer l'accostage,
tandis que le *Surveillant,* maître de sa manœuvre,
avec sa soupape en bon état, se trouvait déjà amarré
à tribord du *Caméléon.* Après avoir pris un grand
tour par l'arrière, je stoppai de bonne heure, me réservant de donner au besoin quelques tours de roues
en avant, et j'arrivai tout doucement et heureusement à mon poste. J'étais à peine amarré le long de
la corvette, que les officiers sont venus m'enlever
pour dîner avec eux pendant qu'on embarquait le
charbon. Ce dîner a été des plus gais; il semblait
qu'on se retrouvât après une longue séparation, tant
il s'était passé de choses pendant ces trois jours.
Tout le monde parlait à la fois; on se racontait les
incidents de la traversée, comme les chasseurs réunis
au souper du soir se racontent leurs exploits de la
journée; on se félicitait surtout d'avoir échappé aux
coups de vent du golfe de Gascogne, et ces parages
heureusement traversés, le reste du voyage ne semblait plus qu'un jeu. A six heures, nous avons
débordé du *Caméléon* et remis en route à sa suite
pour sortir de la baie.

Lundi 27 août, au mouillage de Cascaës, 11 heures du soir.

Je viens de mouiller à l'embouchure du Tage par dix brasses de fond, suivant les indications du pilote; mes chaînes n'ont que 36 brasses de longueur, c'est insuffisant pour assurer la tenue de l'ancre, avec les fortes rafales de vent du nord qui soufflent par moments; aussi n'ai-je pas fait éteindre les feux. On les a poussés au fond des fourneaux et je me tiens prêt à tout événement.

Pendant la matinée d'hier, nous avons longé les côtes d'Espagne et de Portugal à grande distance; à midi, elles étaient hors de vue. C'était notre premier dimanche à la mer. En montant sur le pont, j'ai trouvé l'équipage content et dispos, occupé à faire le grand nettoyage du bateau qui prenait déjà un air de fête : on briquait les échelles; le chef de pièce fourbissait ses deux espingoles; le timonier, l'habitacle[1], les batayoles, les claires-voies, le dôme de l'échelle arrière, le fourneau de la cuisine jusqu'aux bidons et gamelles de l'équipage; rien n'était oublié. A dix heures, j'ai passé, suivi du lieutenant, une inspection minutieuse du bâtiment, et j'ai complimenté tout le monde. Les malades sont en bonne voie de guérison; le soleil, la belle brise de nord qui nous

---

1. Boîte en cuivre renfermant la boussole.

faisait filer nos huit nœuds, réjouissaient tous les cœurs.

Au coucher du soleil cependant, cette belle brise a fraîchi considérablement et est devenue un grand vent creusant la mer en vagues énormes. Les grands vents de nord qui règnent sur les côtes du Portugal sont bien connus des navigateurs et font le bonheur de ceux qui vont dans le sud, surtout lorsqu'ils ont sous les pieds un bâtiment de dimensions quelque peu respectables. Pour l'*Économe* et son camarade, le *Surveillant,* ce temps devenait fort gênant. Nous courions vent arrière avec la misaine de fortune. Il fallait faire de la toile et marcher à pleine vapeur, de manière à éviter le choc des lames que le vent roulait devant lui avec une grande vitesse. Le large gouvernail, excellent pour évoluer par beau temps ou dans les rivières, acquérait dans cette circonstance une puissance qu'il était difficile de maîtriser, et faisait embarder le bâtiment de 45 degrés de chaque bord; la lame nous prenait alors par la hanche et son action, jointe à celle du vent dans les énormes tambours, nous couchait sur le côté; puis le navire revenait vers sa route en se redressant, et continuait son mouvement du bord opposé, notre marche se composant ainsi d'une succession indéfinie de larges oscillations. J'avais mis d'abord deux hommes à la barre pour tâcher d'en réduire l'amplitude véritablement inquiétante par

moments, car si un faux coup de barre nous avait fait
venir en travers, nous aurions été roulés comme
des barriques, et le *Caméléon*, assez loin devant nous
dans les rayons de la lune, n'aurait pu nous secourir.
J'ai fini par prendre moi-même le gouvernail avec
Gombaud, qui se trouvait de quart, et je suis parvenu
à diminuer sensiblement les embardées.

C'était du reste un spectacle admirable : la lune
dans son plein au milieu d'un ciel sans nuages
argentait la crête des lames et donnait un éclat
éblouissant aux panaches d'écume qu'elles proje-
taient devant elles. Je les voyais s'avancer en défer-
lant vers l'arrière, bien au-dessus de ma tête, on
aurait dit qu'elles allaient se précipiter sur le
pauvre *Économe* et l'engloutir ; au lieu de cela, elles
le soulevaient doucement, puis elles glissaient jusqu'à l'avant qui se redressait vivement alors sous
leur masse énorme. J'avais par précaution fait fermer les panneaux, à l'exception de celui de la machine, mais le bâtiment se comportait admirable-
ment et n'embarquait presque pas d'eau. Vers une
heure du matin, le vent ayant un peu diminué,
je suis descendu dans ma chambre, et je me suis
étendu tout habillé sur le divan, prêt à sauter au
besoin sur le pont. J'entendais le bruit de l'eau courant le long de la muraille si mince qui m'en séparait, et je jugeais aux mouvements du navire comment gouvernaient les hommes de barre. J'ai fini par

m'endormir d'un profond sommeil, car la nuit précédente il m'avait fallu surveiller la terre que nous côtoyions de très près. Lorsque je me suis éveillé, le soleil inondait ma chambre, il était huit heures; le vent avait beaucoup molli et la mer était moins houleuse. A une heure, nous passions entre la côte et les îles Berlingues, qui se trouvent à une quarantaine de milles de l'embouchure du Tage; et ne pouvant gagner la rade avant la nuit, le *Caméléon* nous a précédés dans cette petite baie, d'où nous nous remettrons en route au jour pour aller prendre le mouillage de Lisbonne; il faudra trois heures à peine pour y arriver. Je vais y trouver le *Newton*, et mes bons amis avec lesquels j'ai passé toute l'année dernière dans ces heureux parages. Ils ne me savent pas si près d'eux et je suis bien certain que leur premier mouvement, lorsque demain matin on signalera l'*Économe*, sera de se réunir dans le carré pour boire un grog américain à ma santé. Je les vois même allant réveiller le commissaire et le docteur pour les obliger à prendre part à cette petite fête. La Société Jérôme et Galichon est coutumière de ces méfaits.

Jérôme et Galichon sont deux de mes camarades d'école avec lesquels j'ai débuté, en sortant du *Borda*, par une campagne de trois ans sur l'*Africaine* aux Antilles. Puis nous avions tiré chacun de notre bord, mais une fois enseignes de vaisseau, le hasard

L'*Économe* vent arrière sur les côtes du Portugal (page 87).

les avait de nouveau réunis tous les deux sur le
Newton, en /armement à Brest. Un jour je reçus
à Paris une lettre de Jérôme. Le *Newton* était sur
le point de partir, et on leur annonçait l'arrivée d'un
officier en supplément, quelque *malle-en-cuir*, quelque
Parisien, quelque intrigant qui avait obtenu de se
faire embarquer hors tour, et allait troubler leur intimité. Sans savoir son nom, ils l'envoyaient au diable :
« Pourquoi, ajoutait-il, n'as-tu pas cherché à obtenir
ce poste ? » L'officier ainsi désigné par le sobriquet
de *Malle-en-cuir*, c'était précisément moi, et quelques
jours après j'allais frapper, à six heures du matin, à
la porte de mes amis. C'est alors que se forma la
Société Jérôme et Galichon, qui réunit un certain
nombre d'adhérents parmi les amateurs de grog de
la station du Tage et des pays circonvoisins. Les
membres de cette société se distinguaient surtout
par une sobriété exemplaire, en même temps que par
leur délicatesse à manier le grog et l'à-propos avec lequel ils savaient en user. Passait-on devant Tarifa, ce
qui pendant certaine croisière arrivait plusieurs fois
dans la même journée, l'officier de quart envoyait
un timonier prévenir au carré, et tous se mettaient
aussitôt en devoir de *faire tomber le croissant*. Cela
consistait à vider les verres en l'honneur de la célèbre victoire remportée dans ces lieux sur le roi
de Maroc et de Grenade ensemble ; à la mémoire
de Fernand, ce jeune héros qu'un seul jour fit con-

naître, à la mémoire enfin de la belle Léonore, dont
la touchante image et les tragiques aventures paraissaient surtout émouvoir le tendre cœur de notre ami
Jérôme. Un grog pour boire à tant d'objets à la
fois, pouvait-on faire moins!

C'était encore avec le grog savamment manœuvré
que nous secondions les efforts de la diplomatie en
réjouissant le cœur des officiers étrangers reçus en
visite à bord du *Newton*. La science, d'autre part, y
trouvait parfois un utile secours, car nous nous
étions mis à la recherche des rats à trompe dont
une société savante nous avait instamment priés de
lui fournir un couple vivant. Comme tout le monde,
nous ignorions alors que ladite trompe n'était autre
chose qu'une queue greffée par un zouave loustic
sur le nez d'un camarade rongeur; et nous cherchions
consciencieusement ce rat fantastique sur toutes les
côtes où nous abordions, en retrempant nos cou-
rages dans la liqueur ambrée et fortifiante du grog.

Les divers incidents de cette joyeuse campagne
me reviennent à la mémoire, et demain tout ce
passé revivra, car mon ancre à peine au fond,
Jérôme et Galichon vont, à coup sûr, arriver à bord
et mettre l'*Econome* à sac.

Je retrouverai encore d'autres amis à Lisbonne,
tout le personnel de la légation de France : Saint-
Robert, du Menguy, Saint-Vallier. Voilà bien du
monde à revoir et bien des mains à serrer; la relâche

sera de courte durée cependant, si, comme cela est
probable, M. Arnoux, qui ne connaît âme qui vive
à Lisbonne, presse les approvisionnements pour
repartir au plus vite.

Mardi 28 août, midi.

Si courte qu'elle soit, cette relâche me paraît maintenant d'un ennui mortel, car me voici avec mes
beaux projets évanouis, comme Perrette devant son
pot au lait. Le *Newton* est parti avant-hier pour Cadix;
à l'exception de du Menguy, la légation est en congé,
je serai donc réduit pour toute distraction à faire
nettoyer mon bateau et piquer le sel des chaudières.
Je me trompe, j'aurai une autre ressource : celle
de mettre au courant ma comptabilité, dont je n'ai
pas fait un chiffre depuis le départ, bien que je cu-
mule aussi les fonctions de commissaire, sans le
traitement bien entendu, avec celles de capitaine et
de chirurgien. Nous y repenserons; en attendant, je
vais aller à bord du *Caméléon,* rendre compte de la traversée au commandant et recevoir ses instructions.

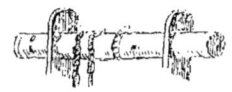

CHAPITRE IV

La Station du Tage

Le *Newton* dans les eaux du Tage. — Comment les Anglais exercent
leurs capitaines. — Nous ne sommes pas embarrassés de nos parts de
prises. — A bon chat bon rat. — Fausse joie d'une garnison portugaise. — Les monopoles du sultan Abd-er-Rhaman. — Deux portraits traînés en triomphe dans une voiture. — Le revers de la médaille.

Lisbonne, 30 août.

A ville de Lisbonne présente, comme
sa rade, l'aspect d'un véritable désert
dans cette saison ; non seulement le
personnel de la légation de France est absent, mais
la société elle-même est en villégiature à Cintra
ou dans ses terres; on ne rencontre pas dans les
rues, au Passeo, une seule figure de connaissance;
autant rester à bord. La comptabilité m'a occupé
quelque peu, après quoi je me suis mis à feuilleter
une foule de vieux papiers, au milieu desquels j'ai

retrouvé le journal du *Newton*. C'est sans doute quelque bon génie qui l'aura glissé là pour m'aider à tromper les ennuis de l'heure présente en parcourant ces pages toutes remplies du souvenir des amis absents et des choses que nous avons vues ou faites ensemble. Cette lecture terminée, j'ai pris la plume, et j'en ai résumé les passages les plus saillants dans le récit qu'on va lire.

La campagne avait débuté par un de ces événements qui, en raison de la secousse qu'ils occasionnent, mettent en pleine lumière la situation politique d'un pays. On ne saurait trouver de moment plus favorable pour en observer les éléments; on les observe pour ainsi dire malgré soi, en se promenant dans les rues et en entendant ce qui se dit un peu partout. C'est ainsi que j'ai été mis par la force des choses, au courant des questions qui s'agitaient à cette époque en Portugal.

Le *Newton* était mouillé à Lisbonne depuis quelques jours seulement, lorsque la reine mourut presque subitement, le 15 novembre 1853, laissant deux fils dont l'aîné, Dom Pedro V, lui succéda sous la régence de son père. Il serait difficile de trouver dans l'histoire un règne plus tourmenté que celui de l'infortunée Dona Maria II. Appelée au trône à l'âge de sept ans, trahie tout d'abord par son fiancé Dom Miguel qui s'empara de sa couronne,

Le *Newton* et l'escadre anglaise en rade de Lisbonne (page 101).

7

obligée de s'enfuir et d'accepter la protection de l'Angleterre et de l'Espagne, devenue veuve après cinq mois d'un premier mariage, elle a été pendant plus d'un quart de siècle le jouet et la victime des partis qui se sont disputé le pouvoir, et dont il lui a fallu subir plus d'une fois les brutales exigences ; à la veille de sa mort, les intrigues du comte de Thomar menaçaient encore de plonger le pays dans de nouvelles agitations. Cet événement y coupa court. Les Chartistes et les Progressistes firent trêve à leurs ressentiments personnels pour protester ensemble de leur entier dévoûment à la dynastie régnante, et ils trouvèrent un tel appui dans le peuple que les partisans de Dom Miguel eux-mêmes n'osèrent pas troubler le concert de regrets qui se produisit d'un bout à l'autre du royaume. Le pouvoir du duc de Saldanha, alors premier ministre, bénéficia momentanément de cet état des esprits, mais ce calme auquel le Portugal n'était pas habitué, fut de courte durée : au printemps de 1854, le duc tomba gravement malade, la guerre de Crimée éclata, aussitôt tous les ennemis de la dynastie s'unirent pour susciter une petite révolution, au cas où un échec des puissances alliées viendrait à coïncider avec la mort de l'homme qui, par son influence et par sa popularité, constituait la plus grande force du Gouvernement. En même temps, des agents russes parcouraient le pays, annonçant que le Czar avait surtout pour but, dans la guerre qu'il venait d'entreprendre, de rétablir sur tous les trônes les représentants de la légitimité. Ils montraient l'Angleterre obligée d'abandonner le Portugal à lui-même, pour faire face aux nécessités de l'expédition de Crimée, et faisaient entrevoir la possibilité pour le pays de secouer enfin le joug qui pesait sur lui depuis le traité de Methuen ; jamais on n'avait vu auparavant tant de Russes en Portugal. Toutefois ces tentatives se trouvèrent bientôt déjouées par le succès des armées alliées et par le retour à la santé du duc de Saldanha.

Mouillé presque continuellement dans le Tage, le *Newton* était en quelque sorte une annexe flottante de la légation de France, et son commandant prenait très au sérieux le rôle de diplomate que lui imposaient les circonstances. Les manifestations de l'influence anglaise appelaient plus particulièrement son attention. Tandis que la France n'entretenait qu'une ou deux corvettes sur toute l'étendue des côtes de la péninsule et du nord de l'Afrique, une frégate anglaise restait constamment mouillée à Lisbonne, et chaque année l'escadre venait avec une certaine affectation, au moment des fêtes de Noël, y montrer pendant plus ou moins de temps les bouches de ses canons. Elle accourut à la nouvelle de la mort de Dona Maria, comme si le jeune roi avait eu besoin de sa présence pour consacrer et affermir son trône.

Deux vaisseaux, sept frégates et une corvette mouillèrent donc un beau matin dans le Tage, sous les ordres de l'amiral Corry, et le pauvre *Newton* disparut à la lettre au milieu de cette flotte imposante. Notre amour-propre de marins français eut d'abord à en souffrir quelque peu; un jour cependant il nous fut donné de constater que le nombre ne suffit pas toujours pour assurer le prestige. Plusieurs des bâtiments anglais armés tout récemment étant arrivés avec des équipages peu exercés, même incomplets, l'amiral se mit en tête d'appareiller à la voile pour aller manœuvrer au large par un temps à grains et un fort vent de N.-O. L'essai ne fut pas heureux : deux frégates s'abordèrent en appareillant et se firent de graves avaries; quelques instants après, le vaisseau *le Duc-de-Wellington,* portant le guidon du commodore Martin, et la frégate *Arrogant* se mettaient à la côte, tandis que le reste de l'escadre ne pouvant franchir les passes, se voyait obligé de mouiller précipitamment et en désordre.

Dans ces circonstances et bien que la démarche fût de nature à ajouter encore au désagrément de ce qui venait de se passer, le commandant de Challié ne pouvait guère se dispenser d'offrir ses services pour secourir les navires en détresse; il alla donc en toute hâte à bord du vaisseau amiral *Prince-Regent* qui avait déjà repris son mouillage. L'amiral eut le bon esprit de ne rien laisser paraître du dépit qu'il

devait ressentir, et allégua, en refusant l'assistance
du *Newton,* la nécessité de laisser les capitaines se
tirer eux-mêmes de ces sortes d'affaires qu'il considérait d'ailleurs comme très utiles à leur instruction et à celle des équipages ; un peu plus il aurait
juré qu'il l'avait fait exprès. Quoi qu'il en soit, il
eut tout le loisir de regarder travailler ses capitaines,
car la journée entière se passa à relever les navires
échoués et à séparer ceux qui s'étaient abordés.
Cette dernière opération présenta même de grandes
difficultés pour l'un d'eux, le *Disperate,* qui étant
tombé en plein travers sur l'avant de son camarade
où le courant le retenait avec force, avait sa muraille de bâbord entièrement défoncée. Le capitaine
passa devant un conseil de guerre qui le démonta
de son commandement ; quant à l'amiral Corry,
malgré sa disposition d'esprit à envisager les événements humains par leur bon côté, il ne se risqua
plus à recommencer cet exercice sous les yeux jaloux qui l'environnaient, et lorsqu'il lui fallut quitter
le Tage, il en sortit prudemment à la vapeur, comme
tout le monde.

Nous suivîmes de près l'escadre anglaise pour nous
mettre à la recherche des navires russes. La déclara-
tion de guerre s'était produite assez soudainement
pour être encore ignorée des bâtiments naviguant au
loin, et qui, devenus nos ennemis sans le savoir, vien-

draient peut-être se jeter dans les croisières françaises
comme des papillons à la chandelle. On en signalait
en outre un grand nombre en chargement dans les
ports de la péninsule; nous avions à surveiller leur
sortie, afin de les saisir en dehors des eaux neutres.

Espérances et projets s'en allèrent en fumée. Ce
ne fut pas pourtant faute de battre la mer et de faire
des prodiges d'imagination pour dissimuler notre

Le *Newton* au mouillage sur les côtes d'Espagne (page 104).

aspect militaire et même notre nationalité; on avait
beau masquer les canons, laisser le gréement en désordre, hisser les pavillons les plus rassurants, les
Russes ne voulaient pas mordre. Un jour que le
Newton naviguant sournoisement sous le pavillon
portugais « *quærens quem devoret* », passait en vue du
petit port de Figueira, dans les Algarves, la garnison

qui ne connaissait à son pays d'autre navire de guerre
que le vieux *Mindello,* fut saisie à notre aspect d'un
tel accès de joie patriotique qu'elle accourut tout
entière sur les remparts et se mit à saluer en ame-
nant trois fois son drapeau, avec accompagnement
de coups de canon. Les usages internationaux per-
mettent d'arborer de faux pavillons à la mer, mais
non de les appuyer du canon. Il nous fallut donc,
avant de répondre au salut, hisser les couleurs françaises et ôter à ces braves gens leur illusion. Nous
le fîmes à regret; il nous semblait voir derrière
leurs murailles les guerriers portugais tout attristés
et nous reprochant un mensonge dont ils ne devi-
naient pas le motif.

Sur les avis transmis par nos consuls, nous visi-
tâmes successivement Cadix, Malaga, Algésiras,
Alicante, mais nous ne pouvions nous trouver partout à la fois, et lors même que nous étions présents, il nous arrivait de voir sortir à notre nez et à
notre barbe, à l'abri d'un pavillon neutre quelconque,
des navires russes soi-disant vendus à des tiers.

Un jour, nous nous rendons en toute hâte à Cadix
pour observer un beau trois-mâts, l'*Écho,* qui faisait ses
préparatifs de départ, et nous mouillons à côté de lui,
prêts à nous élancer à sa poursuite. Bientôt le bruit
court que ledit trois-mâts vient d'être cédé à la maison Uberg et Crammer de Hambourg; un matin

Le canot du *Newton* abordant un brick français (page 108).

nous voyons, en effet, le nom de *Karl-Edward* apparaître à l'arrière, et le pavillon hambourgeois flotter
à la corne. Le commandant de Challié avait des
doutes sur la sincérité de cette vente, bien que les
consuls de France et d'Angleterre en eussent légalisé
le contrat; il soupçonnait en outre le navire d'avoir
conservé son équipage, augmenté de matelots appartenant à d'autres bâtiments russes et qu'on cherchait
à rapatrier, ce qui aurait constitué une violation des
devoirs des neutres et fait valider la prise. Il se
rendit en conséquence à terre pour causer de tout
cela avec notre consul, M. Bresson, après avoir re-
commandé au lieutenant de veiller sur notre précieux
voisin et d'épier tout ce qui se ferait à bord. Une
heure environ s'était écoulée depuis son départ, il
pouvait être cinq heures du soir, lorsque nous voyons
soudain tout s'agiter sur le pont du *Karl-Edward;* les
voiles se déploient comme par enchantement, l'ancre
est levée et le navire se dirige vers les passes, salué
sur sa route par les pavillons de tous les bâtiments
russes sur rade. Ce salut qui ne pouvait s'adresser
qu'à des compatriotes, levait tous les doutes. Aussitôt
les préparatifs d'appareillage sont achevés : on allume
les feux en virant à long pic, tandis qu'un exprès
court chez le consul prévenir le commandant. Une
demi-heure après, nous étions sous vapeur à la chasse
du faux hambourgeois; mais une jolie brise d'Est
lui avait donné de l'avance, la nuit tombait, et plu-

sieurs navires à la voile dans ces parages pouvaient donner le change. On continua cependant la chasse, toutes les lorgnettes et longues-vues du bord braquées sur l'ombre noire qui semblait se perdre par instants dans l'obscurité. Vers minuit, la brise ayant molli, nous atteignîmes enfin le navire qui, sur l'ordre du commandant, mit en panne sans résistance. Ce n'était plus, hélas! le *Karl-Edward* que nous tenions sous la menace de nos canons, il s'était métamorphosé en quelque sorte sous nos yeux en un navire espagnol portant des passagers à la Havane; un officier du *Newton,* envoyé à bord, ne put que constater le fait; quant au Russe, il nous avait bel et bien échappé.

Une autre fois, dans les parages d'Alicante, nous nous étions lancés à la poursuite d'un navire aux allures suspectes, qui paraissait avoir un nombreux équipage, s'obstinait à ne pas hisser son pavillon, et s'éloignait en forçant de voiles pour nous éviter. Un premier coup de canon à poudre lui avait donné des ailes, le sifflement d'un boulet à travers son gréement les lui fit replier. Il faisait nuit noire lorsque nous l'atteignîmes. J'embarquai dans un canot avec vingt hommes armés jusqu'aux dents pour enlever le navire de vive force, et un instant après je grimpais à bord suivi de mon monde. A ma grande surprise, je fus reçu par le capitaine qui, sa casquette à la main, me fit un profond salut. Je venais de prendre à l'abordage un paisible navire français qui s'en allait à Marseille. Le brave capitaine, pressé d'arriver à sa destination, et ne voulant pas s'attarder à mettre en panne pour attendre notre visite, n'avait rien imaginé de plus malin que de prendre la fuite, dans l'espérance de s'échapper à la faveur de la nuit; il était tout capot de sa déconvenue, se confondait en excuses et en protestations d'obéissance, et jurait qu'il ne recommencerait plus jamais. Après avoir visité son bâtiment du haut en bas, je l'emmenai pour qu'il se confessât lui-même au commandant du *Newton*. Il en fut quitte pour une verte semonce et huit jours d'arrêt dont mention fut faite sur son rôle d'équipage. Tout cela, hélas! ne nous donnait pas de parts de prises.

En passant dans le détroit de Gibraltar, nous nous arrêtions souvent à Tanger, où le consul général aimait depuis quelques mois surtout à voir flotter le pavillon du *Newton*. L'empereur Abd-er-Rahman se trouvait, en effet, menacé par une insurrection qui lui donnait de sérieuses préoccupations. Il ruinait le pays depuis longtemps par ses exactions et par un monopole établi à son profit sur tous les produits destinés à l'exportation. Il s'était constitué ainsi le seul et unique marchand de son empire, procédé d'une merveilleuse simplicité pour faire sa fortune aux dépens de celle de ses sujets. Après avoir souffert sans mot dire, comme c'est le devoir de bons et vrais musulmans, ceux-ci avaient fini cependant par trouver ce régime intolérable, et le fils du précédent empereur, écarté du trône au mépris de ses droits légitimes, profitant habilement du mécontentement général, leva tout à coup l'étendard de la révolte dans le Tafilet. Ses progrès furent rapides, le bruit courait même à Tanger qu'il menaçait, à la tête de 20,000 Berbers, la capitale de l'empire, dont il ne se trouvait plus qu'à trois journées de marche; on ajoutait que le Cheik-ul-Islam lui était secrètement dévoué.

Toujours est-il que les prières du Latif, que le Coran n'autorise que dans les grands périls, venaient d'être ordonnées pendant un mois dans tout l'empire; des approvisionnements considérables et des fusils des fabriques de Tétuan étaient dirigés en toute hâte sur Fez, où l'on formait un camp de 10,000 hommes; enfin Abd-er-Rahman avait disgracié et jeté en prison son ministre et confident intime, Moktar, l'inventeur et l'organisateur des monopoles. Partout ailleurs qu'au Maroc, on eût considéré ce dernier acte comme un présage de l'abandon du système abhorré qui exaspérait les Marocains. Il n'en était rien cependant et l'emprisonnement de Moktar n'avait en réalité d'autre objet que de lui faire rendre gorge, l'empereur ayant de fortes raisons de supposer que son fidèle serviteur l'avait volé dans des proportions excessives, eu égard même aux usages du pays. Je crois, en effet, que l'opération ayant réussi au gré de ses désirs, Abd-er-Rahman lui a rendu depuis ses bonnes grâces et ses fonctions, sauf à recommencer le même traitement lorsqu'il le jugerait suffisamment saturé de nouveaux trésors.

Il n'y avait pas lieu, au point de vue des intérêts français et européens, de redouter outre mesure les conséquences de la révolution qui se préparait. Le commerce extérieur souffrait beaucoup du régime actuel et l'on pouvait espérer mieux d'un gouvernement nouveau. En tout cas, il importait de nous ménager une situation qui permît à un moment donné de tirer parti des événements au profit de l'influence française. Tel était le but de nos fréquents séjours à Tanger, et sur la demande du consul général, le commandant du *Newton* résolut de montrer notre pavillon dans les ports situés sur la côte occidentale du Maroc, Salé, Rabat et Mogador. Nous allions donc partir, enchantés de visiter ces parages qui nous étaient inconnus, lorsque la nouvelle des progrès de l'insurrection militaire d'Espagne nous obligea à renoncer à ce projet et à revenir précipitamment au mouillage de Cadix.

Suivant l'usage espagnol, le mouvement avait commencé par un pronunciamento militaire. Le 28 juin, les généraux O'Donnel et Dulce, assurés de

l'appui de la cavalerie dont ce dernier était directeur
général, faisaient remettre à la reine Isabelle une sup-
plique réclamant le changement du ministère et le
maintien de la Constitution de 1845 dont le prochain
renversement n'était plus un mystère pour personne.
Le Gouvernement répondit à coups de canon, et les
insurgés, arrêtés à la porte de Madrid dont la population, prise au dépourvu, ne s'était pas soulevée à leur
appel comme ils l'avaient espéré, durent s'éloigner
de la capitale. Ils se dirigèrent vers l'Andalousie où
ils espéraient trouver des auxiliaires. Le ministre de
la guerre s'était bien mis en personne à leur poursuite,
mais depuis quinze jours on n'avait de cette expédition que des nouvelles incertaines et contradictoires,
et malgré l'optimisme des dépêches officielles annonçant invariablement la déroute complète des révoltés
et la fin de l'insurrection, nous ne voyions autour de
nous que gens préoccupés et visages de plus en plus
soucieux ; les événements leur donnèrent bientôt
raison.

Le 19 juillet, on recevait à Cadix un télégramme
de Madrid faisant connaître la démission du ministère San Luiz et son remplacement par celui du duc
de Rivas. La capitale était en pleine insurrection : on
pillait, on incendiait les hôtels des anciens ministres ;
la reine Christine était assiégée dans son palais de la
rue de Las Rejas par une multitude en fureur qui
voulait l'écharper. Pendant ce temps, la colonne

insurgée poursuivait sa marche vers Séville. La veille
au matin, le capitaine général de la province avait
publié un bando, dans lequel il jurait de se défendre
jusqu'à la mort contre les rebelles, mais à midi il
faisait volte-face et annonçait dans une seconde pro-
clamation non moins énergique « qu'une partie de la
garnison de Séville irait au-devant des *libérateurs* jusqu'à Carmona, pour fraterniser avec eux et rentrer
ensuite au son des cloches, avec toutes les démonstrations d'usage, pour fêter cet heureux événement. »

A Cadix même, au moment de notre arrivée en
rade, une certaine agitation se manifestait déjà dans
la ville. Des groupes parcouraient les rues aux cris de :
« Vive la Constitution ! vive la garde civique ! » et le
soir même on établissait une junte provisoire. Son
premier acte fut de mettre en liberté le général
Martinez, ancien gouverneur de Cordoue, empri-
sonné au mois de février précédent pour avoir entraîné à la révolte un régiment en garnison à Sara-
gosse. Après tout, dans cette circonstance, la montre
du général Martinez ne s'était trouvée en avance que
de cinq mois, ce qui en Espagne est bien excusable.
Sa délivrance calma momentanément les esprits,
mais le lendemain soir la nouvelle des événements
de Séville y réveilla la fièvre : Cadix ne pouvait
mentir à son passé, à son histoire et se laisser dis-
tancer ainsi dans l'accomplissement de l'œuvre

8

révolutionnaire. Le peuple se souleva donc; les
groupes, conduits par des officiers, se réunirent
d'abord sur la place Mina, puis se portèrent à l'hôtel
du gouverneur civil, en chantant l'hymne de Riego,
s'emparèrent d'un drapeau dont ils firent l'étendard de la garde civique, et formèrent une junte
de gouvernement, après avoir proclamé la Constitution de 1837. Toute la nuit nous entendîmes les
chants de la manifestation auxquels répondaient les
cris de joie d'une corvette espagnole qui, à peine
arrivée sur rade, s'était empressée de faire son adhé-
sion au mouvement insurrectionnel.

C'était une fête non interrompue, ou plutôt sans
cesse renaissante : on n'avait pas encore fini de célébrer l'avènement du ministère Rivas que l'on commença à célébrer sa chute. L'enthousiasme ne con-
nut plus de bornes lorsqu'on apprit que la reine
Isabelle venait de faire appel au duc de la Victoire;
on alla jusqu'à l'acclamer, ce qui n'était pas encore
arrivé depuis le commencement des événements,
et un cortège monstre s'organisa comme par enchantement autour de deux voitures découvertes contenant les portraits de la Reine et d'Espartero. Au
milieu du trajet, la foule dont les transports allaient
toujours *crescendo*, dételat les mules et se mit à
traîner les voitures jusqu'à l'hôtel de ville. Là on
proclama derechef la Constitution de 1837, après
quoi les orateurs se mirent à débiter une série in-

définie de discours plus violents les uns que les
autres, aux applaudissements du public qui couvrait
la place, applaudissements donnés de confiance,
car la plupart des assistants ne pouvaient rien entendre.

Tandis que d'un côté, du côté qui regardait la
ville, les bruyantes clameurs de la révolution triom-
phante parvenaient à nos oreilles, de l'autre, du côté
tourné vers la rade, nous voyions aborder en silence,
fuyant devant les fureurs populaires, les victimes de
cette révolution, les fonctionnaires espagnols qui
avaient refusé de pactiser avec elle. Ils avaient failli
être massacrés, et auraient fatalement péri si le
Newton ne· s'était trouvé là à point nommé pour les
recueillir à bord.

Ce fut d'abord le contre-amiral Pinzon, capitaine
général des gardes-côtes, dont tous les bâtiments
avaient fait l'un après l'autre leur pronunciamento;
puis le gouverneur civil de Séville, son fils et un
général qui s'étaient jetés dans une barque à tout
hasard, et avaient descendu le Quadalquivir sans
savoir où ils pourraient aborder. Les derniers réfugiés nous arrivèrent de la ville de San Fernando,
située à cinq milles environ de Cadix, dans l'île de
Léon. La population s'était déclarée en faveur de la
révolution, et avait entraîné la garnison dont les
chefs, le capitaine général Dom Juan de Sotillo et
le colonel Dom José de Posada-Iriarte avaient failli

payer de leur vie leur courageuse résistance. Les
nouvelles de Barcelone, d'Alicante, de Carthagène,
de Malaga annonçaient que le mouvement révolutionnaire s'était produit au milieu de scènes de désordre. Presque partout la lutte avait été sanglante,
et sous le masque de la politique, les vengeances
particulières s'étaient donné un libre cours. Après
la fuite des autorités, on avait cherché vainement
des garanties d'ordre et de moralité dans le choix
des membres des juntes de gouvernement, mais
le plus souvent les honnêtes gens s'étaient vus dé-
bordés.

Madrid était toujours en armes, on disait la reine
Isabelle elle-même bloquée dans son palais par la
populace qui voulait la forcer à livrer ses anciens
ministres que l'on y croyait cachés, ainsi que plusieurs membres de la famille de la *Señora Rianzarès.*
La haine était si générale et si violente contre la
malheureuse reine Christine que l'on entendait des
hommes honorables manifester hautement leur étonnement qu'on n'en eût pas fini déjà avec une princesse à laquelle on attribuait tous les maux dont
l'Espagne avait à souffrir.

Nous ne pouvions conserver indéfiniment à bord
les réfugiés ; après avoir attendu quelques jours
encore, le commandant se décida à les conduire à
Gibraltar où ils débarquèrent en sûreté. Il trouva, en
arrivant dans ce port, des dépêches du ministre de

la marine, lui enjoignant de se rendre sur la côte du
Riff pour châtier les pirates qui venaient de commettre de nouveaux méfaits. C'était pour nous une
diversion aux tristes scènes dont nous venions d'être
les témoins, et la perspective de cette expédition
nous causa une vive satisfaction.

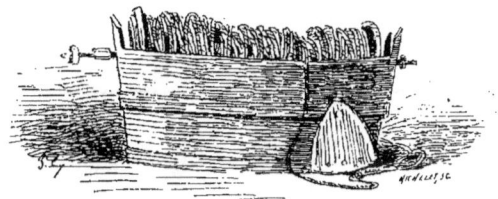

CHAPITRE V

La Station du Tage (suite). — *L'expédition du Riff.*
La reine Christine à bord du Newton.

Comment il n'y avait aucun motif de faire l'expédition du Riff. — Un
fort espagnol bloqué par les Kabyles. — Le Combat. — Où l'on
reconnaît l'utilité d'appartenir à la confrérie universelle des pêcheurs
à la ligne. — Le Marabout des Beni-Saïd. — Le traité de paix. —
La reine Christine et l'ordre du porte-crayon. — Deux fonctionnaires
fort ennuyés.

ils faisaient souvent et depuis longtemps
parler d'eux, les pirates du Riff. Non seu-
lement ils pillaient les navires de commerce, mais ils maltraitaient assez rudement les
bâtiments de guerre envoyés de temps à autre pour
les châtier. On parlait encore, dans la station, d'un
prince royal de Prusse qui, ayant eu l'imprudence de
débarquer avec son équipage, n'avait dû son salut
qu'à une retraite précipitée. Ce n'était pas là un fait
isolé : il y a deux ans, le capitaine Pawers, commandant le brick de guerre anglais *le Janus*, était

descendu à terre pour incendier les barques de pirates; mais enveloppé tout à coup par des nuées d'Arabes, il avait regagné son bord à grand'peine avec deux balles dans les jambes et plusieurs hommes hors de combat. Tout récemment enfin, les pirates s'étaient emparés d'un bâtiment de commerce anglais, le *Cuthbert-Jung*, dont l'équipage s'était estimé fort heureux de pouvoir se sauver dans les embarcations et gagner Gibraltar. Le capitaine Rice, commandant la corvette stationnaire, le *Prometheus*, s'étant rendu immédiatement sur les lieux, trouva le navire mouillé près de la côte et rempli de Riffains, qu'il lui fallut mitrailler pour les obliger à abandonner leur prise; ses propres embarcations furent accueillies par une vive fusillade, lorsqu'elles allèrent prendre à la remorque le *Cuthbert-Jung* pour le conduire au large.

Quant aux attaques contre les Espagnols, on ne les comptait plus. La côte du Riff, située à une cinquantaine de milles dans l'ouest d'Oran, est voisine du presidio de Melilla, avec lequel les indigènes sont en hostilités régulières et incessantes. Ils prétendent, en pillant les Espagnols, agir non comme pirates, mais comme corsaires, et ne manquent guère les occasions qui s'offrent d'exercer ce qu'ils appellent leurs droits; le bateau-poste d'Alhucemas venait d'en faire l'expérience; il avait été arrêté et complètement dévalisé.

Poussé par l'opinion publique qu'avaient fini par irriter ces fréquentes et audacieuses attaques presque en vue de ses propres côtes, le gouvernement espagnol avait résolu d'y mettre ordre et préparait à cet effet, dans les ports d'Alicante et de Malaga, une importante expédition composée de vingt bâtiments portant douze cents hommes et soixante canons. On devinera ce qu'il advint de ces préparatifs, lorsqu'on saura qu'ils étaient dirigés par l'amiral Pinzon, celui-là même qui, dépouillé de tout par ses équipages révoltés, était venu se réfugier à bord du *Newton*.

Les choses en étaient là lorsque le commandant reçut l'ordre d'aller sur la côte du Riff châtier les pirates. Il se mit aussitôt en route pour Tanger, afin d'en conférer avec le consul général, M. Jagerschmidt. C'était évidemment la première chose à faire, d'abord parce qu'il s'agissait d'opérer sur le territoire marocain, puis, s'il faut tout dire, parce que cet ordre était aussi inattendu qu'inexplicable. N'était-il pas étrange, en effet, alors qu'aucun des navires attaqués par les Riffains, depuis longtemps au moins, n'était français ; que les gouvernements directement intéressés, l'Angleterre, la Prusse, l'Espagne, ne jugeaient pas à propos, ou ne se trouvaient pas en situation d'agir, n'était-il pas étrange de nous voir, prenant leur cause en main, partir en guerre tout à coup pour les venger, sans même qu'ils nous en eussent priés.

M. Jagerschmidt fut très surpris en apprenant ce qui se préparait, et ne dissimula pas au commandant de Challié combien cette expédition lui paraissait inopportune et compromettante. Ne pouvant songer après les enseignements du passé à opérer un débarquement, il faudrait se borner à détruire à coups de canon quelques carabos halés à sec dans les anfractuosités du rivage, encore ces embarcations seraient-elles bientôt remplacées; et c'était en vue d'un si mince résultat qu'on allait attaquer des gens qui ne nous avaient rien fait et attirer de leur part des représailles sur les navires français. Nos intérêts politiques pouvaient en recevoir une atteinte bien autrement grave encore, pour des motifs que notre consul général, tenant à dégager entièrement sa responsabilité, exposa dans un mémoire qu'il voulut remettre officiellement au commandant du *Newton*.

« Le Riff, écrivait-il, n'est pas pour nous, comme pour les autres puissances européennes, un pays dont l'amitié ou la haine nous soient indifférentes. Le voisinage immédiat de notre colonie algérienne nous crée une situation particulière qui nous fait un devoir de ne pas compromettre inconsidérément nos bonnes relations avec lui, et en tout cas d'apporter une grande circonspection dans notre conduite à son égard. De leur côté, les Riffains, par crainte de nos armes dont ils connaissent les effets en Algérie, aussi bien que par intérêt, en raison des avantages qu'ils retirent de leur commerce étendu avec la province d'Oran, semblent éviter, en respectant les navires français, de nous donner des griefs contre eux; ils l'affirment ouvertement et aucun fait n'est venu les démentir. Ces considérations ont amené le département des affaires étrangères à adopter une politique d'abstention à l'égard du Riff; le département de la guerre, le principal intéressé dans la question, en a fait autant, et il y a deux ans, le ministre de la marine lui-même a donné des instructions dans le même sens au commandant de la station navale. »

Devant des réserves aussi catégoriques, M. de Challié prit le sage parti d'en référer au ministre, mais sa dépêche se croisa avec un rappel des précédentes instructions dont il ne se crut plus autorisé dès lors à différer l'exécution.

Il m'a paru, lorsque j'en ai connu le texte plus tard, qu'il s'en était exagéré la portée; car il avait été simplement invité dans un paragraphe formant en quelque sorte le post-scriptum d'une longue dépêche, « à se rendre, dès que les exigences du service le permettraient, dans les parages du cap Tres-Forcas pour courir sus aux embarcations suspectes et en opérer la visite. » Or, cette phrase par sa contexture même semblait se rapporter à une opération de peu de conséquence, bien différente en réalité de celle qu'il s'agissait d'exécuter. Elle avait été rédigée sans doute sur une note écrite de la main du ministre en marge de quelque rapport, par un employé qui ne connaissant ni la question, ni ses précédents, se figurait que les Riffains tenaient habituellement la mer, comme les anciens pirates barbaresques, et qu'en se présentant dans ces parages on devait rencontrer leurs bateaux occupés à la poursuite des navires de commerce. Le ministre de la marine, frappé des observations contenues dans la réponse de M. de Challié, consulta son collègue du quai d'Orsay, reconnut l'erreur de ses bureaux et s'em-

Le rocher de Gibraltar.

pressa d'envoyer contre-ordre, mais il était trop tard. Lorsque ce contre-ordre parvint à Gibraltar, nous venions de partir.

Cependant, M. Jagerschmidt voyant le commandant du *Newton* résolu à se rendre au Riff malgré ses remontrances, et mettant de côté toute question d'amour-propre, lui offrit d'emmener le premier drogman du consulat, M. Cotelle, pour l'assister de son expérience et de ses conseils dans les rapports qu'il devait avoir avec les tribus. L'offre ayant été acceptée, nous quittâmes Tanger le 4 août, pour nous rendre au fort de Melilla, où nous devions recueillir des renseignements indispensables à la poursuite de nos opérations.

Le lendemain au lever du jour, nous reconnaissions le cap Tres-Forcas. La côte Est que nous longeâmes après avoir doublé le cap, est assez élevée, formée de rochers blancs, et recouverte de maigres broussailles; nous la suivions à petite distance, la sonde à la main, en en examinant à la lorgnette tous les détails. On n'y découvrait aucun être humain et nous la croyions inhabitée, lorsqu'une petite fumée blanche apparut tout à coup; en même temps une balle siffla à nos oreilles, puis une seconde, puis une troisième. Nous aperçûmes alors des Kabyles dont les burnous blancs se confondaient avec les rochers; deux coups de canon à mitraille les firent rentrer dans leurs trous.

Une heure après, le commandant débarquait au fort de Melilla pour conférer avec le gouverneur, le brigadier Dom Jose de Castro; de retour à bord, il nous donna des détails bien curieux sur ce qu'il avait vu pendant cette visite.

La ville est située sur une presqu'île rocheuse et basse, reliée par une ligne de remparts au fort Rosario, lequel, construit plus en arrière, au sommet d'un monticule, commande complétement la mer, la ville

et le petit port qui s'ouvre au Sud. Mais ce fort est
dominé lui-même, quoiqu'à une assez grande distance, par un contrefort du cap Tres-Forcas, où les
Riffains ont établi une batterie à l'abri d'un repli
du sol et de solides épaulements en terre ; le port
étant situé plus immédiatement sous le feu même
de cette batterie, il dépend des Riffains d'en permettre ou d'en interdire l'accès. Ce fait révèle et
caractérise, à lui seul, la situation étrange des Espagnols à Melilla : la place contient une garnison de
1,200 hommes, sans compter les 400 condamnés du
presidio ; elle est défendue par une double enceinte
fortifiée, garnie de cent bouches à feu, et depuis des
années, cependant, elle est tenue en échec par la
seule tribu des Guelaïa, armée de trois vieux canons ([1]).

Chaque jour, une centaine de Kabyles s'approchent du fort pour relever leurs gardes avancées,
et passent fièrement devant les murailles en tirant
des coups de fusil sur tout homme qui se montre
au-dessus des parapets, sans que les Espagnols aient
jamais rien tenté pour les tenir en respect. A de certaines heures de trêve, ils arrivent au pied même des
remparts, le fusil d'une main, et de l'autre des poules
et des provisions qu'ils viennent vendre aux habitants. On s'abouche, on débat les prix, puis le Rif-

---

1. On ne doit pas oublier que cette situation se rapporte à l'année 1854.

fain, après avoir reçu et compté son argent, va reprendre sa garde en déchargeant parfois son fusil sur
l'acheteur qu'il vient de quitter. Quelques mois
avant notre visite, un chebeck de guerre espagnol
avait capturé sept canots montés par cinquante pirates et remplis de butin. C'était assurément là une
belle et rare capture; que croit-on pourtant qu'il en
advint? Avant le soir, les cinquante prisonniers,
échangés contre cinquante bœufs dont on avait,
paraît-il, le plus grand besoin à Melilla, étaient
rendus à la liberté. Il faut ajouter, pour être juste,
que les officiers et les soldats, fort irrégulièrement
payés, sont souvent réduits aux expédients pour
vivre. Lors de notre visite, ils n'avaient pas reçu
depuis plusieurs mois le moindre acompte sur leur
solde.

Un tel état de choses est un obstacle presque in-
surmontable à la destruction de la piraterie dans ces
parages. Les Riffains méprisent les Espagnols autant
qu'ils les haïssent, et ne veulent pas entendre parler
de paix avec eux; lors donc qu'il leur arrive de pil-
ler un bâtiment appartenant à une autre nation, ils
donnent pour excuse que, ne connaissant pas les divers pavillons européens, ils l'ont pris pour un espagnol. Que vient-on leur parler de piraterie ? Ils ne
sont coupables que d'une simple méprise, et une méprise n'est pas un cas pendable. C'est assez habilement raisonné pour des sauvages.

Au moment où le *Newton* mouillait à Melilla, une barque montée par une quarantaine de Riffains arrivait du fond de la baie, du côté des îles Zaffarines. Effrayé par les coups de canon et par l'apparition d'un bâtiment de guerre, l'équipage arbora le drapeau blanc, et n'osant pas passer entre le port et nous, alla jeter l'ancre sous les murs de la ville. Le gouverneur espagnol avait vivement sollicité M. de Challié de couler ce nid de brigands ; le commandant jugea qu'il convenait auparavant d'y regarder de plus près, et bien lui en prit, car l'ayant accosté en revenant à bord, il constata que la barque venait d'Oran avec des papiers français parfaitement en règle. Les Arabes qui la montaient appartenaient aux Beni-Saïd, tribu du marabout Sidi-Mohammed-el-Haddari, un vieil ami de la France, habitant à quelques milles dans l'Ouest, auquel nous nous proposions de rendre visite. Ils font un commerce d'échange avec nos possessions de l'Algérie, contribuant ainsi à répandre le nom français dans ces contrées. Malgré cela, ils ne connaissaient même pas notre pavillon qu'ils auraient dû porter, et déclarèrent avoir pris le *Newton* pour un bâtiment espagnol.

Le commandant ramena avec lui trois d'entre eux qui lui fournirent d'utiles indications sur les différentes tribus du Riff. Il voulait obliger le patron à s'arrêter à l'endroit d'où les Maures avaient tiré

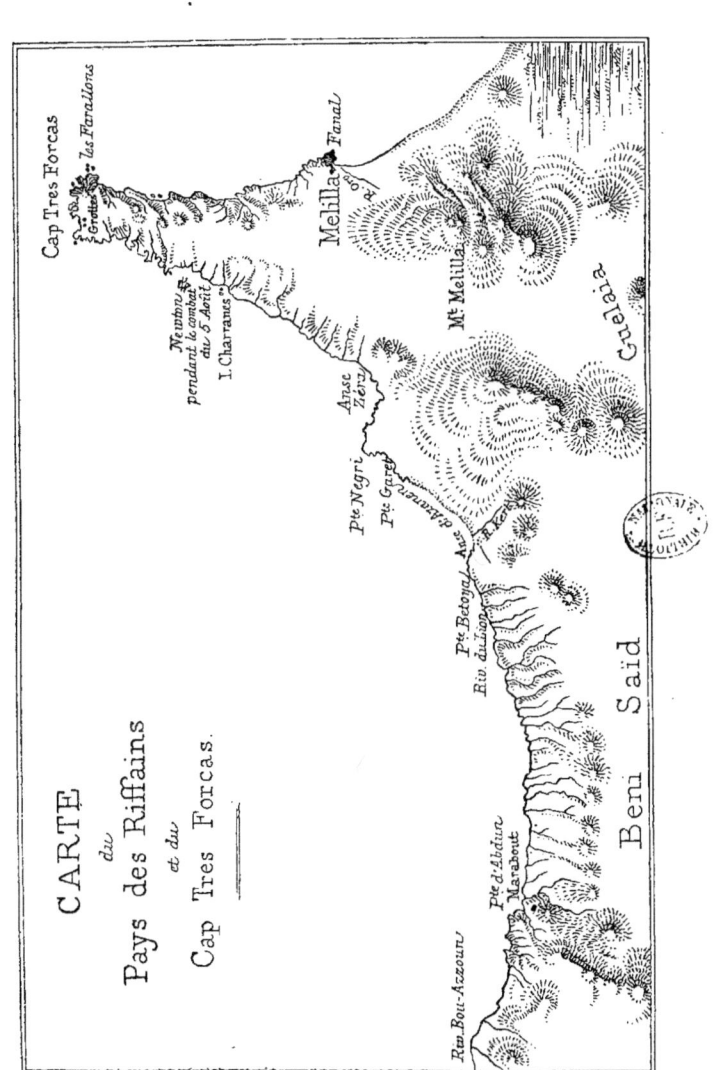

CARTE
du
Pays des Riffains
et du
Cap Tres Forcas.

Cap Tres Forcas
las Farallones
Grotte
Meurtre
pendant le combat
du 5 Août
I. Charranes
Fanal
Melilla
Mt Melilla
Guelaia
Anse
Zeru
Pte Negri
Pte Garet
Anse
Pte Betoya
Rio dhidisoun
Beni Saïd
Pte d'Abdura
Marabout
Riu Bou-Azzoun

9

le matin même, pour les prévenir du châtiment qui les attendait s'ils recommençaient; mais celui-ci manifesta une très vive répugnance à remplir ce message, assurant qu'il serait attaqué et dépouillé du petit pécule qu'il rapportait d'Oran.

Le *Newton* ayant appareillé vers midi, se dirigea de nouveau vers le cap Tres-Forcas, en suivant la côte de très près. Comme le matin et au même endroit, nous fûmes assaillis de coups de fusil, mais plus nourris cette fois; les voisins et amis avaient sans doute été invités à la fête. Quelques boîtes à mitraille y jetèrent le trouble; les tirailleurs se sauvèrent alors dans un petit ravin étroit et boisé, puis se réfugièrent dans une cabane en terre. Un obus en écrasa le toit, d'autres fouillèrent le ravin, et lorsque la fumée se dissipa, nous vîmes deux Arabes étendus sans mouvement près de la cabane, le reste était enseveli sous les décombres ou avait disparu.

Toute cette partie de la côte, bordée de rochers sur lesquels le vent d'Est fait déferler la mer, ne présente aucun abri pour des barques. Nous passons au large des Farallons, petits îlots séparés de la terre par un canal dans lequel le commandant n'ose pas s'aventurer, et nous contournons le cap Tres-Forcas d'assez près pour en distinguer les moindres détails. Ce promontoire, dominé par de hautes terres aux sommets coniques, est d'un aspect sauvage et grandiose, avec ses trois éperons dont les croupes abruptes semblent avoir été taillées à coup de hache, ses hautes falaises que découpent de profonds ravins, et ses cavernes formant, dit-on, au sein de la montagne, de véritables ports souterrains où les pirates abritent leurs chaloupes.

A l'Ouest du cap, l'aspect du pays change complétement. De larges échancrures s'ouvrent dans les falaises, laissant apercevoir des plages de sable et de riants vallons où paissent de nombreux troupeaux. Malheureusement, les dispositions des habitants de la baie de Zera dans laquelle nous entrons, ne se sont pas modifiées à l'avenant. Ils sont aussi belliqueux que sur la côte aride située à l'Est du cap, et n'ont rien des mœurs pastorales que semblerait indiquer le cadre où ils apparaissent, car après s'être approchés du rivage en faisant mille démonstrations d'amitié pour nous engager à descendre, ils ne se font aucun scrupule de tirer sur nous. Une telle fourberie mériterait une punition exemplaire, qu'il serait bien facile de leur infliger, mais les heures sont comptées, la journée s'avance, et ce qu'il importe avant tout, c'est de trouver et de détruire leurs carabos. A quelques milles de là on en aperçoit un que des Arabes s'efforcent de haler à l'abri derrière les rochers; avant qu'ils n'y soient parvenus, un obus adroitement dirigé tombe au milieu et le coupe en deux.

Un peu plus loin, dans la petite anse de Tramon-
tane, une autre embarcation de grande dimension
apparaît protégée par une sorte de toit garni de
branchages. A notre approche la plage se couvre de
monde; les Kabyles accourent de toutes parts avec
leurs grands fusils, on dirait qu'il en sort de dessous
chaque pierre. Au bout d'une heure, ils sont bien
deux mille, nous envoyant des grêles de balles qui
n'arrivent pas jusqu'au navire. Nous sommes évidemment au centre des tribus de pirates. Le branle-
bas de combat se fait en un instant, et le *Newton*
s'étant rapproché de la terre autant que le permet-
tent les brisants qui bordent la côte sur certains
points, l'artillerie et la mousqueterie ouvrent un feu
à volonté des mieux nourris. La grande embarcation
et d'autres plus petites sont bientôt mises en pièces
par les projectiles, tandis que la mitraille et le feu des
fusils de rempart balayent la plage.

Il se rencontre parfois dans les situations les plus
sérieuses des incidents comiques : à l'extrémité ouest
de la baie, sur une petite langue de sable en partie
noyée, se dessinait une masse blanche que l'on prit
d'abord pour un rocher. C'était un Riffain, et qu'on
juge de notre étonnement, un Riffain pêchant à la
ligne, un fanatique de l'hameçon que la contempla-
tion de son bouchon absorbait au point de le rendre
étranger au monde extérieur et indifférent au danger. Les balles pleuvent autour de lui, deux obus

tombent à ses côtés, le couvrant d'écume, de sable et de fumée; il n'y prend pas garde. Le nuage dissipé, l'homme reparaît à la même place, toujours immobile et tenant sa canne de pêche; on eût dit un fantôme.

Je ne crois pas que toutes les corporations réunies des pêcheurs à la ligne des deux hémisphères comptent beaucoup de membres capables de pousser à ce degré d'héroïsme la passion de leur art.

Il y avait à bord du *Newton* quelqu'un qui contemplait ce spectacle, non sans une vive émotion, et avec un sentiment de fierté qu'il ne cherchait pas à dissimuler. C'était Fierville, le commissaire du bord, grand pêcheur devant l'Éternel; pour appartenir à des nationalités différentes on n'est pas moins confrères, et la conduite de Fierville le prouva bien ce jour-là. Ne pouvant plus se contenir, il se précipita, comme autrefois les Sabines, entre les combattants, au figuré bien entendu, et par ses supplications obtint du commandant qu'on cessât de diriger le feu de ce côté. Qu'arriva-t-il à ce moment? Peut-être une balle ayant coupé la ligne, ou traversé de part en part le poisson qui s'y trouvait suspendu, vint-elle révéler tout à coup au pêcheur les dangers de sa situation, ou bien, son panier rempli, celui-ci jugea-t-il n'avoir plus qu'à reprendre le chemin de son gourbi, toujours est-il qu'au moment où l'on exécutait l'ordre de salut, le Riffain ramassa préci-

pitamment ses engins, retroussa son burnous jusqu'aux genoux, s'enfuit à toutes jambes vers le
rivage, et disparut derrière un pli du ravin.

La canonnade continua quelque temps encore jusqu'à ce que, les carabos détruits, il ne parût plus un
seul Kabyle sur la plage; puis l'œuvre accomplie sur
ce point, on se remit en route pour poursuivre l'exploration de la côte. Au delà du cap Negri, s'ouvrait
la baie des Azanen, terminée du côté de l'Ouest par
la pointe Betoya. Dix barques de moyenne dimension y étaient halées à terre, dans des grottes ou sous
des toits en branches recouvertes de sable. C'est dans
cette baie que le capitaine Pawers avait débarqué
avec l'équipage du *Janus* et que le *Prometheus* était
venu récemment arracher de vive force le *Cuthbert-
Jung* au pillage.

A un kilomètre environ du rivage, sur une colline
élevée, se trouvent les villages des Azanen dépen-
dant de la grande tribu des Guelaïa qui se divisent
eux-mêmes en deux fractions, les Beni-Chiker et les
Beni-Beniafa; ces villages s'étendent sur une longueur d'un mille environ, jusqu'à un petit cours
d'eau appelé l'Oued-Kiert; ils servent d'abri à 300
ou 350 hommes, tous pêcheurs, tous pirates, d'un
courage à toute épreuve et d'une férocité prover-
biale dans le pays, aussi redoutés de ceux de leurs
compatriotes qui se livrent au commerce que des
marins européens. Ils avaient sans doute vu et

entendu ce qui venait de se passer chez leurs voisins et prévoyaient le sort qui les menaçait, car au lieu de nous attaquer comme eux, ils arrivèrent sur la plage, les uns sans armes, les autres avec leurs fusils enveloppés dans des fourreaux, promenant de grands drapeaux blancs, et se livrant aux démonstrations d'amitié les moins équivoques.

Le commandant savait ce qu'il convenait d'en penser, mais il avait hâte de reconnaître avant la nuit l'habitation du marabout des Beni-Saïd. Il se contenta donc pour ce jour-là de relever les détails de la côte, l'emplacement des carabos, et de faire des sondages en passant aussi près de terre que possible.

L'Oued-Kiert forme la limite de la piraterie en même temps que de la tribu des Guelaïa; il n'a pas d'embouchure et se perd dans les sables de la grève après avoir arrosé de riches pâturages. La demeure de Sidi-Mohamed-el-Haddari se trouve à quatre milles plus loin, sur une falaise élevée et abrupte, couronnée par un long plateau formant la base des chaînes de montagne de l'intérieur, dont on aperçoit du large les premiers contreforts. Bien qu'il ait été impuissant jusqu'ici à déraciner autour de lui les habitudes de piraterie, Sidi-Mohamed exerce dans tout le Riff une influence considérable, dont il s'est toujours servi pour combattre et adoucir les passions sauvages de ses compatriotes, et il a donné aux Européens de nombreuses preuves de dévouement.

Combat du *Newton* contre les pirates du port (page 133).

La mission de France à Tanger étant depuis long-temps en relations avec lui par correspondance, il avait été entendu avec M. Jagerschmidt que le com-mandant de Challié ferait son possible pour le voir et confirmer dans un entretien ses bonnes disposi-tions à l'égard de la France.

Le soleil allait disparaître à l'horizon lorsque nous arrivâmes devant son habitation. De nom-breux groupes de Kabyles paraissaient s'y rendre; ceux-ci devaient être des amis qu'il importait de rassurer; aussi, indépendamment du drapeau blanc déployé sur la passerelle, y avait-on fait monter les trois Beni-Saïd embarqués à Melilla, dont la pré-sence et les gestes devaient produire le meilleur effet. Bientôt le marabout lui-même apparut sur le haut de la falaise, accompagné d'une suite nom-breuse. Inquiet de la canonnade qu'il avait entendue toute la journée, il venait reconnaître ce bâtiment dont l'approche lui avait été signalée. Un de nos Arabes fut aussitôt mis à terre et envoyé à sa ren-contre avec un message où se trouvaient exposés l'objet de notre mission et le désir du commandant de lui rendre visite; une heure après, il rapportait la réponse. Le marabout y exprimait d'abord sa joie de voir des amis, puis il assurait qu'il aurait le plus grand plaisir à faire personnellement la connaissance du commandant du *Newton*, si ce n'était la crainte que la révélation de ses relations avec les Français

ne le compromît aux yeux de l'empereur et des
autorités marocaines; la présence chez lui d'un cou-
sin de l'empereur et celle du kaïd du Riff, établi à
peu de distance avec son camp, lui imposant, à cet
égard, surtout dans les circonstances actuelles, une
grande circonspection. En somme, sans refuser expressément de recevoir la visite annoncée, il indiquait assez clairement son désir que l'entrevue n'eût
pas lieu. M. de Challié ne l'entendait pas ainsi; considérant cette entrevue comme le résultat le plus
important de sa mission, il était résolu à ne pas
quitter ces parages sans l'avoir obtenue et prit le
parti de brusquer la situation.

La nuit était complètement venue pendant que
se poursuivaient ces négociations, force était donc
d'en remettre la suite au lendemain; la journée avait
d'ailleurs été bien remplie, chacun avait besoin de
repos et l'on piqua au large à petite vapeur pour
dormir à l'abri de toute surprise.

Au lever du soleil, le *Newton* était de retour au
pied de la falaise; le commandant fit immédiatement armer sa baleinière et descendit à terre avec
l'interprète et le chirurgien-major, au milieu d'une
troupe nombreuse de Maures armés de leurs fusils,
et qui les regardaient d'un air assez menaçant,
plus étonnés peut-être qu'irrités de l'assurance de
ces trois chrétiens, les premiers à coup sûr qui de
mémoire d'hommes eussent débarqué pacifiquement

sur la côte du Riff. Quelques paroles de M. Cotelle leur firent comprendre qu'ils avaient affaire à des amis de leur tribu, et l'accueil empressé de Sidi-Mohamed acheva de les mettre en confiance.

La conférence eut lieu dans le jardin du marabout, à l'ombre d'un grand figuier, et fut des plus cordiales ; j'en emprunte le récit au rapport officiel du commandant de Challié, lequel contient également sur cette expédition certains détails dont nous autres officiers du bord, nous n'avons eu connaissance que plus tard.

Après les salutations et compliments d'usage, quelques mots sur la guerre d'Orient où la France se faisait le champion des disciples de Mahomet, une allusion aux moyens de transport mis en ce moment même à la disposition des pèlerins de la Mecque, on en vint aux pirates, et Sidi-Mohamed fit à ce sujet les déclarations suivantes :

Sauf quelques attaques aux barques espagnoles près de Melilla, Alhucemas et Penon de Velez, où les Kabyles se considèrent comme en guerre avec les Espagnols, la piraterie ne s'exerce depuis de longues années que dans la partie du Riff comprise entre le cap Tres-Forcas et l'Oued-Kiert. Il n'y a même qu'une très faible fraction de la tribu des Guelaïa, les Azanen, les Beni-Chiker et les Beni-Beniafa, qui se livrent au brigandage, dont ils se transmettent les habitudes de père en fils.

Encore ne s'y livrent-ils que par occasion :
lorsque du haut de leurs collines, les habitants
d'Azanen, toujours à la tête du mouvement, aper-
çoivent à quelque distance de la côte un navire
de commerce pris par le calme, ils arment à la hâte
quatre ou cinq carabos contenant chacun vingt ou

Carabo des Riffains.

vingt-cinq hommes et se lancent à sa poursuite.
Arrivés à portée, ils cherchent en tirant des coups de
fusil à effrayer l'équipage, qui le plus ordinairement
prend la fuite dans ses embarcations. Cela fait, ils
s'emparent du navire, le remorquent dans leur baie,
et le détruisent après s'être partagé la cargaison. Il

est rare que le partage ne soit pas l'occasion de dis-
cussions et de batailles sanglantes soit entre eux, soit
avec leurs voisins. Lors de la prise du *Cuthbert-Jung*,
trois pirates se prirent de querelle pour une poulie
et s'entretuèrent. Ces gens sont aussi en butte à l'ini-
mitié des tribus voisines qu'ils n'admettent pas au
partage de leurs prises ; ils se trouvent donc entourés
d'ennemis et menacés par leurs compatriotes, en
même temps que d'une attaque du dehors.

Depuis quelque temps, l'attaque du dehors leur
semblait cependant plus imminente ; l'apparition à
court intervalle de deux bâtiments de guerre anglais,
coïncidant avec le bruit des préparatifs d'expédition
qui se faisaient dans les ports d'Espagne, les avait
assez inquiétés déjà pour que deux jours auparavant
ils fussent venus réclamer les bons offices du marabout. L'arrivée du *Newton,* le combat de la veille, la
pensée qu'ils seraient attaqués à leur tour aujour-
d'hui, achevèrent de les démoraliser, et les décidèrent
à envoyer dans la nuit de nouveaux messagers à
Sidi-Mohamed, en le suppliant d'intercéder en leur
faveur auprès du commandant français.

Il eût été impossible, ces explications le montraient assez, de souhaiter pour le succès de notre
mission un ensemble de circonstances plus favo-
rables. Le commandant annonça l'intention de retourner à la baie des pirates, en se réservant d'agir
suivant l'attitude qu'ils auraient eux-mêmes vis-à-vis

de lui. On se quitta dans les meilleurs termes, après
avoir échangé des présents; l'entrevue avait duré
près de deux heures, et le neveu de l'empereur,
qui y avait assisté, voulut reconduire la mission
française jusqu'à bord, où il se rendit accompagné
d'une douzaine de Kabyles formant son escorte.
Quant au kaïd du Riff, le marabout avait beaucoup
insisté pour que M. de Challié allât le voir également, afin d'enlever à la conférence qui venait d'avoir
lieu, le caractère exclusif et personnel que l'esprit
ombrageux de son souverain aurait pu lui attribuer.
Le commandant envoya en conséquence un exprès
à Abd-el-Sadock pour lui annoncer son passage et
l'inviter à un rendez-vous sur le rivage; je ne sais
plus pour quelle cause ce rendez-vous n'eut pas lieu.

La nouvelle de ce qui venait de se passer n'avait
pas tardé cependant à se répandre aux environs, de
sorte que le *Newton* s'étant remis en route en longeant la côte, les Riffains accoururent sans armes,
agitant des drapeaux blancs, et faisant toute sorte de
démonstrations d'amitié. Quelques-uns allèrent à la
nage au-devant du canot qui portait à terre le mes-
sager envoyé au camp du kaïd, et le remplirent de
fruits et de pastèques, tandis que d'autres arrivaient
jusqu'à bord en suppliant le commandant de descendre dans leurs villages. Sans leur accorder cette
faveur, il leur fit bon accueil, leur donna même à
manger, mais en ayant soin entre temps de leur

montrer nos canons avec tout l'attirail de boulets,
d'obus, de boîtes à mitraille qui les environne.
Bientôt enhardis par l'exemple, les visiteurs affluèrent
sur le pont du *Newton,* qui présenta le spectacle le
plus curieux; sans la certitude que l'Europe civilisée
se trouvait distante à peine de quelques horizons, on
se serait cru en plein Océan Pacifique, dans quelque
île sauvage de la Polynésie. J'avais été de quart toute
la matinée, et en descendant dans ma chambre, je
m'étais mis au piano. J'y étais depuis quelque temps,
absorbé dans l'étude d'une partition quelconque,
lorsqu'un bruit insolite appela mon attention; je
soulevai la portière, et quelle ne fut pas ma surprise en voyant l'avant-carré rempli d'Arabes écoutant la musique dans un respectueux silence, les
plus rapprochés de moi prosternés, le front touchant
presque le pont. J'eus grand'peine à conserver mon
sérieux, ce qui était pourtant indispensable, et je
n'y parvins qu'en continuant à jouer sans m'arrêter
un instant; ce fut une valse qui me vint sous les
doigts. Rien ne peut donner une idée de l'air de
profonde stupéfaction des Arabes, à la vue de l'instrument et de mes mains courant sur le clavier.
Peu à peu leurs physionomies s'animèrent, ils
échangèrent des signes, puis des paroles à voix
basse, et je crois qu'ils auraient fini par se mettre
à danser, si, redoutant ce dénouement qui sans
doute n'aurait pas été du goût du commandant de

Challié, je n'avais mis fin au concert en fermant le piano.

Après avoir renvoyé nos hôtes à terre, nous reprîmes le large où nous passâmes encore la nuit, et le lendemain à six heures du matin, nous mettions le cap sur la pointe Negri en faisant le branle-bas de combat. Comme l'avant-veille, la côte, théâtre du combat, se couvrit de Kabyles, mais leurs dispositions semblaient tout autres. Au lieu d'armes, ils portaient des drapeaux blancs qu'ils tendaient vers nous, pendant que les femmes et les enfants se pressaient aux portes des gourbis. L'idylle succédait au drame. Tous les groupes nous faisaient signe de descendre à terre; c'était peine perdue, comme bien on le pense; trois hommes se jetèrent alors résolument à la nage et arrivèrent à bord du *Newton.* Amenés devant le commandant, ils lui avouèrent que les tribus avaient grand'peur des représailles des Anglais, dont elles avaient attaqué les navires, qu'elles consentaient à prendre les engagements les plus formels pour l'avenir, et demandaient l'appui de la France pour les faire accepter. Ces hommes ne parlaient qu'en leur nom et n'avaient aucun mandat, on leur fit comprendre qu'une pareille demande devait être faite par les chefs de la tribu ayant qualité pour prendre des engagements au nom de tous. Ils regagnèrent donc la côte à la nage, comme ils étaient venus, et nous vîmes aussitôt les Kabyles se réunir, tenir conseil, puis mettre à la mer un carabo dans lequel ils s'embarquèrent pour venir à bord. Les trois principaux chefs des pirates étaient avec eux.

Le commandant les reçut entouré de l'état-major et au milieu de l'équipage en armes. Il leur rappela leurs nombreux actes de brigandage, les menaça d'une destruction complète s'ils en commettaient de nouveaux et termina son discours en leur posant les conditions suivantes :

Les chefs lui adresseraient par écrit l'expression de leur repentir et la promesse solennelle de renoncer à la piraterie. Ils s'obligeraient à payer pour les dommages causés aux navires anglais une indemnité à régler ultérieurement. Trois d'entre eux seraient emmenés à Tanger pour répondre de l'exécution de leurs engagements.

Après avoir délibéré et fait quelques difficultés, les chefs acceptèrent ces conditions et l'un d'eux retourna à terre chercher le taleb qui devait rédiger le traité. Ils revinrent bientôt accompagnés de trois barques remplies de monde, et d'un bœuf qu'ils devaient immoler sur le pont en signe de repentir et de soumission. Le sacrifice s'accomplit au pied du grand mât et la cérémonie se fit avec beaucoup de solennité. Il pouvait être deux heures de l'après-midi, lorsque les Riffains prirent congé du commandant et firent leurs adieux aux chefs qui restaient en otage. Le *Newton* s'était approché autant que possible du rivage pour faciliter le débarquement. Deux carabos étaient déjà partis, et il n'en restait plus le long du bord qu'un seul dans lequel s'entassaient les retardataires. Ils le firent si maladroitement que le carabo chavira la quille en l'air, et en un clin d'œil, le chargement vivant se trouva en pleine eau, poussant des cris de paons et cherchant à se raccrocher à tous les objets à sa portée. Cela se passait à l'arrière du tambour de bâbord ; une trentaine d'Arabes se cramponnèrent à la roue, puis y grimpèrent et ils ne voulaient plus en sortir. M. Cotelle avait beau leur crier de revenir sur le pont par les portes qu'on s'était empressé d'ouvrir, leur répéter qu'ils couraient les plus grands dangers ; affolés par la peur et n'entendant rien, ils restaient perchés, comme une troupe de singes, sur les pales et sur les joints de l'armature en fer.

Nous nous trouvions cependant par ce fait dans une situation des plus critiques. La machine était absolument paralysée, car un seul tour de roue aurait tué ou noyé les trente réfugiés qu'elle portait. C'eût été assurément, au traité qui venait d'être conclu, un lugubre post-scriptum, et pour notre expédition un dénouement absurde. D'un autre côté, la brise de Nord, quoique assez faible, nous poussait vers la terre, et l'avant du *Newton* touchait presque aux brisants qui déferlaient à deux ou trois encablures du rivage. Il était trop tard pour mouiller, il fallait sur l'heure marcher en arrière ou s'attendre à un choc.

Avec la houle qu'il faisait, un navire en fer comme le *Newton* eût été bientôt crevé par les roches, et se figure-t-on notre situation, obligés que nous eussions été de débarquer au milieu de ces tribus mitraillées par nous, pour gagner par terre Melilla ou Tétuan. La perspective n'était pas rassurante. C'est une des circonstances où j'ai le plus admiré le sang-froid du commandant de Challié. Il était sur la passerelle ; son visage un peu plus pâle que de coutume et ses lèvres serrées trahissaient seuls son émotion ; les yeux attachés sur l'écume qui blanchissait à quelques brasses de l'étrave, il demandait de sa voix la plus calme combien il restait encore d'Arabes dans la roue ; puis, s'approchant du porte-voix de la machine, il recommandait qu'on fût bien prêt à marcher en arrière au commandement. Au bout d'une dizaine de minutes qui nous avaient paru longues, le dernier Arabe sortit enfin du tambour et quelques tours de roue nous mirent hors de danger. Une fois un peu au large, le carabo fut retourné et vidé, on y fit embarquer les Riffains avec toutes les précautions voulues pour ne pas leur laisser prendre un nouveau bain, après quoi nous nous éloignâmes lentement et majestueusement du théâtre de nos exploits. On suivit la côte jusqu'à l'île d'Alhucemas en passant devant l'habitation du marabout, auquel on adressa

un dernier salut; la nuit vint alors et avec elle un
grand vent d'Est qui nous poussa rapidement vers
le détroit de Gibraltar; le lendemain, le *Newton*
mouillait à Tanger.

Ainsi se termina cette campagne. A coup sûr elle
ne détruisit pas la piraterie sur la côte du Riff, mais
grâce à un concours heureux de circonstances, à la
sagesse du consul général et à l'habileté du commandant de Challié, les ordres irréfléchis et impru-
dents envoyés, je ne dirai pas par le ministre, car
on a vu son empressement à les contremander
dès qu'il en eut connaissance, mais par les bureaux
de la marine, n'avaient pas eu les conséquences
fâcheuses qu'on devait en attendre. Cette expédition
fit même sur les tribus une impression plus vive
et plus durable que les précédentes, et notre visite
au marabout, utile en outre au point de vue politique, ne fut pas étrangère à ce résultat. Le ministre
se montra satisfait, félicita vivement le commandant et accorda à son rapport les honneurs du *Mo-
niteur.*

Nous restâmes quelques jours sur la rade de Tanger, et il se produisit pendant ce temps un fait qui
montre bien comment il convient d'en user avec les
Arabes. Un matelot appartenant au canot du commandant, s'étant attardé dans la ville, trouva les
portes fermées lorsqu'il voulut regagner son embar-

cation ; redoutant la punition qui l'attendait à bord, il ne fit ni une ni deux et escalada les murailles en assez mauvais état qui défendent la place du côté de la mer. Malheureusement pour lui, il fut aperçu des sentinelles, poursuivi et conduit en prison, non sans avoir opposé une résistance désespérée. Le lendemain matin, en portant ce fait à leur connaissance, le pacha de Tanger se plaignit vivement au consul général et au commandant de la conduite du marin français qu'il prétendit garder en prison jusqu'à nouvel ordre ; il les pria en même temps de faire en sorte qu'un pareil fait ne se renouvelât pas.

En réponse à ce message hautain, M. Jagerschmidt fit demander une audience au pacha Ben-Abbou et s'y rendit avec le commandant du *Newton,* fort ennuyé de cette affaire.

« J'ai été on ne peut plus surpris, lui dit-il en l'abordant, de la communication que tu m'as adressée ce matin, car c'est moi qui ai le droit de me plaindre de ce qui se passe. Comment ! tes remparts tombent en ruines, tu ne te donnes pas la peine de les entretenir ni de les réparer et tu trouves mauvais qu'un matelot français passe par-dessus pour regagner son bâtiment. Tu es bien heureux qu'il ne se soit pas blessé en tombant dans les brèches des murailles, car je t'aurais obligé à lui payer une indemnité. Ensuite, au lieu de faire reconduire cet homme ou

chez moi ou à bord du *Newton,* tu te permets de le
mettre en prison et tu prétends l'y garder ! Crois-tu
que ce soient là de bons procédés vis-à-vis de la
France ? Nous défendons tes coreligionnaires à
Constantinople, le *Newton* vient de rendre un service signalé à ton maître en châtiant les pirates
du Riff; pendant ce voyage son commandant lui-
même a donné des témoignages publics de son
estime et de son amitié au neveu de l'empereur
ainsi qu'au marabout Sidi-Mohamed-el-Haddari, et
c'est précisément ce moment-là que tu choisis
pour emprisonner un Français; je ne puis croire
que l'empereur approuve ta conduite. Je t'engage
donc à réfléchir et à faire ramener immédiatement le marin à mon hôtel, te laissant la responsabilité de ce qui pourra t'arriver si tu tardes à le
faire. »

Le pacha n'avait pas prévu cette manière d'envisager la question ; il se trouva tout interloqué, parla
de son amitié pour la France, de son désir de rendre
justice aux Français, et promit de faire une nouvelle
enquête. Tout cela ressemblait fort à des excuses;
effectivement, une heure après, le matelot était de
retour à bord.

Après avoir, pendant le reste du mois d'août, cir-
culé entre Tanger, Gibraltar et Cadix, nous avions
repris vers les premiers jours de septembre notre

mouillage dans les eaux du Tage et l'on venait de
terminer une importante réparation aux chaudières,
lorsqu'en revenant une après-midi de la légation, le
commandant nous annonça la prochaine arrivée, à
bord du *Newton,* de la reine Marie-Christine qu'il
avait mission de conduire en France. L'infortunée
princesse était restée six semaines bloquée dans son
palais de Madrid, toujours sur le point de tomber au
pouvoir de la multitude dont elle entendait nuit et
jour sous ses fenêtres les injures et les cris de mort.
Espartero attendait depuis onze ans l'occasion de
prendre sa revanche de sa défaite politique de 1843 ;
il était personnellement irrité contre la reine Christine, étroitement allié à ses pires ennemis, et peu
disposé à pratiquer à son égard le pardon des injures.
Le Gouvernement s'était même laissé arracher par le
peuple l'engagement formel de s'opposer à toute tentative de fuite ou d'enlèvement. Tout cela ne présa-
geait rien de bon. Heureusement pour la reine, le
ministère s'aperçut que sa présence était de nature à
amener des complications et à lui créer avant peu des
embarras inextricables, il prit donc subitement le
parti de considérer sa promesse comme non avenue
et d'assurer au besoin par la force l'éloignement et le
salut de sa prisonnière. Elle quitta son palais le matin
du 28 août, en présence des ministres et escortée par
un régiment de cavalerie; il fallut livrer bataille et
enlever de vive force des barricades pour lui frayer un

passage. Une fois sortie de Madrid, la reine gagna
à marches forcées la frontière du Portugal, d'où, se
trouvant enfin en sûreté, elle continua sa route à
petites journées, ayant grand besoin de repos après
les terribles émotions par lesquelles elle venait de
passer.

Le 13 septembre au soir, elle arrivait à bord,
accompagnée du duc de Rianzarès et de douze personnes, parmi lesquelles son aumônier, l'archevêque
de Séleucie, son médecin et son secrétaire des commandements. Dès le lendemain matin, nous appa-
reillâmes pour Bordeaux où elle avait exprimé le
désir de débarquer, son intention étant de voyager
ensuite incognito, sous le nom de comtesse d'Iramundi, et de se rendre à Biarritz pour y terminer la
saison.

La traversée se fit assez lentement, nous ne bat-
tions plus que d'une aile, ou plus exactement, que
d'une chaudière. Sur les trois qui alimentaient la machine et suffisaient bien juste à sa consommation de
vapeur, l'une s'était effondrée peu de temps après notre
départ de Lisbonne : on s'aperçut tout à coup que les
ciels de fourneaux formaient une bosse énorme vers
les foyers que l'on dut éteindre au plus vite. L'autre
ayant des fuites considérables, était l'objet d'une sur-
veillance constante et de grands ménagements. Seule,
la troisième, qui venait d'être réparée, pouvait inspirer toute confiance. Heureusement nous ne rencon-

trâmes pas les grands vents du Nord qui viennent
de secouer et de pousser si vigoureusement l'*Économe,* sans quoi il eût fallu mettre à la voile et
courir une longue bordée dans l'Ouest en plein
Océan.

La reine ne paraissait ni inquiète ni contrariée des
accidents qui retardaient la marche du *Newton;* elle
n'avait pas encore épuisé le bonheur de se retrouver
libre et avait l'air de ces convalescents qui, après une
longue maladie, ont perdu l'habitude de la santé et
sont tout étonnés de ne plus sentir leur mal. Nous
étions très frappés du grand air qu'elle conservait sous
son modeste costume de voyage; sans la connaître
on aurait assurément deviné une reine. Il est d'usage
que les souverains donnent, à titre de souvenirs, des
décorations de leurs ordres aux officiers des bâtiments
étrangers qui les portent ou les escortent, et le jeune
roi de Portugal n'y avait pas manqué lorsque nous
l'avions accompagné, quelques mois auparavant, dans
son voyage en Angleterre. La reine Christine s'ex-
cusa auprès du commandant de ne pouvoir le faire
quant à présent, et nous pria d'accepter, en attendant le rétablissement de ses affaires, de petits
objets qu'elle avait sauvés du naufrage et emportés
dans sa fuite. Je reçus pour ma part un fort beau
porte-crayon en or, artistement ciselé, celui-là
même dont j'ai fait mention précédemment comme
figurant dans ma panoplie; les événements poli-

tiques n'ayant pas permis à la reine de retirer son
gage.

Un incident assez piquant marqua la fin de la traversée royale. En entrant dans la Gironde, le commandant s'était arrêté à Pauillac pour télégraphier
son arrivée au ministre de la marine et au préfet de
Bordeaux. Dès que nous eûmes pris notre mouillage par le travers des quinconces, le préfet vint à
bord présenter ses hommages à l'illustre exilée et
lui offrir ses services. La reine désirait débarquer

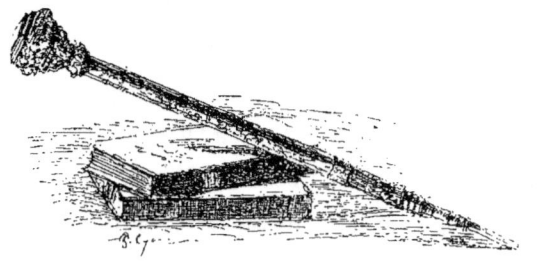

Le crayon de la reine Christine.

immédiatement dans un hôtel pour se reposer jusqu'au lendemain et s'acheminer ensuite vers Bayonne
et Biarritz. Rien n'était plus facile, le préfet se montra très empressé à satisfaire ses désirs et donna les
ordres en conséquence. Les choses allaient donc au
mieux, lorsqu'arriva du ministère de l'intérieur une
dépêche télégraphique annonçant que l'empereur,
parti le matin de Paris pour Bayonne par un train
spécial, serait à Bordeaux à huit heures et comptait y

dîner à la gare. Il ténait absolument, pour des motifs politiques, à ne pas rencontrer la reine, le préfet devait en conséquence se concerter avec le commandant du *Newton* pour obtenir d'elle, premièrement qu'elle renonçât à son voyage à Biarritz, secondement qu'elle quittât Bordeaux avant l'arrivée de l'Empereur.

Signifier à un exilé auquel on a offert l'hospitalité un itinéraire et une résidence obligés est déjà un procédé assez dur, alors même que les nécessités diplomatiques en justifient l'emploi. Mais ici l'exilé était une reine qui venait de passer par les plus terribles épreuves, et avant même de lui laisser poser le pied sur le sol français, sans tenir compte de ses convenances, de sa fatigue, on exigeait qu'elle s'éloignât sur l'heure. Cet ultimatum était de nature, par sa brutalité surtout, à froisser vivement sa dignité et à rendre quelque peu amers les débuts de son séjour en France. Était-il indispensable de recourir à cette extrémité et ne pouvait-on laisser la comtesse d'Iramundi se reposer à l'hôtel sans que l'empereur reçût, pendant son rapide passage à la gare de Bordeaux, un avis officiel de la présence de l'ex-reine d'Espagne qui le mît dans l'obligation de la voir? Il ne m'appartient pas de le dire, toujours est-il que la mission confiée aux représentants du Gouvernement était singulièrement délicate et embarrassante, en raison même du peu de temps

qui leur était accordé ; et malgré le tact et l'habileté
qu'ils possédaient l'un et l'autre à un haut degré, ils
auraient eu grand'peine à la mener à bien, si la reine
ne leur en avait facilité l'accomplissement en faisant
elle-même la moitié du chemin.

Sur le premier point, le voyage à Biarritz, la difficulté fut exposée sans détours. Il était trop évident
que l'habitation simultanée et prolongée des deux
souverains dans une petite localité à quelques
lieues de la frontière d'Espagne, en présence des
événements dont ce pays était le théâtre, serait tout
au moins une gêne très grande pour l'un et pour
l'autre. Aussi dès les premiers mots, la reine déclara
qu'elle irait dans les Pyrénées. Mais cette conces-
sion accordée, elle s'aperçut aussitôt que ce n'était
pas tout, qu'on voulait d'elle autre chose encore
et elle fut quelque temps à deviner ce dont il s'agissait, au milieu des phrases entrecoupées et pleines
de réticences de ses interlocuteurs. L'arrivée sur le
quai de deux grands omnibus du chemin de fer lui
ouvrit soudain les yeux. Elle n'en fit cependant rien
paraître et prit un malin plaisir à prolonger quelques
instants le supplice du commandant de Challié et du
préfet. Celui-ci parlait-il du passage de l'empereur
à Bordeaux, elle lui racontait le retard occasionné
dans sa traversée par le mauvais état des chaudières
du *Newton.* Le commandant exprimait-il la crainte
qu'elle n'eût mauvais temps pour son voyage si elle

tardait trop à se mettre en route, elle demandait des
renseignements sur les monuments et les curiosités
de la ville. L'heure marchait, mais la négociation
n'avançait pas d'une semelle. Il fallait en finir cependant; la reine le comprenant, voulut sans doute
épargner à ses victimes l'ennui de lui dire crûment
ce qui en était et s'épargner à elle-même celui de
recevoir un ordre de départ, car après être descendue
un moment sous le prétexte de donner des instructions à son intendant, elle revint sur le pont en
annonçant d'un air indifférent que, réflexion faite,
elle préférerait, s'il y avait un train, partir le soir
même pour les Pyrénées, afin de s'y trouver établie
le plus tôt possible et d'éviter ainsi la fatigue de plusieurs étapes.

Les négociateurs, en diplomates consommés, ne
se laissèrent pas décontenancer tout d'abord par ce
brusque et heureux dénouement. Ils ne firent paraître
d'autre préoccupation que celle de se conformer au
désir de la reine, mais en dépit de leur volonté, la
satisfaction du succès les gagna peu à peu, aussi
bien que la nécessité d'en assurer promptement les
résultats. En un instant tout fut en mouvement
pour hâter le départ, et une demi-heure s'était à
peine écoulée que la reine prenait congé du commandant et des officiers, après les avoir remerciés
de l'excellente hospitalité qu'elle avait reçue à bord.
La voiture du préfet l'attendait sur le quai pour la

conduire à la gare, elle y monta avec lui, le duc
de Rianzarès et l'archevêque de Séleucie; le reste de
la maison et les bagages suivirent de près dans les
omnibus.

Après avoir séjourné encore une dizaine de jours
devant les quinconces, le *Newton* rallia le port de
Rochefort, et un mois plus tard je quittais ce navire
pour embarquer sur l'*Ulm,* ainsi qu'on l'a vu dans un
précédent chapitre.

CHAPITRE VI

De Lisbonne à Ténériffe

A la voile. — Passe-temps d'un lieutenant pendant le quart du jour. — Méditation. — Encore nouveaux soucis. — Le pavillon jaune. — Une relâche à Sainte-Hélène. — Opinions diverses des officiers de la flottille sur le rôle de la femme dans la société. — Comment on parvient à tuer le temps.

Lundi 3 septembre, 4 heures après midi.

 défaut de grives, dit le proverbe, on se contente de merles; il ne dit pas cependant que les merles fassent oublier les grives. Réduit à me passer de mes amis, j'ai pensé à eux, je suis resté des heures plongé dans la lecture et dans le souvenir de ce que nous avions fait ensemble, mais ce remède m'a fait l'effet d'agir à la manière des apéritifs qui creusent l'estomac; je ne le conseillerai pas aux personnes qui veulent réellement se distraire et oublier quelque mécompte.

11

Nous avons fait relâche quatre jours à Lisbonne
pour prendre du charbon et remettre tout en ordre
à bord. Le *Caméléon* avait perdu une de ses ancres de
bossoir au mouillage de Cascaës. Après avoir laissé
tomber la première, le commandant s'apercevant
que la corvette chassait rondement et l'attribuant
aux fortes rafales qui soufflaient alors, en avait
mouillé une seconde. Il reconnut le lendemain seulement, en appareillant, que la chaîne de tribord
n'avait plus d'ancre au bout.

Il aurait fallu beaucoup de temps pour la retrouver, en admettant qu'on eût réussi, ce qui
n'était pas certain; on a donc préféré en demander
une de rechange à l'arsenal de Lisbonne, qui s'est
empressé de la fournir, et le samedi 1er septembre,
à neuf heures du matin, nous faisions route pour
sortir du Tage en rasant la vieille tour de Belem.
Nous avons trouvé dehors une grosse houle avec
une brise très fraîche presque de l'arrière; c'était le
cas ou jamais d'économiser le combustible et d'essayer les bâtiments à la voile; aussi le commandant
Arnoux fit-il bientôt éteindre les feux et démonter
les pales. On fit bonne route pendant quelques
heures, mais dans la nuit le vent commença à
mollir; le lendemain matin, nous ne filions plus
qu'un nœud, et l'on vint m'éveiller brusquement en
m'annonçant que le signal de mettre à la vapeur
flottait au grand mât de la corvette. Cet ordre me

surprit désagréablement, par ce motif surtout, que je n'étais pas prêt à l'exécuter. La veille, en effet, par une imprévoyance dont je comprenais maintenant toute la faute, j'avais fait vider les chaudières après avoir éteint les feux. Je comptais alors sur la persistance des vents de N.-E., sans me défier de ce phénomène bien connu des marins, quoiqu'ils n'en aient pas encore trouvé d'explication satisfaisante, c'est à savoir, qu'il suffit à un navire à vapeur de mettre bas les feux pour faire tomber la brise, laquelle, par contre, se remet à souffler dès qu'on les rallume.

Toujours est-il que le signal du *Caméléon* à peine amené, je vis mes compagnons lancer des panaches de fumée, j'allais donc me trouver, ce qu'on appelle en termes de marine, à la traîne. Passe encore, si c'eût été la première fois, mais en quittant Lisbonne, j'étais déjà resté en arrière pour déraper mon ancre accrochée à quelque roche au fond de l'eau, et je n'avais pu regagner ma distance de toute la journée. Il allait sans doute en être de même, car le *Surveillant* était en marche depuis quelque temps déjà, et les roues du *Caméléon* commençaient à s'agiter que j'en étais encore à attiser mes fourneaux.

Pour oublier mes ennuis, je pris le parti de descendre déjeuner, remède empirique à la vérité, mais qui, dans cette occasion, produisit un effet vraiment surprenant : en moins d'une heure, j'avais

dépassé la corvette, et je gagnais à vue d'œil le
Surveillant, en avant d'elle d'une encablure. Arrivé
par son travers, je saluai de l'air le plus protec-
teur mon ami Jaquemart, tout ahuri de ce brusque
changement de fortune. Capricieux comme l'élément qui le portait, mon bateau avait compris
peut-être qu'il était temps pour son honneur et
pour celui de son capitaine de montrer ce dont
nous étions capables l'un et l'autre, mais je n'ai
jamais su comment il avait accompli ce tour de
force ; ce qui est certain, c'est qu'à plusieurs reprises
pendant la journée et une partie de la nuit, j'ai dû
ralentir ma marche pour attendre mes deux compagnons et me tenir à mon poste.

En ce moment, je suis envahi par l'eau qui fil-
tre à l'intérieur. Les bordages sont si minces que
l'étoupe ne tient pas dans les coutures. Il sera impossible d'aller ainsi jusqu'à Cayenne. En outre, la
pompe de la machine, bouchée par le poussier de
charbon qui obstrue la crépine, ne fonctionne pas,
de sorte qu'il faut continuellement vider l'eau avec
des seaux.

Ce matin, nouvelle alerte ; à six heures, le *Caméléon* hissait des signaux auxquels Quest ne com-
prenait rien ; d'après la description qu'il m'en fit,
je devinai qu'il s'agissait du télégraphe.

Les bâtiments de l'État possèdent deux séries de

signaux, la série ordinaire composée de 20 pavillons, 4 guidons, 4 flammes et 2 trapèzes, dont les combinaisons correspondent aux articles d'un dictionnaire, contenant les communications, ordres, manœuvres les plus usuelles; la série télégraphique qui permet de former toutes les phrases imaginables non comprises dans le dictionnaire de la série ordinaire. La série télégraphique comprend 10 pavillons, représentant les chiffres de zéro à neuf, et 4 flammes correspondant aux mille. La flamme n° 1 vaut mille si elle est supérieure au signal, deux mille si elle est inférieure, la flamme n° 2 vaut trois mille et quatre mille et ainsi de suite jusqu'à huit mille. Chacun des signes est frappé sur une drisse spéciale passée dans une poulie en fer munie de 14 roues. Lorsqu'on veut télégraphier, on hisse cette poulie à la corne de l'arrière de manière que les 14 drisses se trouvent tendues; quatre timoniers se tiennent prêts à hisser les pavillons formant le nombre qui est appelé. Chaque nombre correspond à un mot du vocabulaire. Après avoir écrit la phrase à télégraphier, on inscrit en regard de chaque mot le nombre correspondant et on télégraphie successivement chacun de ces nombres auquel l'autre navire répond en hissant un pavillon spécial qui veut dire que le signal a été aperçu et compris.

Ainsi le nombre 3,580 s'exprime par la flamme n° 2 supérieure, le pavillon 5, puis le pavillon 8, et

enfin le pavillon zéro, ces quatre signes hissés ver-
ticalement au-dessous les uns des autres. Les timoniers sont exercés à cette manœuvre qu'ils exé-
cutent avec une très grande rapidité.

A bord de l'*Économe,* j'étais seul à les connaître,
je montai donc au plus vite sur le pont, avec mon
vocabulaire, me demandant quelle pouvait bien être
encore cette importante communication que la série
ordinaire ne suffisait pas à transmettre, et je fis
hisser de suite l'aperçu. Au premier nombre qui
parut à la corne de la corvette, je crus m'être trompé;
ce nombre correspondait au mot *bonjour.* Je vérifiai
les numéros des pavillons que je savais par cœur
cependant, je retournai mon vocabulaire dans tous
les sens. Le signal voulait bien dire *bonjour.* Sans
comprendre, je hissai l'aperçu, puis cinq nombres
montèrent successivement, formant ensemble la
phrase : « bonjour aux capitaines de l'escadre ». C'était
une simple plaisanterie du lieutenant Maudet, qui
n'avait rien trouvé de mieux pour passer le temps
pendant son quart du jour, que de réveiller les capitaines de l'escadre sous le prétexte de leur envoyer
ses salutations.

Puisque j'avais tant fait que de m'arracher au
sommeil et de me lever, je résolus de me venger en
télégraphiant à mon tour. A défaut de la série télégraphique réglementaire, occupant un grand coffre
très encombrant, je possède le dictionnaire Reynolds

qui date de quelques mois, et peut en tenir lieu à la rigueur. M. Reynolds de Chauvency, capitaine au long cours, pénétré de l'utilité de donner à peu de frais aux navires de commerce un moyen d'échanger des communications à la mer, a inventé un système au moyen duquel, avec trois signes seulement, une flamme, un pavillon et un ballon, on peut télégraphier les phrases les plus usuelles, et en outre tous les mots possibles, français ou étrangers, en les épelant, c'est-à-dire en signalant successivement chacune de leurs lettres. Il a formé ainsi 18,800 combinaisons, et il aurait pu les multiplier à l'infini.

Le ballon étant remplacé au besoin par un objet quelconque, tel qu'un bidon ou un chapeau de matelot, et la flamme par une bande d'étoffe, une ceinture de flanelle par exemple, tout navire possède le moyen de causer avec ceux qu'il rencontre, à quelque nation qu'ils appartiennent. Il lui suffit de se procurer le vocabulaire spécial de M. Reynolds dont il a été fait des traductions dans les principales langues. Seulement ce système exige beaucoup plus de temps, puisqu'il faut pour exprimer un nombre qui correspond à un mot ou seulement à une lettre, en signaler successivement tous les chiffres, tandis qu'il s'exprime en un seul signal dans la télégraphie ordinaire.

Ma réponse au bonjour de Maudet fut : « merci au lieutenant de l'amiral ». Tous ces mots se trouvent dans le vocabulaire, correspondant à des nombres, je n'eus donc pas besoin de les épeler, mais chacun d'eux comprenant quatre et cinq chiffres, il me fallut faire successivement vingt-cinq signaux, en changeant de place, pour chaque signal, le pavillon, le chapeau et la ceinture attachés en chapelet à la même drisse. Cela dura plus d'une heure, et Maudet passa le reste de son quart à recevoir ma réponse. Il fut encore heureux d'en être quitte à si bon marché, car si Jaquemart s'était montré aussi poli que moi, il en aurait eu pour toute la matinée.

A neuf heures, ordre d'éteindre les feux et de démonter les pales; il s'agit de profiter d'une belle brise d'O.-N.-O. et d'une mer assez houleuse pour s'essayer au plus près. Nous nous couvrons de toile; focs, misaine, voiles-goëlettes, nous mettons tout dehors. Les résultats ne se font pas attendre et ne laissent aucun doute sur ce qu'on peut obtenir des bateaux sous cette allure; ils filent deux nœuds, avec dix degrés de dérive, et marchent en travers comme les crabes.

Cette expérience terminée, le *Caméléon* met le pavillon de ralliement en débarquant ses deux canots-tambours; il se prépare à nous envoyer du charbon, pour débarrasser son pont de la provision supplémentaire qu'il y a entassée à notre intention. Les canots font chacun trois voyages et mettent quatre heures pour transborder dix tonnes de charbon;

Le *Caméléon* embarquant du charbon dans ses canots-tambours (page 168).

l'opération rendue difficile par l'état de la mer, s'a-
chève cependant sans avaries. On remet ensuite à la
vapeur ; les grains de pluie et de vent se succèdent,
le temps s'annonce mal pour cette nuit.

Mercredi 5 septembre, 11 heures du soir.

La nuit n'a pas été aussi mauvaise qu'on pouvait
le craindre, le vent a halé le N.-O. et le ciel s'est
éclairci. On a marché à la vapeur toute la journée
d'hier et ce matin jusqu'à dix heures. Le vent ayant
alors passé au N.-E., les feux ont été éteints et le
Caméléon en a profité pour nous envoyer du pain
frais, car nous n'avons pas de four à bord. Nous
voici maintenant vent arrière avec les voiles en ci-
seaux et roulant beaucoup ; malgré cela, quand pendant quarante-huit heures on a été secoué par les
trépidations des roues, au point de se croire en-
fermé dans une mécanique à battre le blé, on pré-
fère encore le roulis, si fatigant qu'il soit.

Il fait un clair de lune admirable ; j'ai passé toute
ma soirée sur le pont à regarder la mer resplendis-
sante de reflets argentés. Depuis dix ans, je con-
temple ce spectacle sans me lasser et sans en épuiser
le charme. Des abîmes sous les pieds ; sur la tête les
espaces infinis dont les étoiles jetées dans leurs im-
mensités, jalonnent les profondeurs ; tout autour,

l'horizon lointain se confondant presque avec le ciel,
pendant que la pensée va bien au delà de cette ligne
imaginaire suivre sous d'autres cieux la vague qui
s'enfuit. L'âme du monde se révèle au sein de ces
splendeurs, et l'on voit l'image de l'humanité dans
ces flots toujours agités sous le calme rayonnement
des sphères célestes. Comme nous, ils se succèdent
à travers les âges depuis l'origine des temps. Je
cherche à les suivre du regard à mesure qu'ils apparaissent à l'horizon; ils s'approchent lentement,
poussant devant eux ceux qui les précèdent, poussés
par ceux qui les suivent. Tout d'abord on les dis-
tingue à peine les uns des autres, tant ils sont
pressés, mais peu à peu ils s'étendent et s'agrandis-
sent, et lorsqu'ils passent le long du bord, on pourrait les compter, on dirait qu'ils sont à eux seuls
toute la mer, tant ils font de bruit et occupent
d'espace. Ceux-ci s'élèvent et se couvrent d'écume,
ceux-là roulent plus modestement, mais tous ont
l'air de se hâter vers un même but qu'on n'aperçoit
pas; et s'éloignant rapidement, ils ne tardent pas à
se confondre de nouveau, puis à se perdre au loin
sans laisser de traces de leur passage.

Comment ne pas songer alors aux êtres qu'on a
connus, qu'on a vus paraître plus ou moins de temps
sur son horizon. Les uns se sont éloignés, on ne sait
ce qu'ils sont devenus; beaucoup sont morts, qui
hier encore occupaient une certaine place dans le

monde. Aujourd'hui c'est à peine si l'on s'aperçoit du vide qu'ils ont laissé ; et demain, combien, parmi leurs amis, s'en trouvera-t-il conservant encore leur mémoire ? En vérité on est bien fou d'user son existence à faire un peu de bruit autour de son nom, dans l'espérance que ce nom vivra parmi les hommes !

Samedi 8 septembre, au mouillage de Ténériffe.

C'est hier à minuit que j'ai mouillé en rade, non sans avoir éprouvé de nouvelles tribulations. Le guignon continue à me poursuivre, comme il poursuivait naguère mon baromètre. Jusqu'ici, heureusement, ses malices n'ont eu d'autres conséquences que de mettre ma philosophie à l'épreuve, et cette fois encore j'en suis quitte pour quelques heures d'ennuis et de perplexité. Tout est bien qui finit bien ; pourrai-je redire cela dans un mois ?

Jeudi, nous n'étions plus qu'à 160 milles de Ténériffe. Pour la quatrième fois depuis le départ de Lisbonne, le commandant Arnoux fit allumer les feux, avec l'intention sans doute de continuer à la vapeur jusqu'au mouillage. On marchait depuis une heure, lorsque je ressentis une trépidation étrange accompagnée d'un bruit sourd, puis la machine s'arrêta. Une des principales pièces du mouvement, la queue de l'excentrique de la marche en

avant venait de se briser. L'examen de la pièce immédiatement démontée, fit reconnaître que l'accident provenait d'un grain de fonte de l'excentrique
même qui avait grippé dans le collier en cuivre.
Les pièces étaient froides, parfaitement graissées,
il n'y avait donc de la faute de personne; cependant
l'avarie ne pouvant être réparée par les moyens
du bord, l'appareil se trouvait hors de service. Je
passai à l'arrière du *Caméléon* qui avait mis en
panne pour m'attendre, je rendis compte de l'accident, et tout le monde remit à la voile. Hier, vers
midi, on aperçut Ténériffe; l'atmosphère était très
pure, et le pic, dégagé de vapeurs, ce qui arrive rarement, découpait comme un léger nuage l'azur du
ciel. Cette apparition des hautes montagnes étonne
toujours : on cherche la terre à l'horizon même,
tandis qu'on l'aperçoit tout à coup formant une
haute et pâle silhouette. Cet effet provient de ce que
l'atmosphère est rarement assez limpide à la surface
de la mer pour que les images puissent, au moment
où elles émergent de la ligne d'horizon, le traverser et atteindre le rayon visuel.

A six heures du soir, comme nous nous trouvions
assez près de la côte, le *Caméléon* et le *Surveillant* ont
allumé leurs feux. J'espérais que l'on m'offrirait un
bout d'amarre pour me haler jusqu'au mouillage,
distant de vingt-cinq à trente milles à peine; mais
la consigne étant de ne pas remorquer les avisos, le

commandant Arnoux, esclave de ladite consigne, a passé droit son chemin en m'éclaboussant de ses roues et sans plus s'inquiéter de moi. Après lui est venu Jaquemart qui, depuis plusieurs jours, avait perdu, non sans chagrin, l'habitude de me regarder en tournant le dos à son avant. « Ne vous pressez pas », me cria-t-il avec un sourire ironique, « nous vous retiendrons une place », puis ils s'éloignèrent rapidement et disparurent bientôt dans l'ombre projetée par les montagnes.

Tout alla bien tant que je longeai la côte Est de l'île; je filais près de six nœuds, poussé par une jolie brise de N.-E., mais lorsque j'arrivai à l'entrée de la baie, le soleil était couché et la brise tomba tout à fait. Je m'étais rapproché autant que possible de la terre pour profiter des risées qui descendent des ravins entre les mornes; elles étaient faibles, de courte durée et me poussaient à peine de quelques longueurs de navire.

Il règne en cet endroit un courant assez fort portant au large et qui menaçait de m'entraîner très loin, si le calme durait toute la nuit. Je ne pouvais, d'autre part, songer à mouiller; la côte est si profonde qu'au pied même de la montagne dont la haute silhouette noire se dressait devant moi, la sonde défilait 40 brasses de ligne sans rencontrer le fond. Après avoir fait étarquer et border toutes les voiles à plat, je m'étais mis en observation à l'avant pour veiller la terre, dont je m'approchais parfois au point de croire que j'allais me jeter dessus. Quelques rafales assez fraîches m'ayant permis de serrer le vent, je trouvai le fond, mais dès que le calme revenait, je le perdais de nouveau. Cette navigation dura près de trois heures ; enfin, vers onze heures, j'aperçus les feux de la ville ; une demi-heure après, je jetais l'ancre à côté du *Caméléon*.

J'allai de suite à bord, où mon apparition produisit une vive satisfaction. On ne m'avait pas vu mouiller tant il faisait noir, et le commandant, inquiet sur mon sort, avait donné ordre au *Surveillant* d'appareiller le lendemain dès la première heure pour se mettre à ma recherche et me ramener à la remorque. Quant à moi, après les émotions de cette soirée, j'ai éprouvé une grande jouissance à m'endormir en me sentant solidement tenu par le fond.

Je pensais aussi au plaisir de revoir la jolie ville de Santa-Cruz, la patrie du vin de Ténériffe, dont je comptais bien faire le lendemain une ample provision. C'est, il y a trois ans, en allant à l'île de la Réunion, sur la frégate *la Belle-Poule*, que je me suis arrêté ici pour la première fois. Je me rappelle encore tous les incidents de cette relâche venue fort à propos pour couper une longue traversée, et dont mes camarades et moi nous nous étions hâtés de mettre à profit les trop courts instants.

En effet, à peine débarqués sur le quai de Santa-

Cruz, et comme pour justifier cette opinion généralement répandue, que les marins ne rêvent que monter à cheval dès qu'ils ont le pied sur la terre ferme,
nous nous étions mis en quête de montures pour
faire l'excursion de la Laguna, l'ascension du pic
exigeant à notre grand regret plus de temps que
nous n'en avions. Mais le commandant de la *Belle-
Poule* et ses passagers, la famille de M. Hubert de
l'Isle, gouverneur de Bourbon, nous ayant précédés, s'étaient emparés des meilleurs chevaux, et
ceux qu'ils avaient laissés ne valaient pas grand'-
chose. Cependant, une fois en selle, nous pres-
sâmes si bien nos rossinantes, qu'avant d'arriver au
but de la promenade, nous avions rejoint la caval-
cade-major. Il n'eût pas été convenable de la dépasser. Les enfants vinrent nous trouver et formèrent
le trait d'union entre les deux groupes qui se com-
plétèrent mutuellement et n'en firent bientôt plus
qu'un seul.

Après avoir suivi quelque temps le fond d'un ba-
ranco, le chemin s'élève au milieu des cactus, des
aloès et des genêts d'Espagne jusqu'à une petite chapelle bâtie en mémoire d'une victoire mémorable
remportée par les Espagnols. A cette heure mati-
nale, la route était très fréquentée; hommes, femmes,
mulets, ânes, chameaux se suivaient portant à la ville
des denrées de toutes sortes; plus loin, au contraire,
sur le plateau, aux environs de la Laguna, ce mou-

vement avait disparu pour faire place au silence et à
la solitude. La Laguna est l'ancienne capitale de l'île;
aujourd'hui ses rues sont désertes; ses toits, recouverts de mousse; ses églises, ses couvents, ses palais,
presque abandonnés; l'herbe envahit tout.

Cette atmosphère d'outre-tombe nous eût à coup
sûr coupé l'appétit; on préféra aller déballer les provisions un peu plus loin, sous les pins de la forêt de
Los Mercedès. Il était midi; le déjeuner champêtre
se poursuivit assez vivement d'abord, car on avait
les dents longues et le gosier poudreux, puis, la faim
s'étant un peu calmée, on acheva à loisir, tout en
devisant, le contenu des paniers, et je me rappelle,
avec un petit sentiment d'orgueil, que le panier des
aspirants ne faisait pas trop mauvaise figure auprès
de ceux du grand chef. La journée était avancée déjà
lorsque nous ralliâmes la *Belle-Poule.*

J'avais conservé un charmant souvenir de cette
excursion, que je comptais bien refaire avec Jaquemart et les officiers du *Caméléon.* Le programme en
avait même été arrêté pendant la relâche de Lisbonne; mais nous avions compté sans notre hôte,
c'est bien le cas de le dire, et cet hôte s'est présenté
inopinément à moi, ce matin sur les sept heures, dans
la maussade personne de la commission sanitaire,
laquelle me signifia, en se tenant à longueur de gaffe,
que j'avais à observer une quarantaine de huit jours.

Rien ne justifiait cette mesure : nos patentes

étaient parfaitement nettes, et nous n'avions com-
muniqué avec aucun navire depuis Lisbonne, où lors
de notre passage, il ne régnait pas de maladie con-
tagieuse. Je cite textuellement, à titre de curiosité, la
réponse qui me fut faite avec le plus grand sérieux
par l'honorable commissaire de la santé :

« Quelques cas de choléra se seraient manifestés,
dit-on, dans certains ports d'Espagne ; votre patente
constate à la vérité qu'il n'y en a pas eu à Lisbonne,
mais Lisbonne étant la capitale du Portugal qui
touche lui-même à l'Espagne, il n'est pas impossible
que le choléra n'y arrive prochainement, et la prudence la plus élémentaire fait un devoir de considérer dès à présent comme suspects tous les navires
ayant relâché dans un port du Portugal. »

Discuter un raisonnement de cette force eût été
assurément peine perdue. Je vis d'ailleurs, au même
moment, le sinistre pavillon jaune monter aux mâts
de misaine du *Caméléon* et du *Surveillant*. Ce fléau
que, par ironie sans doute, on est convenu d'appeler *la santé* et qui sévit avec intensité à Ténériffe,
comme dans tous les pays espagnols, ce fléau, dis-je,
avait déjà visité mes compagnons et je dus le subir
à mon tour. Adieu donc le vin de Ténériffe ou tout
au moins la cavalcade. Il me sera permis, à la vérité, de regarder à la longue-vue *las Señoras* et *los
Caballeros* qui viendront se promener sur l'Alameda
ou sur le môle ; d'entendre les carillons des églises

et des nombreux couvents, car c'est aujourd'hui le
8 septembre, grande fête en Espagne, et fête encore
demain dimanche; de voir défiler les processions
se rendant au pied du monument de Notre-Dame
de la Candelaria. Mais tous ces plaisirs goûtés à distance me laissent froid. Le moindre contact avec le
plancher des vaches ferait bien mieux mon affaire,
et le coq de La Fontaine serait certainement de mon
avis, s'il se trouvait ici.

Quant à la décision de la commission sanitaire,
elle est tellement exorbitante que, sans ma maudite
machine qu'il faut nécessairement remettre en état,
le commandant Arnoux, tout le premier, aurait été
d'avis de quitter sur l'heure ce port inhospitalier.

Au surplus, ce n'est pas tant parce qu'il est jaune
et qu'il me met en cage, que je n'aime pas à le voir
flotter à bord ce pavillon; c'est surtout parce qu'il
me rappelle bien vivement un des plus tristes épisodes de ma vie maritime. Peu de temps après mon
arrivée à Bourbon sur la *Belle-Poule*, j'avais été embarqué sur le transport à voiles *le Chandernagor* qui
rentrait en France après une longue campagne, ra-
menant l'ancien gouverneur, M. le capitaine de vaisseau Doret, ainsi qu'un nombreux détachement
d'artillerie. La colonie était éprouvée à cette époque
par une cruelle épidémie de petite vérole noire qui
se déclara à bord quelques jours après notre départ
de Saint-Denis, et fit un certain nombre de vic-

times. Comme on devait s'y attendre, le *Chandernagor*
fut mis en quarantaine en arrivant sur la rade de
Sainte-Hélène. Malgré cela, il fallut rester quelque
temps pour renouveler l'eau et les vivres, et les journées paraissaient longues aux passagers parqués
depuis plus d'un mois déjà sur un si petit navire.
Un dimanche, on proposa comme distraction une

Le *Chandernagor* en rade de Saint-Denis (île de la Réunion).

promenade en canot le long des côtes de l'île. Le
ciel était sans nuages et une faible brise ridait à peine
la surface de la mer que gonflait légèrement une
longue houle du large. Après le dîner de l'équipage,
le lieutenant s'embarqua dans le canot-major avec
cinq officiers d'artillerie, un aspirant, l'un des chirur-

giens et deux matelots seulement. On partit à la
voile, emportant des provisions pour goûter pendant
l'excursion. Les dames passagères avaient préféré
rester à bord; j'étais de garde moi-même et j'avais
dû me résigner à en faire autant. Le canot s'éloigna
lentement tout d'abord, mais les officiers s'étant mis
aux avirons, il ne tarda pas à disparaître derrière les
hautes falaises qui bordent cette partie de l'île. A
quatre heures, il n'était pas revenu, on se mit à table
sans s'inquiéter autrement; nos camarades avaient
pu oublier l'heure et ne pas calculer exactement le
temps nécessaire pour regagner le navire, peut-être
même avaient-ils rencontré des courants contraires.
Après le dîner on remonta sur la dunette, rien
encore en vue. Sans qu'on osât se le dire, l'inquiétude commençait à gagner; on faisait effort pour
causer et pour trouver des conjectures rassurantes
que deux de ces dames, dont les maris se trouvaient
dans l'embarcation, écoutaient d'une oreille distraite,
en dévorant l'horizon du regard. Vers six heures une
pirogue apparut sous la terre, du côté où s'était
éloigné le canot. Il n'y eut bientôt plus de doute,
elle se dirigeait vers le *Chandernagor* et contenait
beaucoup de monde, c'étaient bien les nôtres, il était
donc arrivé malheur à l'embarcation. Les longues-
vues furent braquées sur la pirogue qui s'approchait
lentement, on compta huit hommes à bord, ils
étaient partis dix, il en manquait deux, mais les-

quels? Assurément bien des suppositions pouvaient
encore expliquer leur absence, elles n'entrèrent cependant
dant dans la pensée d'aucun de nous. Un silence de
mort régnait sur le pont, l'anxiété se peignait sur
tous les visages, les pauvres femmes étaient pâles
comme la mort. On reconnut enfin que les deux
manquants étaient l'aspirant Cosmao-Dumanoir et
le chirurgien Bonnet; un instant après, le lieutenant,
M. Bonjour, apparut à la coupée, trempé d'eau de
mer, les cheveux en désordre, les traits contractés,
cherchant en vain à cacher deux grosses larmes qui
coulaient le long de ses joues; il s'avança vers le
commandant qui était resté immobile au pied de la
dunette et lui rendit compte de ce qui s'était passé,
d'une voix haletante et suffoquée par la douleur:
on avait suivi la côte pendant deux heures aussi près
que possible de la terre, poussé lentement par des
brises folles descendant le long des coupures des
falaises, et l'on était en train de goûter sans défiance,
lorsqu'une violente rafale tomba inopinément sur
l'embarcation qu'elle chavira en un clin d'œil; avant
même d'avoir eu le sentiment du danger, tout le
monde se trouva à l'eau. La mer étant tout à fait
calme, on s'accrocha facilement au canot, mais on ne
pouvait attendre aucun secours de la côte qui paraissait
raissait entièrement déserte, et il y avait à craindre
que le courant n'entraînât les naufragés au large.
Cosmao et Bonnet étaient d'excellents nageurs; on

comptait donc sur eux pour remorquer l'épave, s'il en
était besoin, lorsque l'idée leur prit tout à coup, on
ne sait comment, de gagner la terre, et ils partirent
ensemble malgré les appels du lieutenant, qui, en
raison de la quarantaine, ne voulait communiquer
avec l'île qu'à la dernière extrémité. Ils nageaient
rapidement à une vingtaine de mètres l'un de l'autre
et se trouvaient déjà à moitié distance du rivage, à
peine éloigné d'un demi-mille, lorsqu'on les vit sou-

Le canot chaviré.

dain l'un après l'autre se débattre, puis disparaître.
Il était impossible de s'expliquer ce qui avait pu leur
arriver, ni de les secourir, puisque personne autre ne
savait nager; les naufragés restèrent donc là dans
l'eau, cramponnés à la quille du canot renversé, jusqu'à ce qu'une pirogue venant à passer, consentit à
les recueillir.

Voilà ce qui était advenu de cette partie de plaisir : de ceux qui avaient quitté le bord si joyeuse-
ment quelques heures auparavant, deux manquaient
au retour, les deux plus jeunes d'entre nous, et leurs
cadavres étaient couchés au fond de la mer, là-bas
derrière cette pointe qui ferme la rade du côté du
Nord. Cosmao appartenait à la promotion qui suivait la mienne à l'École navale, il rentrait en France
après une campagne de trois ans dans les mers de
l'Inde. Son oncle, M. Lejeune, capitaine du *Chandernagor,* avait obtenu de le prendre à son bord pour
le ramener plus vite et lui faire faire le service
d'officier pendant la traversée.

Après les premiers moments de stupeur et de
désolation, il fallut s'occuper de reconnaître exactement le lieu du sinistre. Il importait, en effet, de
profiter de la dernière heure du jour pour faire cette
opération. Je partis donc avec la baleinière, guidé
par l'un des matelots qui se trouvaient dans le canot-
major; arrivé à l'endroit présumé, je mis le cap
vers la côte en suivant la direction qu'avaient prise
Cosmao et Bonnet. Le chapeau de paille de ce dernier, flottant encore à la surface, indiquait, à deux
ou trois cents mètres du rivage, l'endroit où ils
avaient disparu. L'eau, d'une extrême limpidité, me
laissa voir le fond, et je les aperçus distinctement,
étendus sur le dos, se détachant sur le sable jaune
où ils reposaient. Qui m'eût dit, lorsque je leur

serrais la main à midi, qu'avant le coucher du soleil
je les reverrais ainsi! Je restai quelque temps à les
contempler sans pouvoir m'arracher à ce douloureux
spectacle, puis je mouillai un grappin muni d'une
bouée pour marquer la place et je revins à bord.

Le commandant écrivit aussitôt au gouverneur
en l'informant du malheur qui nous frappait, car
emprisonnés à bord par la quarantaine, il nous fallait recourir à lui pour faire rendre les derniers devoirs à nos malheureux camarades. Le lendemain
en effet, les embarcations de la marine anglaise
allèrent relever les corps, et le service funèbre eut
lieu le jour suivant. Dès le matin, tous les navires
sur rade avaient hissé leur pavillon en berne; le
Chandernagor mit ses vergues en pantenne et tira
le canon de demi-heure en demi-heure, ainsi qu'on
a coutume de le faire le vendredi saint et les
jours de deuil public. Ce désordre apparent ré-
pandu dans la mâture, ces vergues apiquées dans
tous les sens, qui semblent élever vers le ciel leurs
grands bras suppliants, ces détonations retentissant
à de longs intervalles comme un glas funèbre, tout
cet appareil remplit l'âme de tristesse. Ce jour-là,
il vibrait à l'unisson de nos cœurs, jamais nous
n'en n'avions ressenti si profondément la doulou-
reuse impression.

Vers dix heures, tous les canots du *Chandernagor,*
portant l'état-major et une partie de l'équipage,

se rendirent autour du débarcadère où furent amenés les cercueils recouverts du pavillon français. Les
troupes anglaises formaient la haie; le gouverneur,
accompagné des officiers de la garnison, suivi d'une
foule considérable, marchait en tête du cortège
que précédait le clergé catholique; on voyait que cet
événement avait produit une impression profonde
dans la ville de James-Town. Pendant tout le temps
de la cérémonie, nous restâmes dans les canots,
suivant, nous aussi, par la pensée le cortège de nos
amis. Nous vîmes ce cortège monter lentement vers
le cimetière, puis lorsque le canon nous eut annoncé
que tout était fini, nous revînmes à bord, et quelques
heures après, nous étions sous voiles pour continuer
notre triste voyage.

Lundi 10 septembre, 2 heures après midi. En rade
de Ténériffe.

Mes réparations sont terminées, on remonte en ce
moment l'excentrique ainsi que la soupape d'arrêt
dont on a refait complètement la tige; en la démon-
tant à Lisbonne, on avait cassé les filets de la vis,
et bien que remise en place, la soupape s'ouvrant
d'elle-même sous la pression de la vapeur, ne pouvait
être utilisée. Maintenant elle fonctionne parfaitement, me voilà donc remis à neuf. Dieu veuille que
je ne me casse plus rien! Sans souhaiter de mal à

mon prochain, il me semble qu'en bonne justice, s'il doit nous arriver encore quelque chose, ce serait bien le tour du *Surveillant.*

Nous avons fait de notre mieux pour égayer ces deux jours de claustration forcée, en allant les uns chez les autres. Samedi, j'ai eu des visites toute l'après-midi. Les officiers du *Caméléon* m'avaient invité à dîner, et aussitôt après, tout le monde s'est transporté à bord de l'*Économe* pour faire de la musique. Grâce au talent de pianiste d'un enseigne du *Caméléon,* nous avons passé en revue quelques partitions d'opéras. Le concert a duré jusqu'à dix heures, avec entr'actes de pipes et de grogs, puis nous sommes retournés souper à bord de la corvette; là une grande discussion philosophico-morale s'est engagée sur le rôle de la femme dans la société. Le jeune docteur est un chaud partisan de l'émancipation de la femme, qu'il voudrait voir investie des mêmes droits que l'homme; il est d'avis que les femmes sont très supérieures aux hommes et feraient d'excellents magistrats, professeurs, médecins, avocats, députés, ministres, etc. Selon lui, la société et les gouvernements ne seront en pleine voie de progrès que quand les femmes pourront y être tout cela. Je dois dire qu'il a été vivement combattu par le commissaire qui, ayant beaucoup étudié le Coran pendant une longue station en Orient, est encore tout imbu des doctrines de Mahomet. De son côté,

Jaquemart, très épris de sa jeune épouse qu'il a laissée à Brest avec deux petits enfants sur les bras, soutient que les femmes ont bien assez à faire comme cela, et que si elles ont un rôle différent du nôtre, ce rôle n'est ni moins noble ni moins difficile à remplir. Il plaint les femmes qui aspirent à autre chose et les hommes assez fous pour les épouser. Après un long et vif débat accompagné de gestes, d'interruptions, de répliques, d'exclamations, il devint évident que la majorité de l'assistance penchait pour l'opinion juste-milieu de Jaquemart.

Il était minuit lorsqu'on se sépara, et je rentrai avec une extinction de voix. Hier nous avons encore dîné à bord du *Caméléon,* mais cette fois chez le commandant Arnoux ; un dîner sérieux ; un dîner-conseil, car il y avait à débattre et à régler d'importantes questions. D'abord celle de nos voilures : pendant l'armement nous avions vainement sollicité un supplément de voilure, des huniers volants et des bonnettes basses. A Lisbonne, la question avait été posée de nouveau sans plus de succès. Cependant la dernière traversée, effectuée en partie à la voile, avait démontré jusqu'à l'évidence l'insuffisance de nos voilures avec de petites brises. Jusqu'à Gorée il y aurait encore la ressource de la vapeur, mais dans la traversée de l'Atlantique, il faudrait nécessairement ménager le combustible et dès lors faire en sorte de pouvoir profiter du vent. M. Arnoux était bien de

cet avis; que faire cependant? les ingénieurs avaient
prononcé, le préfet maritime avait confirmé, le ministre avait approuvé; enfreindre des ordres pourvus
de cette triple consécration, c'était bien grave, d'autant plus qu'à côté de la question de subordination,
il y avait la question de dépense : les voiles ne pourraient être confectionnées qu'au moyen de matières
fournies par les magasins de Gorée ou par les navires de la station; dans tous les cas, il faudrait
établir une demande dont l'approbation et la délivrance auraient pour conséquence d'engager une dépense expressément défendue.

La solution de ce difficile problème apparut d'elle-
même, entre la poire et le fromage, à la satisfaction
générale. Le commandant consentit à prêter à chacun
de nous un perroquet de rechange avec sa vergue,
pour faire des grands huniers; des bouts-dehors et
des voiles d'embarcation pour faire des petits huniers. Nous avions déjà essayé, en venant de Lisbonne, une bonnette basse confectionnée tant bien
que mal avec nos propres ressources. Nous aurions
ainsi tout ce qu'il nous fallait.

Ce premier point résolu, on passa à la question du
calfatage. Elle devenait chaque jour plus pressante,
car de ma chambre je voyais à de certaines places le
jour à travers les coutures des bordages. Il fut entendu que l'on resterait en rade de Gorée le temps
nécessaire pour reprendre entièrement le calfatage

du pont et des murailles des bâtiments au-dessus de
la flottaison. Enfin, nous avions à prévoir le cas
assez probable où il surviendrait des tournades pendant la traversée de Ténériffe à Gorée. Les tournades
sont des orages très fréquents sur la côte d'Afrique
à cette époque de l'année, dans lesquels le vent
tourne du Nord au Sud généralement par l'Est, en
soufflant avec une telle violence qu'on serait chaviré si on les recevait par le travers; la manœuvre
consiste à fuir vent arrière en tournant en même
temps que le vent. Cela dure environ une heure ou
une heure et demie. Pour les petits navires surtout,
il importe de se maintenir exactement dans le sens
du vent, sans venir ni d'un bord ni de l'autre, et nous
avions éprouvé sur la côte du Portugal combien cela
nous était difficile, nos tambours équivalant à des
voiles dont il était impossible de se débarrasser. Le
seul moyen de parer au danger était de disposer à
l'avance une ancre flottante que l'on filerait à l'arrière, au bout d'une longue amarre; il ne manquait
pas à bord d'objets pour confectionner cet appareil.
Si la tournade arrivait la nuit, le *Caméléon* conser-
verait un peu de toile pour s'éloigner des avisos, qui
seraient naturellement obligés de serrer toutes leurs
voiles.

Aujourd'hui la matinée s'est passée à achever les
approvisionnements. De son côté, le *Caméléon* nous
a envoyé de la viande fraîche, car il a embarqué des

bœufs vivants à Lisbonne, et compte en reprendre à
Gorée; c'est plus sain pour l'équipage et plus économique pour l'État que la viande salée. Jusqu'à présent, équipages et officiers ont donc été nourris
comme à terre.

Le *Caméléon* vient de signaler d'allumer les feux
et j'entends déjà ronfler la cheminée qui touche
presque à la cloison de ma chambre; dans une heure
nous serons dehors.

CHAPITRE VII

De Ténériffe à Gorée.

Les vents alizés. — Les menaces du père Tropique. — Trombes et tournades. — Les gris-gris du grand chef de la cavalerie de Dakar. — Une tempête dans un verre d'eau. — La matelote des adieux. — A la ration d'eau. — *A-Dieu-vat.*

Mercredi 12 septembre, 10 heures du soir.

E suis obligé de veiller jusqu'à minuit, et j'en profite pour écrire mon journal. Le maître mécanicien est de quart pour la première fois sur le pont. Il n'a plus rien à faire dans sa machine, car on a mis à la voile quelques heures après le départ de Ténériffe, et on y restera probablement jusqu'à Gorée, les calmes n'étant pas à craindre dans cette saison le long des côtes du Sahara. Il est de règle qu'une fois la machine essuyée et en état, son personnel fasse le quart avec l'équipage ; or, M. Lasmesasse ne peut remplir sur le

13

pont d'autres fonctions que celles d'officier de quart;
si honorables qu'elles soient pour un maître mécanicien, il en était cependant un peu effrayé ; juger
du temps, manœuvrer les voiles, parer un grain,
tout cela n'est pas son affaire. Je suis parvenu à le
rassurer; sur l'*Économe,* la manœuvre des voiles
n'est pas compliquée, et je lui ai donné toute latitude pour me faire prévenir et même réveiller la
nuit, chaque fois qu'un nuage lui paraîtra animé
d'intentions douteuses. En somme, je serai aussi
tranquille avec lui qu'avec ses deux collègues, car ce
qu'il me faut avant tout c'est quelqu'un qui veille et
qui m'avertisse à temps, mais j'ai voulu encourager
ses débuts en faisant de fréquentes apparitions sur le
pont et en me tenant prêt à répondre à son appel.

Le temps convient parfaitement d'ailleurs à un
débutant. En sortant de la rade de Santa-Cruz,
nous avons trouvé les vents alizés, cette zone en-
chantée où la brise est toujours tiède et caressante;
où la mer ne s'irrite jamais et pousse le navire en
le berçant doucement; où, dans l'ombre, les flots tra-
cent derrière lui un sillon lumineux, et se couvrent
d'une écume étincelante ; où les jours s'écoulent pa-
resseusement sans qu'on ait à toucher à une voile
ni à une corde; où les dorades se jouent sous le beaupré en narguant le trident du harponneur, tandis que
les poissons volants viennent par troupes s'ébattre
hors de l'eau.

Les vents alizés sont de vieux amis pour moi ; ce sont eux qui règnent aux Antilles, où j'ai passé trois ans ; je ne les avais pas revus depuis mon retour de Bourbon, aussi leur ai-je fait fête. J'ai organisé mon établissement sur le pont ; mes deux cages à poules, rangées tout à fait à l'arrière, servent de divan ; un baril amarré aux batayoles fait un guéridon un peu massif mais solide, et dès huit heures du matin, aussitôt après le lavage du bâtiment, on établit la tente avec son rideau du côté du soleil. C'est un vrai boudoir, où je compte bien passer la plus grande partie de mon temps.

En descendant dans la machine, j'ai aperçu à l'avant le maître d'équipage, occupé avec deux matelots à coudre des rubans sur leurs habits. Je n'y pris pas garde tout d'abord, mais ensuite ce travail m'intrigua et je demandai à Gombaud ce qu'il faisait là. Il hésita quelque temps, mâchonna sa chique en bourdonnant, puis se décida à me confier qu'il y avait à bord un certain nombre de têtes de catéchumènes aspirant à recevoir le baptême, et que nous approchions des États du Père Tropique. Ces têtes sont celles des jeunes mécaniciens et du commis aux vivres, mais je crois que ce ne sont pas précisément elles qui aspirent au baptême. Je suppose aussi qu'en lui dévoilant son secret, maître Gombaud n'a pas été fâché de mettre le capitaine à même de faire de son côté ses petits préparatifs. C'est demain que

doit avoir lieu la cérémonie, peut-être même, suivant la coutume, commencera-t-elle ce soir.

Vendredi 14 septembre, 3 heures après midi.

Il était temps que le père Tropique arrivât, car un
peu plus, la mer soulevée par les bancs qui s'étendent au large de la côte d'Afrique, aurait fait le
baptême à sa place.

La cérémonie s'est accomplie du reste avec toute
la *pompe* voulue et d'après les meilleures traditions.
Avant-hier, au coucher du soleil, le postillon du Père
Tropique, grimpé sur la vergue de misaine, a hélé
le navire, demandé d'où il venait, le nom du capitaine, s'il était marié et s'il avait des enfants; puis
il est descendu et s'est avancé vers moi en m'annonçant que son auguste maître daignerait venir le
lendemain conférer le baptême au navire lui-même
et aux néophytes qu'il portait. Il me faisait prier en
conséquence de ne rien négliger pour les préparer
dignement à la faveur qui les attendait.

En effet, le lendemain à dix heures, le cortège
organisé à l'abri d'une toile tendue devant le mât de
misaine, s'avança sur l'arrière aussi majestueusement que le permettaient les mouvements de roulis.

En tête marchaient le Père Tropique et sa femme.
Le premier n'était autre que Gombaud lui-même,

avec une chevelure et une longue barbe en étoupe,
drapé dans un pavillon, soutenant d'une main le
grappin du canot, pendu à sa ceinture, et tenant de
l'autre une gaffe en guise de sceptre. Le rôle de
Mme Tropique était rempli par Dumbard, le contre-
maître mulâtre, qui n'avait rien négligé pour se
donner la tournure d'une solide gaillarde et paraissait surtout préoccupé de ne pas laisser traîner sa
robe, dont il relevait de temps à autre par les mouvements les plus caractérisés, les plis ondulants, puis
venaient les deux diables indispensables, vêtus d'un
simple caleçon, tout le corps noirci et tatoué, avec
cornes rouges et longue queue, armés des ringards
de la machine et se livrant à une pantomime des
plus vives. Enfin, cinq ou six matelots déguisés de
diverses manières et portant les seaux, bailles et
autres instruments du supplice. J'attendais le cortège,
entouré de mon état-major.

Le Père Tropique manifesta d'abord son étonnement de voir un si petit navire s'aventurer dans
ses États, et son admiration pour le vaillant équipage
qui n'avait pas hésité à entreprendre une navigation
aussi hardie. Il ajouta que ces braves matelots méri-
taient assurément d'être récompensés et surtout bien
traités et nourris abondamment. Renchérissant à
mon tour sur ces éloges, j'affirmai que l'équipage de
l'*Économe* possédait une autre qualité bien plus rare
encore, c'était une sobriété poussée jusqu'à l'excès,

au point que j'avais dû renoncer à lui allouer des
doubles rations, parce qu'il les jetait à la mer. Sans
cet éloignement invincible pour le jus de la treille,
je me serais fait un devoir de fêter, suivant l'usage,
la visite de Sa Majesté qui, je l'espérais, voudrait
bien me tenir compte de mes bonnes intentions.

Le Père Tropique, décontenancé par cette réponse,
fit la grimace, tandis que son épouse poussait
un grognement sourd, mais il reprit bientôt son
aplomb.

« C'est bien extraordinaire, capitaine, ce que vous
me dites là, et je n'ai jamais vu de chose pareille;
c'est donc des demoiselles que vous avez comme
matelots ! En tout cas, c'est tout à fait contraire aux
lois de mon royaume et attentatoire à mes privilèges;
s'ils venaient à l'apprendre, les vents, trombes, tournades, barres, tonnerres et autres éléments de mes
États vous en feraient voir de belles. Faites donc
savoir à votre équipage qu'il faut que ça change et
sur l'heure, et que s'il ne veut pas boire au bidon, je
me chargerai de le faire boire à la grande tasse. »

Une lame embarquant à ce moment vint à point
confirmer les menaces de Sa Majesté et clore son
discours au milieu de l'hilarité générale. Mais l'émotion parut avoir fortement enroué le royal gosier, et
par sympathie, les gosiers de ses compagnons, subitement atteints d'une explosion de toux significative.
David monta avec un plateau de petits verres, on

trinqua à la ronde et le baptême commença. Les
catéchumènes amenés successivement par les diables,
étaient assis sur une planche placée en travers de la
baille préalablement disposée au pied du grand mât
et remplie d'eau de mer. Après avoir répondu à l'in-
terrogatoire d'usage et pris des engagements con-
formes à la morale sévère du royaume tropical, la
planche était retirée brusquement, et le patient,
plongé dans la baille, recevait en même temps un
plein seau d'eau sur la tête. C'était fait en conscience.
La cérémonie se termina par une aspersion mutuelle
et générale pendant laquelle le cortège regagna
l'avant et disparut.

Le second acte de la fête était terminé ; le troisième consistait dans le dîner : pour l'équipage, quelques poulets tirés de mes cages, ajoutés aux vivres
frais reçus le matin même du *Caméléon,* le tout
arrosé par une double ration de vin, comblèrent les
vœux du Père Tropique et de sa cour. Pour l'état-
major, c'est-à-dire le second et le maître mécanicien,
il y eut festin chez le capitaine, qui lui servit un
menu composé des meilleurs plats du répertoire de
son cuisinier. Je craignis un instant que la mer devenant de plus en plus houleuse, ne vînt troubler le
repas ; mais elle eut la délicatesse d'attendre pour se
fâcher tout de bon que les tables fussent desservies.

Depuis ce matin elle roule de grosses lames vertes
qui, à défaut d'autres indications, suffiraient pour

annoncer le voisinage du cap Blanc, et de ce redoutable banc d'Arguin sur lequel s'est perdue la *Méduse;*
nous n'en sommes pas à plus de 60 milles. Les
vagues déferlent par instants comme si elles se
heurtaient sur un bas-fond, embarquent par l'arrière,
puis retombent lourdement sur le pont. Il faut s'a-
bonner à avoir les pieds dans l'eau ; à l'exemple de
l'équipage, j'adopte donc la meilleure de toutes les
chaussures, sans bas ni souliers, avec laquelle on ne
risque jamais de s'enrhumer. L'ancre flottante est
construite ; elle se compose des deux leviers de manœuvre des roues, solidement attachés en croix,
aux deux gueuses en fer de 50 kilogrammes, pour
donner du poids à l'appareil, et au capot de la cheminée pour résister à la traction. Il était temps de
faire ces préparatifs, car la brise de N.-E. perd de
sa force et de sa régularité, en même temps que le
ciel se voile de vapeurs, autant de symptômes indiquant la limite de la zone des vents alizés et la
proximité de celle des orages.

Mardi 18 septembre, 8 heures du matin.

L'influence de l'atmosphère brûlante du Sahara
se fait sentir, quoique le thermomètre ne dépasse
pas encore 31 degrés. Les poissons volants se mon-
trent en compagnies nombreuses, frisant la crête
des lames de leurs ailes humides et faisant ainsi des

Une trombe au large du cap Vert (page 203).

vols d'une centaine de mètres. L'*Econome* étant très ras sur l'eau, il en est tombé à bord quelques-uns que David a fait frire pour mon dîner. On dirait de gros éperlans; je n'en avais jamais mangé et la chair m'en a paru très délicate.

Hier, le vent est tombé complètement, on a allumé les feux; le temps qui jusque-là s'était maintenu assez beau, a changé d'aspect, et vers midi un bandeau de nuages noirs s'est dessiné à l'horizon dans le S.-E., puis s'est élevé rapidement en formant un grand arc de cercle. Telle est bien l'apparence des tournades; cependant, ces bourrasques venant généralement du Nord, j'ai pensé n'avoir affaire qu'à un violent orage. Quoi qu'il en soit, j'ai fait serrer et rabanter solidement toutes les voiles. Au bout d'un instant, une superbe trombe est apparue à l'arrière avec sa grosse gerbe bouillonnant à la surface de la mer, autour d'une mince colonne d'eau affectant assez la forme d'une corne d'abondance. On distinguait à la lorgnette le mouvement ascendant de l'eau dans la trombe qui s'élevait, en s'élargissant et en s'inclinant légèrement, vers le nuage auquel elle semblait suspendue. Elle demeura quelque temps immobile, puis s'éloigna lentement; je n'avais donc plus à m'en inquiéter, mais au même moment l'orage est tombé à bord avec une telle avalanche de pluie, qu'en un instant j'ai perdu de vue le *Caméléon* et le *Surveillant*. Cela a duré une

heure environ, puis le calme s'est rétabli. Toute la
nuit le temps est resté lourd et orageux. On vient
de signaler la terre devant; c'est la côte au Nord
du cap Vert, nous mouillerons donc cette après-midi
à Gorée, mais il est probable que nous n'échappe-
rons pas d'ici là aux orages qui se forment en ce
moment sur plusieurs points de l'horizon.

Gorée, 11 heures du soir.

Je ne m'étais pas trompé : après un premier orage
du S.-E. qui n'a pas produit grand vent, un autre
venant du Nord a fondu sur nous avec une violence
inouïe; le vent enlevait littéralement la mer, dont
la surface disparaissait sous une nappe d'écume; le
navire maintenu dans le vent par l'ancre flottante
filée à l'arrière, en était comme enveloppé. Lorsque
le temps s'est éclairci, le cap Vert est apparu par
notre travers, nous l'avons doublé en laissant l'île
Madeleine à tribord, et à trois heures nous mouil-
lions en rade de Gorée.

Gorée est un rocher de dix-sept hectares de su-
perficie, situé dans la baie de Rufisque, à un mille et
demi environ de la pointe de Dakar, extrémité sud
de la presqu'île du cap Vert. Ce rocher est presque
entièrement occupé par une agglomération de 2,500
âmes : fonctionnaires, employés, fournisseurs, et
quelques commerçants faisant des échanges avec le

continent. Saint-Louis, le chef-lieu de la colonie, n'étant accessible qu'aux petits navires, à cause de la barre dangereuse qui ferme l'entrée de la rivière, c'est Gorée qui se trouve le centre de la station navale des côtes occidentales d'Afrique, et le point de ravitaillement de tous les navires de l'État qui se dirigent vers l'hémisphère sud. Il s'y trouve en ce moment toute une escadre : la frégate à voiles *la Persévérante* et le transport *l'Infernal* se rendant dans les mers du Sud; le brick *l'Entreprenant* et l'ancienne corvette *la Zélée*, transformée en transport à hélice, appartenant à la station, dont le commandant en chef, l'amiral Baudin, se trouve actuellement dans le Sud et ne sera probablement pas de retour à Gorée avant notre départ. Mon premier soin a été d'aller faire ma tournée de visites officielles, et aussi de poignées de main aux camarades que j'ai sur ces bâtiments. A bord du *Caméléon*, j'ai reçu des instructions relativement aux travaux à exécuter pendant la relâche. Le plus important et le plus long sera le calfatage. Les calfats de tous les bâtiments sur rade sont déjà réquisitionnés et partagés entre *l'Économe* et le *Surveillant;* dès demain ils se mettront à l'ouvrage.

Il n'est pas probable que nous puissions partir avant le commencement de la semaine prochaine. Le commandant bondera son pont de sacs de charbon, afin de pouvoir nous approvisionner plus lar-

gement pour franchir les calmes. La traversée de
l'Océan pourrait être fort abrégée de cette manière,
et nous serions à Cayenne dans vingt ou vingt-cinq
jours.

Jeudi 20 septembre, 11 heures du soir.

Il fait ici une chaleur étouffante, beaucoup plus pénible qu'aux Antilles, situées cependant par la même
latitude que Gorée. Cette température à laquelle je
ne suis plus habitué, a produit chez moi une sorte
d'agitation nerveuse, je ne puis tenir en place et
je boirais la mer. J'espère cependant y avoir trouvé
un remède; c'est une baignoire que je me suis pro-
curée à Gorée cette après-midi et que j'ai installée
sur le pont, à la suite de la cage à poules. Je l'ai
fait remplir d'eau de mer ce soir même, et j'y ai
passé une heure entière. Ce régime m'a toujours
réussi. Dans mes navigations tropicales, j'établissais
ma salle de bain dans les grands porte-haubans, et
tous les soirs, avant de me coucher, j'allais me plonger dans l'eau; la fraîcheur et le bien-être que j'en
éprouvais, me permettaient ensuite de m'endormir
facilement. Ces bains ont en outre l'avantage d'être
toniques et de combattre efficacement l'influence dé-
bilitante des grandes chaleurs.

Mes affaires se sont fort avancées pendant les deux
jours qui viennent de s'écouler, mais cela n'a pas été

sans peine ni sans fatigue; on a complété les vivres,
l'eau, le charbon et autres approvisionnements, tandis que le youyou allait chercher du sable jusqu'à
Dakar. Hier, après le dîner, je suis descendu à Gorée
avec deux de mes camarades de la *Persévérante;* cette
île, je dois le dire, ne m'a pas paru un séjour enchan-
teur. Des rues étroites, tortueuses, à pente rapide,
coupée par des marches d'escalier, nous ont conduits
à une plate-forme située devant la citadelle et sur
laquelle se trouve un grand baobab; on y a une vue
assez étendue sur la baie de Rufisque, dont la côte
sablonneuse n'offre rien d'attrayant ni de pittores-
que. Nous avons eu bien vite assez de la promenade;
au retour j'ai reconduit mes amis à bord de la frégate, où, nonchalamment installés sur la dunette,
nous avons devisé de nos campagnes et de toute sorte
d'autres choses, *de omni re scibili et quibusdam aliis.*

Cela me rappelait les belles soirées des Antilles, et
j'aurais prolongé volontiers l'entretien bien avant
dans la nuit, sans l'apparition soudaine de nuages de
mauvaise apparence qui montaient à l'horizon. Déjà
mis en défiance par la baisse du baromètre et les avis
des pilotes, j'ai jugé prudent de lever la séance et
de regagner l'*Économe.* C'était une fausse alerte, car
l'orage s'est dissipé avant d'atteindre Gorée.

Cette après-midi j'ai eu la visite du grand chef de la
cavalerie de Dakar. L'année dernière, le commandant
Faidherbe a été nommé gouverneur du Sénégal avec

la mission de rétablir notre autorité et notre prestige
qui s'étaient beaucoup amoindris depuis trente ans,
parmi les tribus des territoires dévolus à la France par
les traités de 1678 et de 1783; il s'est mis à l'œuvre
avec une rare énergie, et l'un de ses premiers actes a
été l'occupation de la presqu'île de Dakar en vue
d'établir des communications régulières entre Saint-
Louis et Gorée par le Cayor. On y construit en ce
moment un fort et un bassin destiné à recevoir les
paquebots français de la ligne du Brésil, qui, faute
d'abri, relâchent actuellement à l'île Saint-Vincent du
cap Vert. Des milices ont été organisées parmi les
peuplades dévouées à la France, et le grand chef de
la cavalerie de Dakar est, je le crois, le commandant
d'une de ces milices. C'est un beau Ouolof au teint
fortement bronzé, à l'air intelligent et résolu. Il ne
manque pas de faire sa visite à tous les navires qui
mouillent en rade de Gorée, et en profite pour placer
ses marchandises. C'est ainsi qu'après m'avoir sou-
haité la bienvenue dans son pays, il m'a offert du
vin de palme, des comestibles de toute sorte, fruits,
légumes, œufs, volailles, dont sa pirogue était remplie, et m'a proposé de me procurer aussi des armes
indigènes. Il m'a montré avec orgueil les gris-gris
qu'il portait lui-même et qui constituent les insignes
de son commandement; ce sont des colliers en cuir
avec des boules et des espèces de médaillons également garnis de cuir. Le grand chef a paru très sa-

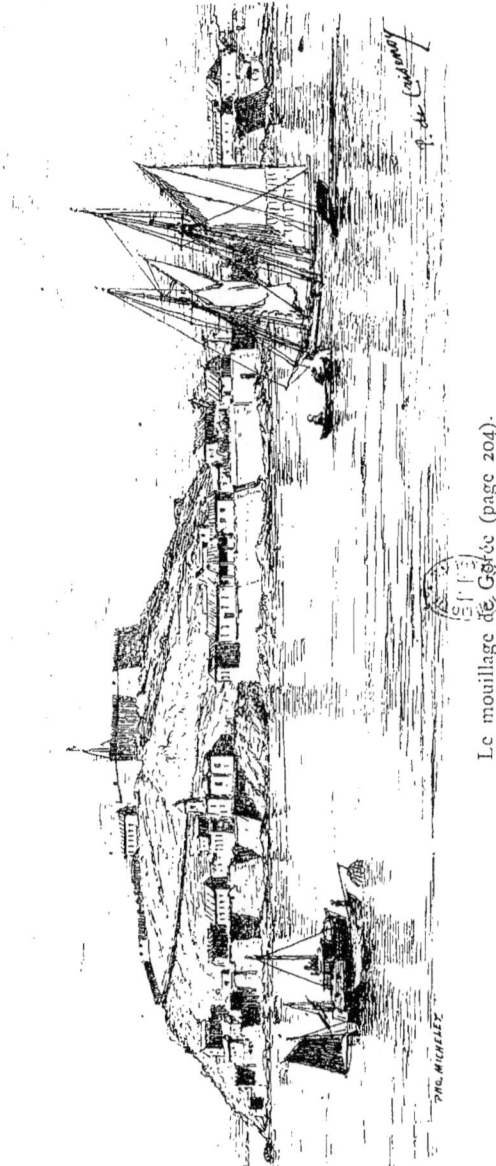

Le mouillage de Gorée (page 204).

tisfait de mon accueil; il m'a quitté après maintes
protestations de dévouement et en me promettant
de revenir bientôt.

Vendredi, 21 *septembre.*

On dirait que dans ce pays, les orages qui agi-
tent l'atmosphère font aussi tourner les têtes. L'équipage de l'*Économe* me semble subir depuis quelques
jours cette influence morbide. Le lendemain de l'arrivée à Gorée, un de mes meilleurs matelots vint me
demander à débarquer; il résulta de ses explications
assez embarrassées qu'il regrettait beaucoup de me
quitter, mais que le lieutenant *lui faisant de la mi-
sère,* il préférait s'en aller que de s'exposer à des punitions. Je le renvoyai en refusant de donner suite à
sa demande. Cependant cette démarche appela mon
attention sur certains faits auxquels tout d'abord je
n'avais pas attaché d'importance, et d'où je conclus
qu'il régnait parmi les hommes un sentiment d'hos-
tilité contre Quest. Ce sentiment ne me paraît pas
justifié, car s'il a quelquefois le commandement un
peu brusque, je l'ai toujours trouvé juste et bienveillant à l'égard de ses subordonnés. La conversation que j'ai eue avec lui ce matin a malheureusement
confirmé mes suppositions : depuis quelque temps

les hommes lui témoignent de la mauvaise volonté, murmurent chaque fois qu'il leur commande quelque chose ; son autorité se trouve compromise, et il n'attendait qu'une occasion pour m'entretenir de cette situation. Je lui ai promis d'y mettre ordre, en lui recommandant du calme et de la fermeté. Il arrive parfois que l'esprit d'indiscipline souffle ainsi sur un équipage ¡sans qu'on sache au juste pourquoi, mais lorsqu'il n'y a pas de meneur, il suffit d'un acte d'énergie pour y remédier. David lui-même, l'excellent David s'est laissé entraîner par ses camarades : ce soir, il a cherché à me faire entendre que le lieutenant l'employait à des travaux du bord qui l'empêchaient de faire mon service particulier. Je lui ai déclaré tout net, que s'il se mettait aussi à faire la mauvaise tête, je le remplacerais auprès de moi et je le remettrais sur le pont; il se l'est tenu pour dit et n'a plus soufflé mot.

Samedi soir.

La tempête a éclaté. Ce matin à huit heures, Quest est entré dans ma chambre très ému : Dumbard venait de refuser catégoriquement d'exécuter un ordre qu'il lui avait donné; Dumbard, le contremaître si laborieux, si dévoué, qui pendant la tra-

versée de Rochefort à la Corogne a, seul, avec le
maître mécanicien, assuré le service de la machine
dans les circonstances critiques où nous nous sommes trouvés! Mais ces mulâtres se montent la tête
comme des enfants, et lorsqu'ils se sont butés contre
une idée, il n'est pas facile d'en venir à bout. Je l'ai
fait appeler séance tenante. Il était très surexcité;
tout en protestant de sa soumission à mon égard, il
s'est déclaré décidé à ne plus obéir à M. Quest, son
inférieur, à qui il commandait deux mois auparavant dans la caserne de Rochefort, et qui, du reste,
ajoutait-il, ne lui parlait pas convenablement. J'ai
d'abord cherché à le prendre par la douceur et par la
raison. Quest avait été commissionné régulièrement comme second du bâtiment, il n'était donc
plus matelot de troisième classe, mais le supérieur
de tout le personnel du bord; il pouvait donner des
ordres au maître mécanicien lui-même. Voyant que
je n'obtenais rien de cette manière, j'ai fini par signifier à Dumbard que s'il n'allait pas immédiatement
faire des excuses au lieutenant et exécuter l'ordre qu'il
en avait reçu, il serait puni sévèrement. « Capitaine,
m'a-t-il dit, je ne puis pas faire d'excuses au lieutenant ; punissez-moi si vous le voulez, mais que ce
ne soit pas à cause de lui, car je sens que je ferais
des bêtises. »

La situation devenait sérieuse, je connaissais trop
bien les hommes de couleur pour ne pas être cer-

tain que Dumbard ferait effectivement des bêtises
et ne se soumettrait pas à la punition qu'il devenait indispensable de lui infliger. Sur un navire
ordinaire on dispose de moyens de coercition qui
découragent à l'avance les tentatives de rébellion;
ces moyens, je ne les possédais pas à bord, j'avais
même lieu de douter que les camarades missent
toute la vigueur nécessaire pour assurer, en cas de
résistance, l'exécution de mes ordres. Il y avait donc
là des difficultés matérielles avec lesquelles je devais
compter; je pensai un instant à demander au commandant du *Caméléon* d'envoyer chercher Dumbard
par son capitaine d'armes pour lui faire subir la punition à son bord, mais j'y renonçai bien vite : nous
allions entreprendre la partie la plus difficile de la
traversée; je pouvais me trouver séparé du *Caméléon*
au milieu de l'Océan, obligé de me suffire à moi-
même, exposé à manquer d'eau et de vivres; j'aurais
besoin alors de toute mon autorité pour maintenir
la discipline, et cette autorité ne se trouverait-elle
pas compromise, après qu'en rade, au milieu de
toute une escadre, il m'aurait fallu réclamer un secours étranger pour réprimer un acte d'insubordination. Je pris mon parti; j'appelai Quest, et le prévins
qu'après le branle-bas, Dumbard serait mis aux fers
pour vingt-quatre heures. Je fis venir ensuite le maître
mécanicien pour l'informer de ma décision et l'engager à raisonner son contre-maître et à l'empêcher

d'aggraver sa situation; il ne me cacha pas qu'il ne croyait pas au succès de ses remontrances. La journée s'écoula sans incident, l'équipage était silencieux, évidemment préoccupé de ce qui allait se passer le soir; je dînais à bord de l'*Entreprenant,* d'où je revins à six heures pour le branle-bas. Ainsi que je l'avais prévu, Dumbard refusa d'exécuter sa punition; je me rendis alors à l'avant, où l'équipage se trouvait réuni et je donnai l'ordre au contre-maître de descendre aux fers dans le faux pont. En me voyant, il se mit à éclater en sanglots, jurant de nouveau qu'il ne refusait pas d'y aller si je l'exigeais, mais à la condition que ce ne fût pas pour sa conduite envers M. Quest. Le maître d'équipage et deux matelots ayant voulu le prendre par le bras, il se débattit, je compris donc que le moment était venu de recourir aux mesures extrêmes.

Je commandai à deux matelots de me suivre pour s'armer. Descendu avec eux dans ma chambre, je bouclai mon sabre après avoir donné un fusil à chacun d'eux. Pendant ce temps, Dumbard s'animait de plus en plus, gesticulant et pérorant pour démontrer qu'il lui était impossible d'obéir à un inférieur; il aimerait mieux, criait-il, se jeter à l'eau que de se laisser punir à cause de lui. Je l'engageai à réfléchir une dernière fois et à obéir, lui déclarant que de gré ou de force il serait aux fers dans un instant. Enfin, sur son refus, je fis mettre la baïonnette au canon et marcher pour l'acculer au panneau du faux pont et l'obliger à y descendre.

Les baïonnettes le serraient de près et l'avaient piqué pendant qu'il se débattait, il reculait et se trouvait déjà sur la seconde marche de l'échelle, lorsque le maître mécanicien et le maître d'équipage me demandèrent de suspendre l'exécution, prenant l'engagement de se rendre maîtres de lui. J'y consentis ; les deux hommes de garde se retirèrent à l'arrière et je descendis moi-même dans ma chambre, attendant non sans une certaine anxiété le résultat de cette dernière tentative. Au bout de quelques minutes on vint me rendre compte que Dumbard était aux fers.

Cette crise sera salutaire pour tout l'équipage, qu'elle remettra dans son assiette. Je vois bien que les mauvaises dispositions à l'égard de Quest avaient fini par gagner peu à peu tout le monde à bord, même le maître d'équipage et le maître mécanicien. Sans avoir rien à lui reprocher, et sans le dire tout haut, ils en étaient venus, eux aussi, à penser qu'en somme il n'était guère régulier de voir un matelot de troisième classe commander à des hommes gradés, qu'il y avait quelque chose de vrai dans la prétention du contre-maître, etc. Or, c'était précisément ce courant d'idées qui était dangereux, car si je venais à manquer pendant la traversée, Quest se trouvait seul en état de conduire le bâtiment, seul il pouvait en exercer régulièrement le commandement, et dans

l'état actuel des esprits, une révolte aurait certainement éclaté à bord.

Je ne regrette donc pas l'incident en lui-même,
mais je suis fâché que le poids en soit tombé sur ce
brave Dumbard; il a été emporté par son défaut
de jugement et son tempérament d'enfant, car au
fond, c'est bien l'homme le plus doux, le plus discipliné qu'on puisse trouver. Je ne puis oublier sa
conduite au début de la traversée, et s'il survenait
quelque événement qui exigeât un homme ne mar-
chandant ni sa peine ni sa vie, c'est encore sur lui
que je compterais le plus. Il m'est pénible de le
sentir aux fers à côté de moi, je ne l'y laisserai du
reste que pendant cette nuit, et demain au branle-
bas je lèverai sa punition. L'effet est produit et dès
à présent le but se trouve atteint.

Dimanche 22 septembre.

Le calme est complètement rétabli à bord, le baromètre est au beau fixe, et je donnerais à deviner
en cent, en mille, le dénouement de la scène d'hier.
Tout à l'heure après l'inspection, Quest est venu me
demander le canot pour aller se promener à Dakar.
Avec le calme il ne faut pas moins d'une heure
de nage pour gagner la grande terre; l'équipage,

accablé de travail depuis l'arrivée, avait besoin de
repos, je comptais d'ailleurs envoyer tout le monde
en permission après le dîner, à l'exception de deux
hommes pour garder le bâtiment; je ne pouvais
donc accéder à la demande de Quest que s'il trouvait
des hommes de bonne volonté pour le conduire. Il
me dit en riant les avoir trouvés; l'un de ces hommes n'était autre que Dumbard lui-même, qui, en
sortant des fers ce matin, était venu reconnaître ses
torts et lui donner l'assurance qu'à l'avenir il pouvait
compter sur lui. Ils sont partis en effet à deux
heures, après que le canot eut conduit les permissionnaires à Gorée, et je reste seul avec mes deux
hommes de garde.

J'ai été interrompu par la visite du grand chef de
la cavalerie de Dakar qui, averti de notre prochain
départ, venait me souhaiter un bon voyage. Sur sa
route il avait fait escale à bord de plusieurs bâtiments
où il s'était abondamment rafraîchi, de sorte qu'il
l'était déjà raisonnablement en arrivant, et qu'il a suffi
de deux ou trois verres de vin de palme pour développer chez lui un accès de vive tendresse et d'exces-
sive générosité; il m'appelait son cher ami, et s'est
dépouillé successivement de tous ses gris-gris pour
me les offrir; si je l'avais laissé faire, il y aurait joint,
je le crois, son burnous, ses babouches et le reste.
J'ai dû insister beaucoup pour lui faire accepter de
quoi se procurer de nouveaux insignes en rempla-

cement de ceux dont il me faisait cadeau. Je viens
de placer ses dépouilles dans ma panoplie avec quelques autres objets que je lui avais achetés précédemment.

Il ·y a aujourd'hui un mois que nous sommes
partis de Rochefort ; à pareille heure nous sortions
des passes, j'aime mieux être à aujourd'hui : dans un
mois nous aurons sans doute achevé notre voyage ;
si l'on pouvait connaître l'avenir, on jouirait bien
plus du présent... quelquefois.

Lundi 23 septembre, 9 heures du soir à la mer.

Nous voilà en route pour traverser l'Atlantique ;
nous ne verrons plus de terre avant Cayenne.

Hier soir tout mon personnel est rentré sagement,
Quest et Dumbard enchantés de leur promenade et
les meilleurs amis du monde, les permissionnaires
assez solides sur leurs jambes ; ceux que le soleil de
Gorée avait un peu influencés, s'il s'en trouvait, ont
regagné leur hamac sans bruit, et ce matin tous paraissaient frais et dispos. Nous devions appareiller
de bonne heure, mais le *Caméléon* n'était pas prêt.
On avait embarqué hier des bœufs vivants pour la
traversée, sans le fourrage nécessaire à leur nourri-
ture ; et le commandant Arnoux, décidé à partir

quand même aujourd'hui avant la nuit, parlait de les mettre à terre si le fourrage n'arrivait pas. C'eût été vraiment dommage.

Ne me souciant pas de dîner seul, j'ai été chercher un camarade à bord du *Caméléon* pour me·tenir compagnie; au lieu de cela, les officiers ont voulu me garder. En vain ai-je objecté que j'avais une excellente matelote dont je ne pouvais me résoudre à faire le sacrifice. « Envoyez chercher votre matelote, m'ont-ils dit, nous la mangerons avec vous. » C'était un moyen de tout concilier, j'ai donc accepté la proposition et fait apporter avec le plat en question quelques bouteilles de ce vin de palme dont j'ai déjà parlé; c'est un vin blanc, très frais au goût, et qui devient mousseux comme du champagne après quelques jours de bouteille. Au moment où nous sortions de table, on est venu annoncer l'arrivée du fourrage. Rien ne nous retenant plus à Gorée, j'ai pris congé de mes hôtes pour retourner à bord de l'*Économe,* où tout était déjà prêt pour l'appareillage. Je n'ai eu qu'à faire hisser le canot et virer la chaîne; bientôt après nous sortions de la rade et nous mettions le cap à l'Ouest. Les chaînes ont été démaillées, puis rentrées dans leurs puits, les ancres déjallées et portées à l'avant du grand mât, nous n'en aurons plus besoin de longtemps. Plus d'eau à discrétion; les caisses sont cadenassées, chacun aura désormais ses trois litres par jour, y compris l'eau pour la cuisine, pas un boujaron de plus. Jusqu'ici nous avons fait de la navigation de plaisance, de fantaisie, ce temps-là est passé, nous commençons aujourd'hui la longue et sérieuse traversée.

Eh' bien « A-Dieu-vat », comme dit le pilote en envoyant le virement de bord d'où peut dépendre le salut de son navire.

CHAPITRE VIII

A travers l'Océan.

M. le vent et Mme la pluie. — La lancette du chirurgien-major de l'Économe. — Emploi du temps. — Gâteau de riz à l'eau. — La théorie
des vents. — Un banc de quart dans une baignoire. — Le concert
interrompu.

Jeudi 27 septembre, 9 heures du soir.

 ous sommes à la voile. Hier dans l'après-
midi, l'ordre a été donné d'éteindre les
feux, mais cela fait, le vent qui soufflait
bon frais est tombé, ainsi que l'on devait s'y attendre. Toute la nuit nous avons filé un nœud, un
nœud et demi, avec un roulis fatigant dont la voilure, battant le long des mâts, ne modérait plus les
mouvements désordonnés ; en même temps de gros
nuages noirs s'étaient formés tout autour de nous.
Après s'être éclairci dans la matinée, le temps s'est

couvert de nouveau, et à la nuit tombante un fort grain nous a assaillis, obligeant à carguer la grand'-voile, avec accompagnement d'une pluie qui semble devoir durer quelque temps.

Nous sommes encore en dedans des îles du Cap Vert, et c'est seulement après les avoir dépassées que nous pouvons espérer de retrouver les vents alizés.

Quoi qu'il en soit, j'avais hâte de mettre à la voile, car il faisait une telle température dans la chambre de chauffe que le service de la machine était devenu presque impossible. Ajoutez à cela qu'une partie du combustible pris à Gorée étant détestable, ne fournissait que du poussier aux portes des soutes alimentaires. Les mécaniciens exténués ne maintenaient la pression qu'à grand'peine, et sans les blocs de charbon que je faisais prendre dans les grandes soutes par les trous d'homme du pont, les feux se seraient éteints.

Samedi 29 septembre, 3 heures après midi.

Jeudi, je venais de me coucher après m'être plongé dans ma baignoire, et je commençais à m'endormir, lorsqu'on est venu m'avertir qu'un orage très menaçant arrivait sur nous. Je suis monté précipitamment sur le pont, où j'ai reçu pendant près de deux heures des torrents d'eau.

J'ai été fort occupé ce matin d'une opération chirurgicale des plus sérieuses que j'ai dû pratiquer sur un de mes hommes. Je m'en suis tiré à sa satisfaction, et conséquemment à mon honneur, puisque le patient m'a déclaré qu'à l'hôpital même on ne l'avait jamais opéré aussi lestement. Peut-être y avait-il un peu de flatterie dans ce jugement extrêmement bienveillant ; je ne le contesterai pas. Il est certain cependant que j'ai tiré d'affaire mon malade, et j'ajoute, par parenthèse, que je n'ai encore tué personne depuis que j'exerce les fonctions de chirurgien-major. Combien de mes confrères en médecine ne pourraient en dire autant !

Hier donc ce brave matelot, il s'appelle Poilpot, s'est trouvé pris tout à coup d'un violent étouffement. Il avait été déjà atteint de ce mal à Rochefort pendant l'armement. A l'hôpital, où il lui avait fallu entrer, on l'avait traité pour une congestion pulmonaire, et l'application d'une demi-douzaine de ventouses scarifiées l'avait soulagé au bout de quelques heures. J'avais suivi avec attention le traitement et assisté à l'opération, en prévision d'une rechute pendant la traversée. Je m'étais même muni d'une lancette dont j'avais appris à me servir. Dès que j'ai vu hier mon homme repris de ses étouffements, j'ai compris de quoi il s'agissait, et après avoir essayé vainement

de quelques calmants, j'ai profité de ce que le *Caméléon* nous envoyait ce matin des vivres pour réclamer
la visite du docteur. Il s'est rendu tout de suite à
mon appel, a constaté le retour de la maladie, et
jugé les ventouses indispensables, mais il s'est refusé,
malgré mes instances, à les poser lui-même. La mer
était houleuse, et le temps menaçant; le *Surveillant*
l'avait également demandé; il devait donc partir
sans retard et m'a laissé le soin d'exécuter ses pres-
criptions. J'ai tardé encore dans l'espérance que le
mieux se produirait sans mon intervention, mais il
n'en a rien été. A midi, le pauvre Poilpot ne respirait
plus qu'avec beaucoup de peine et me faisait demander de nouveau; prenant alors mon courage à
deux mains, je descendis dans le faux pont, suivi
de mon infirmier en chef portant les accessoires
indispensables, verre à bordeaux, papier, mousse-
line, compresses, bandages, épingles, etc. Il y avait
à faire six incisions à chaque ventouse. A la première ma main tremblait un peu, mais à la seconde
elle était redevenue tout à fait assurée, j'en posai
une troisième, puis une quatrième; une fois en
train j'aurais continué indéfiniment, si le docteur,
mon chef, en tant que chirurgien de l'escadre, n'en
avait limité le nombre à six. Elles étaient parfaitement réussies; j'appliquai dessus un large cataplasme
bien chaud, puis un bandage entourant la poitrine
et fixé avec des épingles, et je recouchai mon malade

en lui ordonnant le silence, un grand calme et un repos absolu.

Nous autres médecins, nous ne manquons jamais de faire cette recommandation, qui est le complément naturel et obligé de toute médication, quelque chose comme « Ainsi soit-il » à la fin des prières. Alors même qu'elle est purement platonique, comme cela est souvent le cas et notamment ici, où le roulis nous secoue sans trêve ni repos, elle exerce sur l'esprit du malade une impression sédative des plus salutaires.

Je viens d'aller revoir Poilpot; il respire déjà plus librement et demande à manger.

J'en suis à me demander si je n'aurais pas méconnu ma vocation !

Mardi 2 octobre.

Nous voilà enfin sortis des petites brises variables et des orages. Avant-hier, à midi, nous nous trouvions à cent milles au sud de la dernière île de l'archipel du Cap-Vert, et les vents alizés n'ont pas tardé à faire de nouveau leur apparition. J'espère qu'ils vont maintenant nous rester fidèles. Afin de les conserver plus longtemps, le commandant Arnoux fait route, non sur Cayenne, mais à l'Ouest, dans la direction des Antilles. A cette époque de l'année, l'alizé nord-est

ne descend guère en effet au delà du dixième degré
de latitude nord, et Cayenne se trouve par cinq
degrés, nous aurons donc, malgré tout, à traverser
l'ennuyeuse et fatigante zone de calmes, avec orages
et pluies torrentielles, à laquelle les marins ont
donné le nom bien mérité de Pot-au-Noir; c'est le
vaste foyer de la cheminée d'appel qui met en mouvement toute l'enveloppe atmosphérique du globe.

Il me semble parfois que, placé sur un point éloigné de la terre, il m'est donné de contempler dans
son ensemble la circulation aérienne, dont Franklin,
puis Maury et le capitaine Lartigue ont si bien ex-
pliqué et décrit les phénomènes grandioses.

On connaît l'expérience de Franklin qui consiste
à mettre en communication deux chambres contiguës
et de température différente. Deux bougies allu-
mées sont présentées en même temps dans la porte
de communication, l'une près du plancher, l'autre
près du plafond. On voit aussitôt les flammes de ces
bougies, attirées en sens inverse, indiquant ainsi
la formation d'un double courant d'air : l'air de la
chambre froide se précipite, en glissant le long du
plancher, dans la chambre chaude, y monte au plafond, repasse dans la chambre froide et redescend
vers le plancher, pour entrer de nouveau dans la première. Ce mouvement circulatoire continue jusqu'à
ce que la température des deux chambres se trouve
équilibrée.

Les mêmes phénomènes se produisent en grand à la surface du globe, où l'équateur et le pôle représentent les deux chambres de Franklin. L'air surchauffé dans la zone équatoriale et rendu plus léger, s'élève vers les régions supérieures, laissant à la surface de la mer un vide qui aspire les couches voisines de proche en proche; cette aspiration donne naissance aux vents alizés et plus loin aux vents polaires. Parvenu à la limite de sa force ascensionnelle, le courant supérieur se dirige vers les pôles en s'abaissant à mesure qu'il se refroidit, et forme vers nos latitudes, où il se heurte contre le courant venant du Nord et du Sud, des tourbillons qui engendrent les tempêtes, cyclones, ouragans, typhons, etc.

Cette science de la circulation des vents date de trente ans à peine et constitue assurément l'une des plus ingénieuses et aussi des plus fécondes découvertes de notre siècle. Alors même que l'on ne se consacre pas entièrement à l'observation et à l'étude, bien séduisante cependant, des mouvements aériens, on éprouve un grand plaisir à rattacher par la pensée le phénomène local dont on éprouve le contact, au système général qui embrasse la surface du globe et l'étendue de l'atmosphère. En sentant en ce moment le souffle des vents alizés, je suis ce souffle dans son parcours à travers l'espace; je le vois s'avancer doucement vers l'équateur en faisant ses huit à dix milles à l'heure. Après s'y être reposé et surchauffé aux rayons ardents du soleil, après avoir pris part à quelques orages et secoué un certain nombre de navires sur son passage, le voilà qui prend son vol vers les solitudes des hautes régions de l'atmosphère; puis il se dirige vers le Nord et se rapproche de la surface du globe, en condensant les vapeurs par la chaleur qu'il porte avec lui et en s'imprégnant d'humidité. Il arrive ainsi aux Bermudes, aux Açores. Là il se trouve un beau matin en présence des vents polaires, adversaires impétueux et redoutables. Au début, il n'est pas de force à leur résister ; c'est à peine s'il ose engager la lutte. Au premier choc, il recule et remonte pour fuir son ennemi. Mais, devenu trop pesant, il ne peut se maintenir désormais dans les hautes régions; bon gré, mal gré, il lui faut conquérir sa place à la surface de la terre. La nécessité lui donne des forces, l'ardeur du combat les augmente. Il prend son adversaire corps à corps, roule avec lui, le refoule à son tour, puis s'élance à perdre haleine, parcourt des soixante milles à l'heure, renversant les obstacles, déchirant les voiles, abattant les mâtures, couchant les navires et roulant les barques. Mais il arrive un moment où à force de tourner autour des pôles, de faire fondre les banquises et de réchauffer les Esquimaux, sa chaleur s'est épuisée. Il grelotte à son tour, il est devenu vent polaire, il se retourne alors vers le soleil et

reprend, en courant, le chemin de l'équateur. C'est
bien là aussi le sort de l'homme. Sa jeunesse s'épa-
nouit aux rayons du soleil, son cœur se dilate et s'é-
lève au contact des pures affections qui entourent
son berceau. Bientôt cependant il s'en éloigne, et en
s'avançant dans la vie, il se heurte contre les obstacles, les contradictions, la haine, l'envie, les passions.
Il lutte, il tourbillonne avec elles, s'élevant ou s'abaissant suivant qu'il est vainqueur ou vaincu. Et son
cœur se refroidit pendant qu'il parcourt ainsi les
régions glacées où règnent le doute et l'égoïsme,
heureux s'il a conservé alors assez de force pour se
retourner vers l'ardent foyer qui lui a donné la vie
et retrouver la voie qui le ramènera au séjour du
soleil.

Vendredi 5 octobre, 8 heures après midi.

Tandis que jeudi dernier, je laissais errer ma pensée
de l'équateur au pôle et du pôle à l'équateur, portée
sur l'aile des vents, mon lieutenant, alors de quart,
en faisait sans doute autant, ce qui n'était pas sans
inconvénient. Je ne sais quelle intuition me fit suspendre brusquement le cours de mes réflexions et
monter sur le pont. Quest s'y promenait tranquillement, sans s'apercevoir que nous étions arrivés

sous le bossoir du *Caméléon*, au point qu'on aurait pu
y envoyer une amarre. Il ne put m'expliquer pourquoi ni comment il se trouvait là, je l'engageai à
mieux tenir son poste à l'avenir.

. Le temps est toujours beau, et la brise, bien régulière, nous fait faire nos quarante lieues par jour.
Le point nous place aujourd'hui à trois cent soixante
lieues de Gorée, juste à moitié chemin; on pourrait
donc arriver à Cayenne dans onze jours; il est à
craindre cependant que la seconde partie de la traversée ne se passe moins agréablement que la première, car il faudra recourir souvent à la vapeur
pour franchir la zone des calmes.

Ma vie est réglée comme celle d'un moine. Le
matin, vers sept heures, je monte sur le pont voir le
temps qu'il fait et prendre connaissance de la route
suivie pendant la nuit, ainsi que des indications du
journal. On m'apporte une tasse du café de l'équipage, du café bouilli à la turque, conservant une
partie du marc, boisson parfumée, nourrissante,
n'excitant pas les nerfs, excellente en un mot; j'y
ajoute un biscuit que je continue à grignoter, tout
en faisant le tour du pont et du faux pont; c'est alors
que je passe la visite des malades, s'il y en a, et
que je rédige mes ordonnances. En ce moment tout
le monde se porte à merveille; Poilpot est guéri et a
repris son service.

Le branle-bas se fait à six heures du matin pour

La flottille grand largue (sous toutes voiles) (page 232).

l'équipage, qui, après avoir pris le café, s'occupe du nettoyage du navire.

Je déjeune à neuf heures et je dîne à quatre; mon ordinaire commence à se ressentir du vide qui s'est fait dans mes cages à poules, mais il reste encore quelques douzaines d'œufs au fond d'un baril rempli de lait de chaux. C'est avec l'éternelle boîte de sardines à l'huile et le fromage de Hollande, vulgairement connu des marins sous le nom de *rat-mort,* la ressource de mes déjeuners. Quant au dîner, lorsque le *Caméléon* ne me fournit pas de vivres frais, j'ai recours aux boîtes de conserves, et tous les jours David me régale d'un entremets; il est vrai que cet entremets est aussi tous les jours le même, un gâteau de riz fait avec de l'eau sucrée à défaut de lait. Il prétend que c'est aussi bon, et j'ai l'air de le croire pour ne pas le décourager. Chaque gâteau de riz me dure quatre ou cinq jours; quand il est fini, David en confectionne un autre avec une constance que rien n'ébranle. Au total je n'aurais pas trop à me plaindre, si ce n'était le rationnement d'eau, auquel on n'est plus habitué depuis que tous les navires sont pourvus d'appareils distillatoires.

A onze heures et demie, je me prépare à observer la hauteur méridienne du soleil, qui varie peu depuis le départ de Gorée, puisque nous courons toujours à l'Ouest. Quelques instants après qu'on a piqué midi, Quest m'apporte la latitude ainsi que le point estimé, et le *Caméléon* signale la longitude observée. Je me mets alors à pointer ces éléments sur la carte, opération qui prend assez de temps, car on ne manque jamais à cette occasion de calculer la route faite depuis la veille, en la comparant à celle des jours précédents, et en supputant le nombre probable des jours de mer qui restent encore. L'après-midi s'écoule en compagnie de mes livres et de mon piano, auxquels je consacre aussi les heures des soirées que je ne passe pas sur le pont. Lorsqu'il fait beau, je m'y oublie souvent; les couchers de soleil sont de véritables féeries dans ces parages, et quand l'astre a disparu de l'horizon, le ciel prend ces teintes vertes d'une finesse extrême qui sont particulières aux régions tropicales et font un contraste si harmonieux avec la couleur foncée de la mer. La nuit vient ensuite rapidement, car le crépuscule ne dure que quelques instants; on voit alors les étoiles s'allumer une à une dans le ciel, et apparaître la Croix du Sud, la grande constellation polaire de l'hémisphère austral.

J'achève la journée en me plongeant pendant une heure dans l'eau toute phosphorescente de ma baignoire, puis je m'endors au balancement du navire et au murmure de l'eau qui glisse le long de sa muraille.

Samedi 6 octobre, 2 heures après midi.

Me voilà loin de mes prévisions! Après être restés en calme toute la matinée, nous avons en ce moment une folle brise du S.-O. qui pousse à peine le navire. Hier, au coucher du soleil, le ciel était couvert de nuages montant contre un vent de N.-E. assez frais. Cependant, dans la soirée, le temps s'était éclairci; on apercevait quelques trouées d'étoiles, et la mer était si phosphorescente qu'on aurait dit des flots de perles brillantes courant le long des flancs du bâtiment, la nuit en était tout éclairée. A trois heures du matin, on est venu me prévenir que des orages se formaient sur tous les points de l'horizon; ils se sont résolus en une grosse pluie, laquelle a fait tomber la faible brise qui gonflait à peine nos voiles. Je ne puis croire que ce soit la fin des vents alizés, car nous devons être encore à cinquante lieues du Pot-au-Noir. Le *Caméléon* vient de hisser le signal de ralliement pour nous envoyer du charbon. Il ne saurait être question pourtant d'achever la traversée à la vapeur.

Mardi 9 octobre, 3 heures après midi.

La flottille s'est remise à la vapeur dimanche, à la suite d'une nuit et d'une matinée remplies des émotions les plus diverses.

La veille, l'opération du charbon terminée, le
Caméléon avait appelé les capitaines à bord. Il était
quatre heures, et cet appel n'avait d'autre objet que
de les inviter à dîner. J'eus grand plaisir à retrouver
des camarades après cet isolement de quinze jours;
mais j'appris en même temps que Jaquemart, pris
assez vivement de fièvres auxquelles il est sujet, avait
dû se faire transporter sur la corvette pour y recevoir les soins du docteur; un enseigne le remplaçait
provisoirement sur son bâtiment. Le commandant
Arnoux, malade lui-même, était obligé de garder le
lit; il avait, en outre, un certain nombre d'hommes
sur les cadres. Cette fois l'*Économe* qui ne comptait
pas un seul malade, se trouvait donc véritablement
privilégié.

Je suis revenu d'assez bonne heure à bord. La brise
était faible et le temps couvert, avec une grande
houle du S.-O. Vers onze heures, je prenais paisi-
blement mon bain, lorsqu'un grain survenant inopinément masqua les voiles. Il n'y avait pas de
temps à perdre; de ma baignoire, je pris le commandement pour faire carguer la grand'voile, puis un
instant après armer les avirons de galère, longues
rames dont les petits navires sont pourvus en prévision des calmes. Le vent était en effet tombé presque aussi vite qu'il était venu, et j'étais poussé sur le
Surveillant qui, tout près de moi en ce moment, ne
se trouvait pas moins empêché dans sa manœuvre.

Après avoir paré au plus pressé, je sortis du bain pour aller revêtir mon costume de mauvais temps, car ce grain en annonçait d'autres qui se succédèrent toute la nuit avec des sautes de vent, au milieu d'une obscurité complète; lorsque le jour se fit, le *Surveillant* se trouvait dans le Sud à grande distance, et le *Caméléon* avait complètement disparu. Je sondai inutilement avec ma longue-vue tous les points de l'horizon, qu'un matelot envoyé au haut du grand mât interrogea sans plus de succès. En pareil cas, l'imagination va vite; je me voyais déjà livré à mes seules ressources, en calme, avec quatre jours de charbon, quinze jours d'eau et de vivres, et du biscuit dont la plus grande partie avait été trempée d'eau de mer et avariée. S'aventurer ainsi dans le Pot-au-Noir, eût été imprudent, le plus sage me paraissait être de remonter dans le Nord pour chercher le vent et tâcher d'atteindre les Antilles. Avant tout il fallait cependant essayer de retrouver la corvette. Ayant reçu les grains tribord amures et fait route au N.-N.-O., il y avait lieu de penser qu'elle les avait reçus aux amures opposées, ce qui l'avait jetée dans le Sud. Je mis donc le cap dans cette direction qui me rapprochait aussi du *Surveillant*. Mais le calme étant revenu, je n'avançais que très lentement.

J'étais là depuis trois heures, réfléchissant assez mélancoliquement sur ma situation, lorsqu'il me sembla voir à l'horizon la fumée d'un coup de canon. Un instant après, une seconde fumée apparut distinctement. Plus de doute, le *Caméléon* s'était mis, de son côté, à notre recherche, et nous appelait; je le vis bientôt émerger lui-même dans la brume, puis se diriger sur nous à toute vapeur, en faisant le signal d'allumer les feux. A dix heures, la flottille se trouvait réunie de nouveau, faisant route directement sur Cayenne.

Depuis lors nous avons eu des changements de temps continuels. Hier c'étaient encore des grains de vent et de pluie, soufflant du S.-O. avec assez de force pour obliger chaque fois à carguer la grand'-voile et traçant la nuit sur la mer des lignes phosphorescentes qui signalaient leur approche.

Jeudi 11 octobre, 2 heures du soir.

Après vingt-quatre heures de calme et de petites brises de l'Ouest, les vents du N.-E. nous sont revenus, ce qui a permis de rétablir la voilure. Pendant toute la journée d'hier, le loch a marqué près de huit nœuds; aussi le point de midi a-t-il fait ressortir une route de cinquante lieues pour les vingt-quatre heures, la plus belle depuis le départ de Rochefort. On a aussitôt mis bas les feux pour continuer à la voile seulement; mais à partir de ce moment je n'ai plus marché du tout, malgré toute la toile que j'ai mise dehors; le *Caméléon* et le *Surveillant* m'ont distancé rapidement. En me creusant la tête pour chercher la cause de ce phénomène étrange, il m'est venu à la pensée que la consommation de l'eau et des vivres emmagasinés sur l'avant avait peut-être changé notablement l'assiette du navire; je fis alors porter devant, les chaînes, les ancres et le lest volant dont je disposais; la vitesse a augmenté immédiatement d'un nœud et j'ai bientôt regagné mon poste.

Après le dîner, le *Surveillant* s'est rapproché de moi. Jaquemart qui en a repris le commandement, éprouvait le besoin de faire un bout de conversation, et d'épancher la joie que lui causait la perspective de notre prochaine arrivée à Cayenne. Il s'est plaint de n'avoir pas entendu de musique depuis long-temps, et m'a demandé de lui chanter ses airs favoris, prétendant qu'il m'entendrait très bien à la distance où il se trouvait. Je suis donc descendu dans ma chambre, en recommandant au maître de quart de ne pas se rapprocher davantage du *Surveillant,* et je me suis mis au piano. Après chaque morceau j'entendais les applaudissements de Jaquemart, et je suivais sans défiance le programme qu'il m'avait indiqué, lorsque j'aperçus tout à coup une ombre passer sur ma musique; c'était la voile du *Surveillant* qui peu à peu était arrivé bord à bord de l'*Econome,* tandis que son capitaine, appuyé sur la batayole, paraissait comme le berger Aristée, absorbé

16

dans l'ivresse de la mélodie. D'un bond je fus sur le
pont; après avoir fait mettre toute la barre pour m'éloigner de mon trop confiant auditeur, je lui reprochai
vivement une imprudence qui, à la moindre em-
bardée, risquait de nous faire aborder. Il soutint avec
le plus grand flegme que je m'effrayais à tort, et se
montra fort mécontent de la brusque interruption
de son concert que, malgré ses instances, je refusai
absolument de continuer dans de pareilles conditions; je lui souhaitai donc le bonsoir en lui promettant toute satisfaction dès que nous serions à
Cayenne.

CHAPITRE IX.

La Traversée de la Belle-Poule.

Le quart de minuit à quatre heures. — Un salon de Paris au milieu de l'Atlantique. — Treize nœuds vent arrière. — Entre Dôle et Salins. — La colère du Grand Manitou. — Au mouillage de Simon's Bay. — Mlles Clootz. — Bal à bord. — Quatorze millions de milliards de lieues en vingt-quatre heures.

Vendredi 12 octobre.

Si promenant un jour ta douce rêverie,
Voyageur, tu gravis la colline fleurie
    Où pendent les raisins,
Regarde au pied du mont qui sur elle se penche,
Une maison brillant comme une ligne blanche
    Au milieu des sapins.

C'est là que je vous vis au printemps de votre âge,
Doux anges qui cachez à l'abri de l'orage
    Vos jours pleins de bonheur.
Marie, Esther, Anna, Ketty, fleurs de Constance,
Je veux comme un parfum garder la souvenance
    De vos noms dans mon cœur.

Je viens de retrouver au milieu d'anciens journaux de bord, ces strophes écrites au cap de Bonne-

Espérance sur l'album de Mlles Clootz, par un de mes
camarades de la *Belle-Poule,* il y a de cela trois ans.
Elles me rappellent tout un monde de souvenirs,
et je n'ai rien de mieux à faire que d'en suivre le
courant, tandis que légèrement incliné par une jolie
brise du Nord, l'*Econome* se hâte vers le port.

Après cette relâche à Ténériffe dont j'ai parlé précédemment, la *Belle-Poule* avait gagné tout d'une
traite celle du Cap, où nous devions renouveler
l'eau et les vivres, car avec le monde qu'il y avait à
bord, les soutes s'épuisaient rapidement. Au lieu de
cinq cents hommes que comporte l'effectif réglementaire d'une frégate de soixante canons, nous étions
près de neuf cents, en comptant les troupes destinées
à la Réunion, le nouveau gouverneur et sa famille,
un tribunal au complet, une dizaine de missionnaires
pour Madagascar, Mayotte et la côte d'Afrique, et
deux sœurs du couvent de l'Assomption d'Auteuil,
envoyées à Natal pour faire l'école aux petites Hotten-
totes. D'ordinaire les transports de troupes et de
passagers s'effectuent sur des gabarres aménagées
exprès et pourvues d'un équipage réduit. Aussi, la
Belle-Poule désignée pour remplir cette mission,
avait-elle été tout d'abord armée en flûte, avec deux
cents matelots seulement et quelques canons sur
le pont. Sur ces entrefaites, je ne sais quel incident
diplomatique vint compromettre nos bonnes relations avec l'Angleterre, et ne sachant pas ce qui

en adviendrait, on ne voulut pas envoyer en cet état jusque dans les mers de l'Inde, une frégate de premier rang, celle-là même qui avait été chercher à Sainte-Hélène les restes de l'empereur Napoléon dont elle n'avait pas cessé depuis lors de porter le deuil [1].

L'armement de guerre fut donc complété à la hâte, mais les conditions de la navigation se trouvèrent par ce fait entièrement modifiées. La frégate était encombrée outre mesure, ce qui n'était pas sans inconvénient, étant donnée la longueur probable de la traversée. Il avait fallu amateloter l'équipage, c'est-à-dire ne donner qu'un hamac pour deux hommes qui l'occupaient successivement. L'eau fut rigoureusement rationnée, et l'on vit apparaître à la fin de la traversée des germes d'épidémie, auxquels notre prompte arrivée à la Réunion ne laissa heureusement pas le temps de se développer.

En revanche, tout ce monde apportait beaucoup de mouvement et de gaîté dans notre vie de bord. Les conteurs du gaillard d'avant s'en donnaient à cœur joie au milieu d'un auditoire se renouvelant sans cesse, et jouissaient de l'ébahissement des petits troupiers qui n'avaient jamais entendu de si belles histoires. Le baptême de la ligne fut splendide.

---

1. La *Belle-Poule* est toujours restée entièrement peinte en noir, et une plaque en cuivre marquait dans l'avant-carré la place où reposait le cercueil de l'Empereur pendant la traversée.

Dans le cortége du vieux bonhomme figuraient cent divinités au moins, dieux et déesses de tout grade et de toute couleur. L'eau de Cologne coula galamment et à pleins flacons dans les manches des dames et des bonnes sœurs pour leur conférer le sacrement équatorial, tandis que les douches d'eau de mer étaient distribuées aux néophytes masculins avec une abondance et une libéralité sans exemple.

Nous autres aspirants, nous étions les seuls à ne pas souffrir de l'encombrement général du navire, car nous n'avions pas de passagers, alors que le carré des officiers en était bourré. Un heureux hasard nous avait en outre réunis, cinq aspirants de première classe, tous camarades d'école [1]. Dans de pareilles conditions un poste de *midshipmen* est un petit paradis; tout s'y trouve ordonné avec la sagesse et la prudence que donnent les épreuves des longues traversées et des caps indigestes que l'on a eu à doubler en débutant dans la carrière. On ne voit plus, comme dans les postes de jeunes navigateurs sortis tout frais émoulus du *Borda,* les fonds de la gamelle dévorés ou gaspillés avant le départ; des provisions pour trois mois, ne comprenant que

---

1. De ces cinq aspirants, un seul se trouve encore dans la marine. Il est capitaine de vaisseau. Un autre est bénédictin à l'abbaye de Solesme; le troisième, industriel et sénateur; le quatrième, commerçant, et le cinquième, l'auteur de ce récit, a également renoncé depuis longtemps à la navigation.

des boîtes de sardines, de l'eau-de-vie et de l'absin-
the ; des cages à poules désertes après huit jours de
mer, et l'élève de quart le matin, obligé de veiller à
ce qu'à la faveur du lavage du pont, les égarées des
cages du commandant et de l'état-major cherchent
de préférence un abri dans celles du poste. A bord
de la frégate, au contraire, nous avions des poules
à nous, et si parfois les volailles *supérieures* venaient
en augmenter le nombre, c'était de leur propre
mouvement et sans doute par suite de l'habitude
qu'elles en avaient contractée sur d'autres navires.
Nous avions de pleins barils d'œufs frais, des caissons bien garnis de conserves de toute sorte et de
vins d'extra, sans compter les provisions particulières, un bon cuisinier et un maître d'hôtel ayant
servi en sous-ordre chez des amiraux. C'était au point
que les officiers ne dédaignaient pas de venir parfois
s'asseoir à notre table, où les grands jours notre camarade Barbey, l'auteur des strophes transcrites en
tête de ce chapitre, prenait sa lyre et nous disait
quelque poésie nouvelle, rêvée pendant la solitude
des précédents quarts de nuit.

Quand je dis « la solitude », c'est plutôt par habitude, et parce qu'en général les officiers de quart
n'ont guère de société pendant la nuit ; mais le fait
est qu'à bord de la *Belle-Poule,* on trouvait rarement
ces longs intervalles de calme et de silence qui per-
mettent d'échanger avec les étoiles des conversations

suivies. Bon nombre d'officiers passagers n'ayant pas
de quart à faire, n'étaient pas pressés de se coucher
et restaient assez tard sur le pont; puis, pendant le
quart de minuit à quatre heures, où l'on n'avait plus
la ressource de leur société, on soupait. Ce souper
était une habitude importée de l'*Africaine* [1], où elle
avait pris, surtout pendant la traversée de retour
de la Martinique à Brest, un caractère semi-officiel.
Les premiers essais qui en furent faits à bord de la
Belle-Poule surprirent un peu l'état-major composé en
majeure partie d'austères pères de famille, accoutumés à concentrer exclusivement pendant le quart
leurs pensées émues sur les foyers attristés par leur
absence; mais je dois dire qu'ils se défendirent
mollement et finirent par céder au mouvement les
uns après les autres, ainsi que cela arrive toujours
lorsqu'il s'agit d'idées justes et vraiment pratiques.
Le souper du quart de minuit à quatre heures est
de ces idées-là, et je la recommande comme telle
aux officiers de marine présents et à venir.

Donc, après l'appel de deux heures, l'aspirant de
quart ralliait son chef sur le gaillard d'arrière, et sans
cesser pour cela de surveiller le ciel et la voilure,
comme c'est le devoir de marins consciencieux, on
savourait une queue de sardine, une tranche de sau-

---

1. *L'Africaine* portait, de 1848 à 1851, le pavillon de l'amiral Bruat,
gouverneur général des Antilles, commandant en chef la station navale.

cisson et une croûte de rat-mort, le tout arrosé d'une
bouteille de La Malgue et surmonté d'un petit verre.
Puis la pipe s'allumait, et la conversation aidant,
ainsi que les interruptions occasionnées par les manœuvres *suivant le temps,* on gagnait facilement trois
heures, trois heures et demie, et l'on était tout étonné
d'entendre résonner dans la batterie les refrains des
appels au quart du jour. « Les tribordais, debout au

La *Belle-Poule* au plus près.

quart, debout, debout, debout, debout, debout!.....
Allons, les enfants, soulage la plume, debout au
quart, debout, debout, debout, debout, debout ! » Le
temps avait été si bien employé qu'on n'éprouvait
pas la moindre envie de dormir, ce qui n'empêchait
cependant pas de céder la place avec joie au succes-
seur qui arrivait en se frottant les yeux, et de dé-

gringoler vivement dans le faux pont pour regagner son hamac.

Quand je n'étais pas de service, j'allais le plus souvent passer mes soirées chez M. et Mme Hubert de l'Isle. Ils occupaient, à l'arrière de la batterie, les grands appartements destinés à l'amiral, lorsqu'il y en a un à bord ; le commandant habitant la dunette, ils s'y trouvaient tout à fait chez eux, et Mme Hubert de l'Isle y tenait salon comme elle l'aurait fait à Paris. Son mari, ses deux enfants, les religieuses, une ou deux dames passagères et quelques officiers composaient son petit cercle.

Les dames travaillaient à l'aiguille en écoutant la lecture ou la musique dont le précepteur du petit Raoul, excellent pianiste et lauréat du Conservatoire, faisait les principaux frais. Il avait une mémoire extraordinaire et jouait par cœur tous les opéras connus, les faisant ainsi passer en revue de la manière la plus agréable. A neuf heures, on servait le thé. Parfois, dans les vents alizés ou lorsqu'on se trouvait en calme, l'illusion devenait complète, et l'on perdait le sentiment de la réalité jusqu'au moment où un mouvement de roulis, un craquement de la membrure venait rappeler, au milieu d'un air du *Val d'Andorre* ou d'*Ernani,* qu'on se trouvait bien loin du boulevard des Italiens, en plein Océan.

Lorsque, après avoir rallié les côtes du Brésil, nous eûmes attrapé les grands vents d'Ouest qui devaient nous pousser jusqu'au cap de Bonne-Espérance, il fallut renoncer à ces paisibles soirées. On était à la fin de juin, ce qui représente l'hiver dans l'hémisphère sud. La mer grossissant à mesure que nous nous éloignions du continent américain, imprimait à la frégate poussée vent arrière, avec une grande vitesse, des roulis qui auraient singulièrement agité nos réunions littéraires et artistiques. Le spectacle grandiose de cette course à toutes voiles à travers l'Océan était bien fait, d'ailleurs, pour empêcher de songer avec trop de regrets aux passe-temps des mers tranquilles. Sans s'en apercevoir, on restait des heures à regarder de la dunette le sillage écumant que suivaient en tournoyant de nombreuses troupes d'oiseaux de mer, petits damiers gris et blancs, grandes frégates au plumage aussi noir que les flancs de la *Belle-Poule*, albatros à l'immense envergure ; les premiers rasant de leurs ailes le sommet des lames, les autres se tenant à de grandes hauteurs et piquant de temps à autre dans la mer pour saisir la proie que leur regard perçant leur avait fait apercevoir. Ces oiseaux poursuivaient ainsi leur vol jour et nuit sans se reposer. Quelques-uns s'étant laissé prendre aux lignes traînantes jetées à l'arrière, on les avait relâchés après leur avoir attaché de longs rubans à la patte. Nous les reconnaissions ainsi, et nous avons pu nous assurer que, jusqu'à notre arrivée sur la côte d'Afrique, c'est-à-dire pendant treize jours et un trajet de sept cents lieues, ils nous ont tenu fidèle compagnie.

Une des préoccupations de ces grandes allures vent arrière, surtout pendant la nuit, c'est qu'un homme ne tombe à la mer. Toutes les précautions sont prises cependant : de chaque bord, une embarcation est suspendue sur ses bosses, prête à être amenée [1]; deux longues cordes à échelons traînent à l'arrière; les bouées de sauvetage se balancent au-dessus de l'eau, tenues par de minces attaches qu'un homme de veille, armé d'une hache, est prêt à couper au premier signal. La bouée de nuit contient une fusée qui s'allume d'elle-même au moment de la chute, et continue à brûler pendant un certain temps à la surface de l'eau. Malgré tout, il y a bien peu de chances de salut pour un homme tombant à l'eau dans les circonstances où nous nous trouvions. Quelle que soit la promptitude de la manœuvre, un navire vent arrière ou grand

---

1. Les canots sont habituellement suspendus au moyen de palans à crocs qui servent à les amener. Mais à la mer et par gros temps, l'opération offrant des dangers dans ces conditions, on remplace les palans par de grosses cordes simples, nommées bosses, qui se dégagent d'elles-mêmes dès que le canot est à flot.

largue, filant de douze à treize nœuds, parcourt un long trajet avant de s'arrêter. En admettant qu'il soit possible de mettre un canot à la mer, sans envoyer ceux qui le montent à une mort certaine et inutile, il peut arriver soit que le canot ne retrouve pas la bouée, soit que l'homme ne puisse *la* saisir ou s'y maintenir.

Trois ans auparavant, la frégate *la Zénobie* se trouvait dans ces mêmes parages ; l'officier des montres venait de monter sur la dunette pour faire ses observations du matin et prenait une hauteur de soleil, lorsqu'un coup de roulis lui ayant fait perdre l'équilibre, il laissa échapper son sextant, fit un mouvement pour le rattraper et tomba par-dessus le bord. On ne perdit pas une seconde : le cri « un homme à la mer » avait à peine retenti que la bouée tombait à l'arrière; en même temps la frégate lançait dans le vent, et un enseigne se précipitait avec seize matelots dans l'embarcation de sauvetage. Mais la mer était si énorme que le commandant hésitait à donner l'ordre de l'amener; il s'y décida pourtant. Quelques instants après, le canot était chaviré et brisé le long du bord ; deux ou trois hommes seulement purent se raccrocher à des cordes, tout le reste fut englouti; le malheureux officier, qui s'était cramponné un instant à la bouée, ne tarda pas à l'abandonner aussi. La *Zénobie* resta en panne quelque temps encore après qu'il eut disparu, puis elle orienta son grand hunier et s'éloigna lentement.

Ce triste souvenir me revenait souvent à l'esprit, tandis qu'assis sur la dunette je regardais le sillage dont les bouillonnements étincelants ou argentés, suivant que les frappaient les chauds rayons du soleil ou les pâles reflets de la lune, pouvaient, la minute d'après, devenir le linceul glacé de l'un de nous. Je considérais combien était faible l'espace qui nous séparait de l'abîme : sur cette planche qu'on appelle le pont, c'était la vie, le lendemain, l'avenir avec ses projets, ses espérances, ses affections, ses lointains horizons pleins de lumière; tandis qu'à côté, ce remous d'écume qui se formait sous la poupe et s'échappait en tourbillonnant, recouvrait un gouffre; si le pied venait à glisser et qu'on y tombât, on était perdu sans retour. Le navire vous laissait là et poursuivait sa route, impassible, en emportant le monde avec lui. Adieu amis, parents, femme, enfants qui attendent votre retour et comptent les jours, c'est inexorablement fini, la mort est là, quelques minutes encore, vous en saurez l'énigme.

Assurément, la mort nous menace toujours tous tant que nous sommes, jeunes ou vieux, malades ou bien portants, et je ne crois pas que tout compte fait, les victimes soient plus nombreuses sur mer qu'ailleurs, autrement dit qu'un marin soit plus exposé qu'un autre. Cependant, si, à terre aussi, on frôle la mort continuellement, plusieurs fois en un jour, c'est le plus ordinairement sans s'en douter. Sur mer, au contraire, le danger est apparent, il se dresse toujours devant vous; on s'y fait, mais sans jamais cesser de le voir.

Un jour, à bord de la *Belle-Poule,* nous avons passé par un moment de cruelle émotion. Il pouvait être trois heures de l'après-midi ; je travaillais dans le poste des aspirants, lorsque M. Hubert de l'Isle, en quête de son fils, charmant enfant de huit à dix ans, qui venait souvent nous faire des visites, me demanda si je ne l'avais pas vu. Je lui répondis que non, et lorsque je montai sur le pont quelques instants plus tard, l'officier de quart me fit la même question. On cherchait le petit Raoul depuis un moment déjà, sans pouvoir découvrir ce qu'il était devenu. Les visages devenaient sérieux, l'inquiétude allait croissant, bien que personne n'osât formuler encore l'affreux soupçon qui germait dans la pensée de tous. La porte donnant dans le salon du commandant et sur sa galerie extérieure était ouverte, et quelque temps auparavant les timoniers avaient remarqué l'enfant de ce côté : avait-il été sur la galerie pour regarder de plus près le sillage et les oiseaux de mer qui tournoyaient à l'arrière ? Avait-il commis l'imprudence de se pencher au dessus du balcon? Tout cela était possible, mais que faire? Si le malheur était arrivé, n'avait-on pas parcouru déjà bien du chemin depuis? Cependant, poursuivre ainsi sa route, abandonner le pauvre enfant sans rien tenter, c'était affreux. Mme Hubert de l'Isle, retirée dans son appartement de la batterie, ne savait pas encore ce qui se passait, on n'osait pas l'avertir, et on cherchait, on cherchait toujours, appelant de tous les côtés sans recevoir de réponse. Tout à coup, une exclamation fit retourner tout le monde et l'on vit apparaître au grand panneau la tête de Raoul; il montait tranquillement l'échelle sans se douter des recherches dont il avait été l'objet ni de la frayeur qu'il avait causée. Un second maître de timonerie, de ses amis, l'avait emmené visiter le magasin général, placé tout à fait à l'avant du navire, où ne parvient aucun bruit, et il s'y était attardé sans s'en apercevoir. Son apparition fut un rayon de soleil qui dissipa en un instant l'angoisse dont l'étreinte nous suffoquait.

Si l'allure rapide de la frégate, poussée par les vents d'Ouest et les grandes lames courant sans obstacles pendant des centaines de lieues, nous occasionnait parfois de vives émotions et nous inspirait de graves pensées, elle donnait lieu aussi à des incidents qui venaient faire une utile diversion à la monotonie fatigante du roulis, et à l'ennui résul-

La *Belle-Poule* fuyant vent arrière.

tant à la longue de la fermeture des sabords d'un bout à l'autre de la batterie.

Une fois, c'était au large du cap de Bonne-Espérance, nous étions descendus dans le Sud jusqu'au 40ᵉ degré de latitude, pour éviter les courants contraires qui contournent le banc des Aiguilles. La mer était démontée et les vents d'Ouest soufflaient presque en tempête. Nous fuyions vent arrière sous les huniers avec trois ris et la misaine avec le ris pris. Dans l'après-midi, le canot-major avait été enlevé comme une plume par une lame qui était venue le cueillir aux portemanteaux de tribord. Il était environ onze heures du soir, je me trouvais de quart et je pensais à part moi, non sans une certaine satisfaction, que le moment du repos allait bientôt arriver, lorsqu'un coup de barre jeta brusquement la frégate à l'encontre d'une énorme vague. Le beaupré y entra tout entier ainsi que l'avant qui fit cuiller et embarqua la lame en se relevant. Une vraie cataracte tomba sur le pont qu'elle balaya jusqu'à la dunette, puis inonda la batterie en faisant cascade par les panneaux. Envoyé aussitôt par l'officier de quart pour faire enlever l'eau avec des fauberts, je me trouvai, au moment où je mis le pied sur la dernière marche de l'échelle de commandement, nez à nez avec notre chef de poste, Thierry. Il était tout mouillé et se frottait les yeux, en murmurant ces phrases incohérentes d'un homme qui s'éveille péniblement d'un sommeil pro-

fond, sans savoir au juste où il se trouve. Il me
dit que son père avait absolument voulu laisser ou-
vert le sabord donnant sur Besançon et que la mer
ayant embarqué dans le verger, venait d'enlever les
poules du commandant qui n'aurait plus que du lard
et des fayots à donner à manger à ses passagers. C'é-
tait un singulier mélange de chimères et de réalités.
Je le réveillai tout à fait, et après qu'il se fut bien
séché en prenant un grog avec moi, il me conta ce
qui suit :

En voulant se coucher, il avait trouvé son hamac
mouillé par l'eau de mer, ce qui arrive quelquefois
dans les mauvais temps, lorsque la toile de bastingage n'est pas soigneusement transfilée. Avec
cette philosophie à toute épreuve qui le caractérise, il prit, sans se déconcerter, son burnous, sa
couverture, et se mit à chercher ailleurs un gîte
pour la nuit. Après avoir erré quelque temps, il
s'installa tout simplement sur le pont de la batterie, près d'un canon, en se calant bien au roulis,
la tête appuyée à l'affût et les pieds à la cloison
d'une chambre de passagers. Sur cette couche moel-
leuse, bercé par les mouvements du navire et par
le bruit monotone des craquements de la membrure, il ne tarda pas à s'endormir, et se mit à
rêver des Vosges, son pays natal. Il se promenait
avec son père dans le verger attenant à sa maison;
mais ce verger se trouvait être en même temps la

batterie de la *Belle-Poule,* dont, bien qu'on roulât terriblement, les sabords étaient ouverts, laissant apercevoir Besançon d'un côté et Salins à l'opposé. Thierry ne se sentait pas rassuré, et tout en suivant son père qui marchait à pas mesurés, les mains derrière le dos, il lui faisait observer que la mer était bien grosse pour laisser ainsi les sabords ouverts, qu'on s'exposait fort à recevoir d'un instant à l'autre une formidable baleine[1]. Son père souriait et le laissait parler. Un instant après cependant, la baleine embarquait en plein, inondant le verger et les intrépides promeneurs. Thierry triomphait de s'être trouvé si bon prophète : « Détrompe-toi, répondit son père sans interrompre sa promenade; c'est moi qui voyais juste ; il n'y avait pas de danger puisque, de cette masse d'eau embarquée, il ne reste déjà plus une goutte dans mon verger. » Cette observation n'avait ni convaincu ni rassuré l'ami Thierry qui, tout en continuant à suivre son père, jetait des regards inquiets sur les sabords. Tout à coup il ressentit une violente douleur, comme si un objet pesant et dur lui était tombé sur la tête. Cet objet, non moins réel que la douche qui l'avait transpercé un instant auparavant, n'était autre que le coin de mire du canon; seulement la douche n'avait fait

---

1. Une baleine est, en termes de marine, un paquet de mer embarquant dans un navire ou dans un canot.

qu'ajouter une impression de plus à celles de son
rêve, tandis que le coin de mire l'avait interrompu;
pas tout à fait cependant, puisque le verger et les
volailles lui trottaient encore dans la tête lorsqu'il
me rencontra.

Il faut rendre, du reste, cette justice aux aspirants de la *Belle-Poule,* qu'ils étaient tous des dormeurs de premier ordre, à tel point que le chef
de poste, bien que disposé à se montrer plein d'in-
dulgence pour une faiblesse dont lui-même n'était
pas exempt, se voyait obligé parfois d'user de rigueur pour assurer le service. D'après le règlement,
les aspirants doivent se lever au branle-bas de l'équipage, et leurs hamacs être immédiatement portés aux
bastingages. Lorsque le second n'est pas trop féroce,
il évite de descendre avant une certaine heure dans
l'avant-carré du faux pont et de voir les hamacs
grimper en tapinois par le panneau de l'avant pour
gagner le bastingage. Mais sept heures, sept heures
et demie, c'est encore bien tôt pour des jeunes gens
qui se sont couchés à quatre heures. Lors donc
qu'il leur fallait quitter le hamac, ou plutôt lorsque le
hamac se dérobait sous eux, les aspirants se précipi-
taient dans le poste pour y achever leur nuit; les plus
alertes attrapaient les caissons et s'y allongeaient,
tandis que les retardataires étaient réduits à s'asseoir
sur des pliants, les deux bras croisés sur la table et la
tête par-dessus les bras. Cinq minutes après, tout le

monde était rendormi et ronflait, chacun suivant ses facultés. Un matin, Thierry, que son ancienneté rendait responsable de la tenue de l'établissement, descendant de son quart à huit heures, trouva le poste complètement envahi par ses camarades, qui y dormaient dans les positions les plus pittoresques. Bien que ce fût jour de grand nettoyage, les matelots qui s'étaient présentés pour y procéder avaient dû céder la place aux envahisseurs et renoncer à accomplir leur tâche.

Thierry réveilla vivement ceux-ci, et sans se laisser intimider par leurs grognements, les mit dehors en les prenant par les épaules, puis réintégra les briqueurs qui se remirent aussitôt à l'ouvrage. La grande taille et la vigueur de son bras ne permettaient guère de résister à ses pressantes sollicitations. A l'École navale il était un des mieux doués sous ce rapport, ce qui, joint à son air vénérable, l'avait fait surnommer le grand Manitou.

L'exécution, heureusement terminée, il alla prendre l'air sur le pont en se frottant les mains et en se félicitant intérieurement de l'énergie qu'il venait de déployer. On déjeunait à neuf heures. Un quart d'heure avant, il voulut s'assurer par lui-même de l'exécution de ses ordres, mais grande fut sa surprise en trouvant la porte du poste fermée à double tour, la clef en dedans. Il frappa; pas de réponse, seulement un léger murmure au milieu duquel il lui sembla distinguer un rire étouffé. « Ah! mes gaillards, c'est encore vous, je vous entends, vous vous mettez en révolte ouverte, vous me paierez cela cette fois. » Puis, joignant l'action à la parole, il enfonça la porte d'un coup d'épaule; tout d'abord il ne vit personne dans le poste, mais en soulevant le tapis vert de la table, il découvrit les insurgés qui, se voyant perdus, s'étaient tous blottis sous cet abri. Ils en furent tirés un à un, bien penauds, et obligés de confesser qu'à peine leur chef disparu, ils avaient mis une seconde fois les matelots en déroute, puis fermé la porte à clef pour être certains qu'on ne les dérangerait pas; malheureusement ils avaient oublié de se réveiller à temps. Ils firent de belles promesses pour l'avenir, serments de dormeurs, probablement oubliés dès le lendemain.

A quelques jours de là, le temps s'était un peu amélioré; la mer était encore assez grosse, mais le vent, venant du travers, nous appuyait au roulis, et l'on ne voyait plus que de loin en loin les verres des hublots prendre cette teinte glauque que leur donnent les lames en passant dessus. Cabissol, un de nos camarades, dormait profondément, assis juste au-dessous du hublot, la tête et les bras sur la table; Thierry faisait un calcul astronomique et Barbey, qui venait de se réveiller, se plaignait, non sans quelque raison, d'étouffer dans cette atmosphère du faux pont, alors que depuis dix jours tout

étant fermé à bord, l'air ne se renouvelait que par
les panneaux du pont. Il demanda à son chef de
faire ouvrir un hublot, employant toute son éloquence pour lui persuader qu'on le pouvait sans
danger. « Non, répondit Thierry, tu t'es révolté
contre moi l'autre jour, tu as méconnu gravement
mon autorité, tu es une mauvaise tête, je n'ouvrirai
pas le hublot. »

« Mon petit Manitou, mon bon Manitou, sou-
pirait Barbey, je t'ai promis d'être bien sage ; tu sais
comme j'ai été malade hier quand le grand docteur Délioux m'a piqué avec sa lancette pour me
revacciner, tu n'auras pas la cruauté de me laisser
étouffer, de me voir rendre l'âme. Tiens, si tu con-
sens à ouvrir le hublot, je te donnerai chaque jour
un verre d'eau de ma caisse. »

Pour l'intelligence de cet argument final, dont
l'auteur ne mettait pas en doute l'effet irrésistible,
il convient d'expliquer qu'au départ de Toulon,
chacun de nous avait, en prévision du rationnement, installé dans son armoire une caisse en fer-
blanc qu'il avait remplie d'eau douce. Barbey avait
conservé sa provision presque intacte ; l'eau étant
devenue vraiment excellente dans cette caisse, il en
faisait des générosités dans les grandes circonstances. Thierry aurait assurément dédaigné cette tentative de corruption, mais il avait l'âme compatis-
sante, _pitoyable_, comme disaient nos pères, il ne

sut donc pas résister davantage, monta sur le caisson, dévissa l'écrou et entr'ouvrit la petite fenêtre.
Barbey s'y précipita aussitôt, mais il avait à peine
eu le temps de humer quelques bouffées d'air frais
qu'une lame passa sur l'orifice, entra à plein hublot
et s'abattit sur le malheureux Cabissol qui, réveillé
en sursaut et se croyant tombé à la mer, se mit
à crier au secours en agitant les bras dans tous les
sens. On referma bien vite le hublot, et Barbey lui-
même ne demanda plus à le rouvrir de tout le
reste de la traversée.

Le 3 juillet, au lever du jour, on reconnut la
côte d'Afrique, et quelques heures plus tard la baie
de la Table, au fond de laquelle est bâtie la ville
du Cap. Mais, exposé aux vents d'Ouest, le mouillage n'y est pas sûr dans cette saison, et les instructions nautiques prescrivent d'aller s'abriter dans
la baie de Simon, située dans l'Est, de l'autre côté
de la presqu'île qui se termine par le cap de Bonne-
Espérance. Un immense plateau domine le versant
occidental de cette presqu'île. Il s'élève à pic au-
dessus des premières pentes qui bordent le rivage,
en traçant sur le ciel une longue ligne horizontale
dont aucune anfractuosité ne vient briser la netteté;
on dirait une table dressée pour les géants en face
du pôle, sur les dernières assises du continent.

Après avoir défilé vent arrière le long de la côte

et contourné le cap, nous rencontrâmes une grande brise de N.-N.-O., accompagnée de violentes rafales, et il nous fallut louvoyer toute l'après-midi avec deux ris aux huniers avant de pouvoir gagner le mouillage de Simon's-Bay.

Simon's-Town, dont les maisons coquettes s'étageaient sur le rivage, à deux encablures de la frégate, n'est qu'un gros bourg créé par le voisinage de l'arsenal et des magasins anglais; mais on rencontre aux environs, surtout dans la direction de la ville du Cap, distante de cinq à six lieues à peine, bon nombre de villas et de cottages habités principalement par des familles d'origine hollandaise. Il se passe ici un fait analogue à ce qui a eu lieu à l'île Maurice pour nos compatriotes. Après la conquête du Cap par les Anglais en 1806, les Hollandais y sont restés et s'y trouvent encore en majorité, bien qu'une grande partie ait émigré, il y a une quinzaine d'années, dans le territoire d'Orange.

La nouvelle de l'arrivée d'une frégate française, de la *Belle-Poule,* dont le nom est bien connu dans les colonies anglaises de ces parages, ne tarda pas à se répandre et nous fûmes informés que bon nombre de visiteurs et de visiteuses nous arriveraient le dimanche suivant.

Un demi-siècle auparavant, c'eût été le cas pour le commandant de faire afficher cet ordre du jour

resté célébre dans les fastes de la marine : « Des
dames doivent venir cette après-midi honorer la frégate de leur visite, les officiers seront galants, les
élèves décents, et on mettrà la peau de tigre au bas
de l'échelle. » Mais la marine a bien changé depuis cette époque, aussi le commandant Janin ne
songea-t-il pas à faire des recommandations à ce
point superflues. En revanche, il se mit en frais
de peinture : on la prodigua au dedans et au dehors, au grand désespoir des passagers qui, n'étant
pas accoutumés à ce qu'on appelle à bord la propreté, ne pouvaient faire un mouvement sans ra-
masser sur leurs habits toutes les couleurs de
l'arc-en-ciel ; puis vinrent le briquage des ponts,
l'astiquage de la coque et des canons, le fourbis-
sage des cuivres, le peignage du gréement, et enfin
le dressage des vergues. Notre vieux maître d'é-
quipage n'avait pas son pareil dans la marine pour
dresser les vergues. Il en faisait une question
d'amour-propre, y employait beaucoup de temps
et n'entendait pas raillerie sur ce point. Ce di-
manche-là, il apporta sans doute à l'opération encore plus de soin que les autres jours. A huit
heures, à peine les couleurs hissées et les perroquets gréés, maître Smolder partit dans le youyou,
alla se planter à une encablure sur l'avant de la
frégate et se mit à roucouler dans son sifflet une
chanson à n'en plus finir, qui voulait dire : « Pesez

un peu la balancine tribord du grand hunier; encore un peu; pas tant; bon! maintenant mollissez un peu la balancine bâbord du petit perroquet. C'est bien!» et ainsi de suite, pendant une bonne demi-heure. Mais aussi, lorsqu'il rentra après avoir fait le tour du navire, l'œil le plus jaloux n'aurait pu trouver à rectifier un fil dans toute la mâture.

A une heure, la *Belle-Poule* était prête à recevoir les visiteurs, propre, brillante depuis le fond de la cale jusqu'à la pomme du grand mât; les embarcations amarrées sur les tangons et à l'arrière; la grande enseigne flottant à la corne et le pavillon des jours de fête sur le beaupré. Le long de la batterie, d'un bord, étaient dressés les bancs et les tables, et rangés sur les tables, les bidons et les gamelles avec leurs cercles d'acier, polis comme des miroirs. L'équipage, en tenue du dimanche et massé sur les passavants, attendait avec une visible satisfaction le spectacle qui se préparait et surtout l'arrivée des visiteuses. Les visiteuses, c'est l'objet qui touche le plus vivement le matelot français en cours de campagne.

Elles s'étaient sans doute donné rendez-vous au débarcadère, car plusieurs embarcations arrivèrent en même temps le long du bord, remplies de jolies toilettes et de frais visages, puis d'autres, et d'autres encore; il y en avait des environs et même de la ville du Cap. Le consul de France

dans cette résidence vint avec une nombreuse société, qu'il demanda au commandant la permission
de lui présenter ; c'était M. Clootz avec son fils,
ses trois filles et sa belle-fille. M. Clootz est Hollandais, comme son nom l'indique assez, et a le
bonheur de posséder, en outre des quatre charmantes filles ci-dessus mentionnées, le célèbre clos
de Constance, dont le vin savoureux est renommé
dans le monde entier. Il aime beaucoup les Français, et n'avait pas voulu manquer cette occasion
de serrer la main de ceux qui passaient si près de
lui. Je dois constater que nous nous montrâmes très
sensibles à ce témoignage de sympathie, et que
nous y répondîmes de notre mieux en accompagnant ces dames dans la visite du navire. Grâce
à nos soins vigilants et empressés, elles ne tom-
bèrent dans aucune écoutille, ne se cognèrent la
tête contre aucune poutre, ne firent pas un faux
pas dans les échelles, ne heurtèrent pas une seule
fois leurs pieds mignons contre les cent objets qui
se trouvent en saillie sur les ponts d'un bâtiment de
guerre, tant les officiers et aspirants se montrèrent
attentifs à leurs moindres mouvements.

La visite se termina par un goûter où nous de-
vînmes les chevaliers servants de ces dames, après
avoir été leurs cicerone. Au moment de partir,
M. Clootz nous exprima toute sa reconnaissance
pour l'accueil qui lui avait été fait, en même temps

que son vif désir de nous recevoir dans sa résidence de Groot-Constantia.

Nous n'eûmes garde de refuser l'invitation, et la semaine suivante nous nous mîmes en route dans un équipage qui ne manquait pas de couleur locale : deux Hottentots au visage jus de tabac, coiffés de vastes cloches de paille de roseau en forme de chapeaux chinois et les pieds nus, trônaient sur les sièges des voitures que nous avions louées à Simon's-Town. Ils avaient autant de sérieux et de dignité que des cochers anglais conduisant leurs attelages à Longchamps, et le confortable tout moderne des voitures formait un contraste bizarre avec la tenue quelque peu sauvage des cochers.

Nous voulions profiter de notre permission, la seule qu'il nous fût possible d'obtenir pendant la relâche, pour visiter en même temps la ville du Cap. Nous commençâmes donc par y aller passer vingt-quatre heures, et ce fut là que M. Clootz vint nous chercher dans un élégant break à quatre chevaux qui nous transporta rapidement à Constantia par une charmante route bordée de jardins et de bois, une vraie route de parc anglais. Je ne m'attarderai pas à faire la description de cette luxueuse résidence, ni le récit détaillé de toutes les distractions de cette journée, si nombreuses que je ne m'explique pas encore comment elles ont pu y trouver place : dé-

jeuner, exploration de la propriété, revue des bœufs
à longues cornes et des moutons aux queues étran-
ges, larges, aplaties, si bien ajustées qu'on dirait des
queues artificielles, puis lunch, visite aux caves et
dégustation des vins, promenade au célèbre vigno-
ble, enfin dîner de quarante couverts arrosé par des
flots de vins du Cap et de Constance de tout âge et
de toute nuance, blanc, rouge, Pontac et Frontignac.

Ces deux noms disent assez l'origine des vins. En
effet, les premiers ceps de ce clos ont été impor-
tés de France, et c'est la grand'mère de M. Clootz,
Française aussi, qui a donné son nom de Constance
au coteau où ils ont été plantés. Ainsi s'explique le
plaisir de notre hôte à rencontrer des Français et
son empressement à les recevoir chez lui. La propriété comprend, outre des bois et des pâturages, une
grande étendue de vignobles dont le clos Constance
ne représente qu'une très petite partie. L'excellence du
vin que l'on considère dans le monde entier comme
le roi des vins de liqueurs, est due à la nature du
sol, à l'exposition, et plus encore aux soins donnés
à la culture, à la cueillette et à la fabrication ; on
choisit les grains pour ainsi dire un à un, afin de
n'employer que ceux qui sont tout à fait sains et
à parfaite maturité. Un propriétaire des environs
a entrepris une imitation du vin de Constance qu'il
vend sous la même dénomination, mais qui ne le
vaut pas à beaucoup près. Dans le but de différen-

cier ses produits dans le commerce, M. Clootz les a désignés sous le nom de *Groot Constantia,* grand Constance, nom que l'on a donné également à sa résidence.

A la fin du dîner, les dames nous quittèrent pour nous laisser échanger en liberté *glasses of wine* et santés, en humant la fumée d'excellents cigares, mais nous n'eûmes garde de nous attarder à ces coutumes toutes britanniques, car des plaisirs plus délicats nous attendaient dans le *Hall.* Mmes Clootz sont artistes, et possèdent de nombreux albums remplis de dessins, sépias, aquarelles, parmi lesquels se trouvaient égarées çà et là quelques strophes de vers. Nous dénonçâmes en secret Barbey, qui se trouva bientôt assailli de sollicitations auxquelles il s'efforça vainement de résister. Il est naturellement modeste et timide, et ses ambitions de poète se bornent à rimer pour son agrément particulier; il trouva donc la plaisanterie fort mauvaise et se fâcha tout de bon contre nous, mais le coup était porté et il n'y avait plus à reculer : miss Anna lui présentait l'encrier, miss Esther la plume, miss Ketty lui montrait la page blanche de son album; comment résister à de si charmantes solliciteuses, lorsqu'on n'est pas saint Antoine? Barbey s'exécuta donc, et après s'être recueilli un instant, écrivit les deux strophes que j'ai conservées moi aussi, et qui m'ont reporté aux souvenirs que je retrace ici.

18

De la poésie on a passé à la musique. Accompagnée par sa belle-sœur, miss Esther a chanté d'une voix fraîche et timbrée la romance du *Troubadour*, un écho du temps passé, dont la mélodie, du genre anglais le plus pur, s'harmonise si bien avec la naïve simplicité des paroles :

Gaily the troubadour toucht his guitar (1),
When he was hastening home from the war :
Singing from Palestine hither I come,
Lady love, lady love, welcome me home.

She for the troubadour hopelesstley wept ;
Sadly she thought of him when others slept ;
Singing in Palestine, would I might roam,
Lady love, lady love welcome thee home.

Ce début nous rendit exigeants et miss Esther s'exécuta de la meilleure grâce, en nous disant les plus jolis morceaux de son répertoire. Mais elle voulut être payée de retour, en sorte que le concert aurait peut-être duré toute la soirée, si M. Charles Clootz, l'heureux époux de lady Mary, n'avait en-

1. Il revenait de la guerre, le troubadour, et hâtait le pas vers la patrie
Alors il prit gaîment sa guitare et se mit à en jouer :
J'arrive ici de Palestine en chantant,
Ma bien-aimée, suis-je le bienvenu ?

Au souvenir du troubadour, elle pleurait sans espoir,
Et pensait tristement à lui dans ses nuits sans sommeil.
Que ne puis-je chanter aussi sur la terre de Palestine !
Sois le bienvenu, s'écria-t-elle, ta bien-aimée t'attend.

tonné la chanson des courses, si populaire en Angleterre, *Daoudah, Daoudah,* dont tout le monde se mit
à accompagner les refrains :

> *The Camptown race course five miles long* (1),
> *Daoudah, Daoudah !*
> *The Camptown ladies sing this song,*
> *Daoudah, Daoudah deh !*
>
> *Going to ride all nigth,*
> *Going to ride all day,*
> *J'll bet my money ou the bob tail nag,*
> *You bet yours ou the bay,*
>
> *The Camptown race course five miles long,*
> *Daoudah, Daoudah!*
> *The Camptown ladies sing this song,*
> *Daoudah, Daoudah deh !*

Les Anglais ont cela de particulier qu'ils font
les choses les plus drôles avec un sérieux imperturbable, comme s'ils remplissaient quelque importante fonction. Le petit groupe féminin ne mettait
pas moins d'entrain que nous, à répéter ce refrain
enragé, mais c'était un entrain grave et réfléchi,
qui aurait pu accompagner tout aussi bien le chant

---

1. Le champ de course de Camptown a cinq milles de long, Daoudah
Daoudah !

Les dames de Camptown chantent cette chanson :

> Daoudah, Daoudah deh !
> A cheval toute la nuit,
> A cheval tout le jour !

Je parierai pour le petit cheval à la courte queue ; vous, pariez pour le
cheval bai.

d'un cantique. Je n'ai pas retenu tous les couplets
de cette chanson ; au surplus, elle doit en avoir autant qu'on le veut, je crois même que M. Charles
ne se fit pas faute d'en improviser. Lorsqu'il s'arrêta, personne n'avait plus les oreilles à la musique
sérieuse, on se mit alors à danser pour terminer
la soirée ; après quoi, nous prîmes congé de nos
aimables hôtes, car nous partions le lendemain de
grand matin pour regagner la *Belle-Poule*. Il eût
paru trop triste cependant de se faire si vite des
adieux définitifs, on se promit donc de se rencontrer encore avant le départ, et ce fut avec cette
consolante pensée que s'échangèrent les *shake-hands*
d'usage.

J'eus l'honneur, cette nuit-là, de coucher sur le
champ de bataille, enveloppé dans une peau de lion.
Comme il n'y avait pas de lits pour tous les invités,
plus nombreux qu'on n'y avait compté, les aspirants durent se contenter de canapés pour s'étendre,
et de fourrures pour se préserver du froid. Je restai
donc dans le Hall en compagnie de Thierry et de
Barbey qui, avant de s'endormir, voulut encore
nous chercher querelle pour ce qu'il appelait notre
noire trahison à son égard. Il put le faire tout à son
aise, car, au bout de quelques minutes, nous étions
tous les deux partis pour la gloire, ce qui, dans le
langage des civils, voudrait dire que nous dormions
du plus profond sommeil.

La relâche de la *Belle-Poule*, qui devait durer une vingtaine de jours, touchait à sa fin. La colonie nous avait fait le meilleur accueil, dont chacun de nous avait eu sa part. On décida d'y répondre en donnant un bal à bord, et l'on se mit immédiatement à en faire les préparatifs. Tout le pont arrière de la frégate se transforma, comme par enchantement, en une salle de verdure, au moyen d'une forêt d'arbustes coupés aux environs de Simon's-Town. Au-dessous du taud en toile, bien tendu sur une pièce de bois, pour le rendre imperméable à la pluie qui n'était que trop à redouter, on fit les tentes et les rideaux, de sorte que l'espace se trouva abrité de tous les côtés et hermétiquement clos. On orna ensuite cette salle de faisceaux, de trophées, de lustres confectionnés avec les petits canons en bronze et les armes de toute sorte, les baïonnettes servant de porte-bougies. Le buffet occupait le salon de la batterie, dont la galerie, plus faiblement éclairée, devint un élégant boudoir. Le passavant de tribord, arrangé en bosquet, avec une grande glace encadrée dans le feuillage, fut disposé en vestiaire dont on confia la direction à la femme de chambre de Mme Hubert de l'Isle, assistée des deux plus gentils mousses qu'on put trouver à bord.

Le trajet de la terre à la frégate était assez long et le temps avait mauvaise apparence le soir du bal;

nous craignions donc des défections parmi les in-
vitées. C'était bien peu connaître les dames anglaises, qui n'ont pas coutume de s'effrayer pour si peu.
Pas une, en effet, ne manqua au rendez-vous où
les attendaient nos embarcations, et elles montèrent
à bord à la clarté des feux de Bengale, qui donnaient à cette scène, ainsi qu'au navire lui-même,
l'aspect fantastique d'une véritable féerie. Le bal
s'ouvrit immédiatement.

Tout se passa bien pendant la première partie de
la nuit, mais le coup de vent que la baisse du baromètre annonçait depuis la veille, commença alors
à se faire sentir, et il devint évident que si le bal se
prolongeait, les danseurs, bloqués par la tempête,
se verraient contraints d'accepter à bord une hospitalité plus ou moins longue. Bientôt même l'hésitation ne fut plus permise; malgré l'ennui qu'il en
éprouvait, le commandant dut se résoudre, en conséquence, à prévenir ses invités de ce qui se passait
au dehors, en même temps qu'il donnait l'ordre
d'armer toutes les embarcations. Ayant pris le quart
à minuit, je me trouvai chargé de cette opération.
La mer commençait à se faire et le vent à siffler
dans la mâture. Tout en surveillant de la dunette
l'embarquement des hommes dans les canots amar-
rés à l'arrière, je jetais de temps à autre un coup
d'œil dans la salle de bal, en soulevant la double
épaisseur des rideaux. Le contraste de ces deux

tableaux était saisissant : ici, l'éblouissement des lumières, dont l'éclat, se reflétant sur les aciers polis des trophées et des lustres, faisait chatoyer les toilettes et étinceler les bijoux, les accords entraînants de l'orchestre, le bruit des causeries et des rires, les tourbillonnements de la danse; là, de l'autre côté du rideau, l'obscurité profonde, les hommes suspendus aux échelles de poupe, secouées par le vent et par les chocs des embarcations, les appels des patrons, les coups de sifflet des maîtres, le bruit de la mer, celui de la rafale accompagnant le grondement au travers des cordages. Et, tandis que je regardais alternativement ces lumières et ces ténèbres, je pensais aux deux mondes entre lesquels nous sommes tous répartis ici-bas : le monde de l'insouciance, de la santé, du repos, de la joie, le monde du soleil et des brises embaumées, et puis le monde des mordantes inquiétudes, des durs labeurs, de la vie au jour le jour, des souffrances, le monde où la tempête mugit à toute heure sans repos ni trêve; ces deux mondes marchant côte à côte, bien que séparés par un abîme, et dont le contraste donne froid au cœur, au point de faire douter de la justice de Dieu, si le doute était possible!

Cependant, il était grand temps de congédier nos danseurs. Grâce à la lumière des feux de Bengale, plus utile encore cette fois qu'à l'arrivée, l'embarquement se fit sans accident et nous donna lieu

d'admirer le sang-froid et l'adresse des dames.
L'annonce du coup de vent ne les avait aucu-
nement troublées, et jusqu'au moment où on les
avertit que les canots les attendaient, elles ne per-
dirent ni une mesure de polka ni une figure de
quadrille, aussi insouciantes que si elles n'avaient
qu'à monter en voiture pour retourner chez elles.
A les voir, un instant après, sauter d'un pied assuré dans l'embarcation, en choisissant le moment
où la lame la soulevait à leur portée, on aurait
dit qu'elles n'avaient fait que cela toute leur vie.
Mlles Clootz furent les dernières à s'embarquer, et
le firent avec autant de grâce et d'adresse qu'elles
avaient montré de gaîté et d'entrain pendant le bal.
Cette fois, malheureusement, c'étaient bien des
adieux que nous leur faisions.

A trois heures, tous les canots étaient de retour
après avoir heureusement accompli leur mission,
et hissés à leur poste. Quelques jours plus tard,
nous quittions cette terre hospitalière, en emportant
le souvenir des aimables personnes que nous y
avions connues, ainsi que Barbey, fidèle interprète
de nos sentiments, l'avait poétiquement écrit sur
l'album de miss Ketty.

J'ai souvent entendu mes camarades déplorer le
sort des marins qui courent le monde, s'arrêtant

partout juste assez de temps pour éprouver des regrets au départ, rencontrant des êtres qui se mêlent un instant à leur existence, puis qu'ils ne revoient plus et dont ils n'entendent même plus parler. Je ne partage pas cette manière de voir : les changements continuels de résidence qui marquent l'existence du marin lui apportent beaucoup de variété, d'imprévu, en même temps que la mobilité du tableau qui se déroule sous ses yeux, multiplie ses impressions et augmente singulièrement en lui le mouvement et l'intensité de la vie. Ce fait me semble hors de doute, et les réflexions qu'il m'inspire me remettent précisément en mémoire un aperçu bien propre à en faire ressortir l'évidence, à *l'illustrer*, comme disent les Anglais; je l'ai entendu présenter récemment dans une conférence à Rochefort frappé par la grandeur et la hardiesse de sa conception, j'y reviens souvent dans mes méditations solitaires.

Je me suppose, disait le conférencier, placé en observation dans l'un de ces astres si éloignés de la terre que leur lumière met six mille ans à y parvenir, de même que le rayon partant de la terre met six mille ans pour arriver jusqu'à mon étoile. Au moment où, doué d'organes convenables, je dirige mes regards vers notre planète, le tableau de la création de l'homme dans le paradis terrestre a franchi la distance et vient frapper ma vue. Puis,

tout à coup, sollicité par une force imprévue,
l'astre se met en mouvement vers la terre avec
une vitesse telle qu'il parcourt en vingt-quatre
heures ces solitudes immenses que le rayon lumineux avait mis six mille ans à traverser. La
lumière fait quatre millions cinq cent mille lieues
à la minute, et le soleil est à trente-sept millions de
lieues de la terre. Il s'agirait donc simplement de
franchir treize millions neuf cent trente mille neuf
cent vingt milliards de lieues, soit une distance à
peine trois cent soixante-seize millions cinq cent
onze mille trois cent cinquante et une fois plus
grande que celle du soleil à la terre, avec une vitesse
de neuf mille six cent soixante-quatorze milliards
deux cent cinquante millions de lieues à la minute.
Après tout, cette hypothèse n'a rien d'inadmissible
dans la sphère des données cosmiques, puisqu'en
tournant avec la terre, nous faisons, jour et nuit et
toute notre vie, sans en être incommodés et sans
même nous en apercevoir, plus de sept lieues à la
minute, ou plus exactement 467 mètres à la seconde.

Me voilà donc en route, et tout en traversant
les espaces, je ne cesse de regarder la terre, où je
vois se dérouler, pendant les vingt-quatre heures
que dure mon voyage, tous les événements qui se
sont produits à la surface du globe depuis la naissance de notre premier père jusqu'au moment où, la

dernière minute ayant sonné, j'aperçois l'*Économe*
traversant l'Atlantique et l'armée française faisant le
siége de Sébastopol. J'aurai donc vécu réellement
six mille ans en vingt-quatre heures et ma vie aura
possédé une intensité deux millions cent trente mille
fois supérieure à la vie commune.

C'est en ce sens que, toute proportion gardée, la
vie de l'homme sur notre planète est d'autant plus
intense que les événements, les faits, les relations
les impressions se succèdent pour lui plus rapides
et plus pressés. Tel est le cas du marin. Mais toute
médaille a son revers : les impressions de joie et de
douleur qui se partagent la vie de l'homme, se trouvant multipliées en même temps et par les mêmes
causes, le marin à qui est réservée une plus grande
somme de jouissances paie aussi un plus large tribut
à la souffrance. J'estime cependant qu'il n'y a pas
équilibre et que dans ce développement de tous les
éléments de la vie, les jouissances l'emportent, par ce
motif que l'accroissement d'activité se produit dans
la sphère extérieure des impressions, beaucoup plus
que dans celle des sentiments qui pénètrent au cœur
même de notre être. La séparation, par exemple,
qui constitue assurément l'une des grandes et cons-
tantes douleurs de l'humanité, suffisant parfois pour
décolorer et briser l'existence, perd beaucoup de son
amertume lorsqu'elle atteint des personnes qui ne
sont pas étroitement unies par des liens de parenté

ou d'amitié, ce qui est le cas le plus ordinaire pour
les marins. Le plaisir d'avoir rencontré ces personnes
surpasse alors de beaucoup le chagrin de les quitter
et dure toute la vie par le souvenir agréable que l'on
en garde, tandis que la tristesse de la séparation
s'efface promptement, peut-être en raison même de
l'idée où l'on est que cette séparation ne durera pas
éternellement. Quant à moi, je le déclare, il m'est
consolant de penser que je retrouverai dans l'autre
monde tous les êtres que j'ai eu plaisir à rencontrer
ici-bas, et que j'apprendrai alors ce qui leur est arrivé
de bon ou de mauvais. Je compte bien y revoir quelque jour lady Mary, miss Esther, miss Anna, miss
Ketty et même leurs honorables parents, M. et
Mme Clootz ; et, lorsque je considère, d'autre part,
que je suis arrivé déjà au tiers, peut-être à la moitié,
peut-être à davantage encore de mon existence,
qui pourtant me semble commencer d'hier, je
trouve que la séparation ne sera vraiment pas assez
longue pour que je m'en mette sérieusement en
peine.

Après cela, il y a des tempéraments portés à la
mélancolie, pour lesquels tout est sujet de tristesse.
Il faut les plaindre, puisque cela ne dépend pas
d'eux, mais assurément la marine n'est pas ce qui
leur convient. Je demanderai à Jaquemart ce qu'il
pense de cette question. C'est un homme pratique
et je serais fort surpris qu'il ne fût pas de mon

avis, mais j'attendrai pour cela que nous soyons à Cayenne, car j'entends ne plus recommencer avec lui la navigation de frères siamois que nous avons faite hier soir. Tout indique, d'ailleurs, que je n'aurai pas longtemps à attendre.

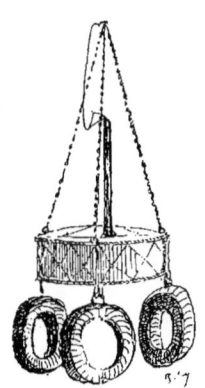

CHAPITRE X

L'arrivée au port.

L'atterrissage. — La famille des îlets. — Au mouillage de Cayenne. —
Où tout le monde s'endort.

Mardi 16 octobre, 2 heures.

 E point fait à midi nous place à 90 milles
du cap d'Orange, que nous aurons pro-
bablement en vue demain matin, et le
soir même nous serons parvenus au but de notre
voyage. Depuis jeudi, nous n'avons cessé de faire
bonne route, poussés par une jolie brise variant du
N.-E. au S.-E., avec un ciel couvert et des grains
souvent accompagnés de pluie; je reconnais bien là
le temps de Cayenne. En montant sur le pont hier
matin, je me suis aperçu que la mer avait déjà
changé de couleur et d'aspect. L'eau a perdu sa trans-
parence et sa belle teinte bleue ; les lames courtes,

heurtées, tourmentées par le courant de la rivière des
Amazones, ont remplacé la grande houle de l'Océan.

Le *Caméléon* vient de nous envoyer du charbon,
et nous avons allumé pour la dernière fois les feux,
que nous n'éteindrons plus qu'au mouillage. Les
ancres ont repris leur poste au bossoir; on gratte,
on brique, on astique, on fourbit; tout le monde a
comme la fièvre et l'on ne peut tenir en place;
Dumbard, qui va revoir son pays natal, se fait particulièrement remarquer par les manifestations de
sa joie. Quant à moi, j'étudie la navigation des côtes
de la Guyane et je termine mon rapport de mer
pour le remettre, aussitôt l'arrivée, au commandant
du *Caméléon.*

Mercredi 17 octobre, 9 heures du soir.
Au mouillage de Cayenne.

Nous avons mouillé à deux heures; voilà donc
cette traversée de quinze cents lieues heureusement
achevée après une navigation de cinquante-cinq
jours, dont quarante-cinq à la mer.

Pendant toute la nuit dernière, nous avons marché à petite vitesse, le *Caméléon* devant nous, son-
dant toutes les demi-heures. A trois heures du
matin, le fond ayant beaucoup diminué, on stoppa
pour attendre le jour, car la côte est si basse que
l'on s'échouerait bien avant de l'apercevoir. Lors-

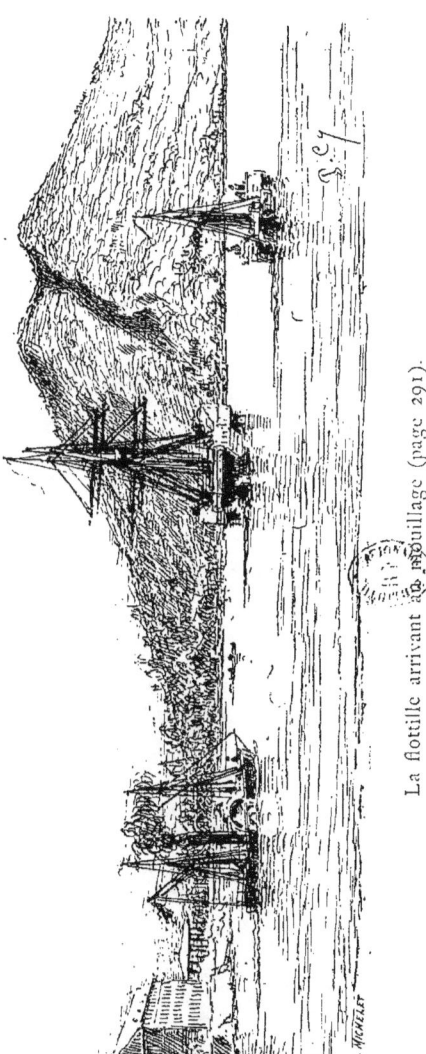

La flotille arrivant au mouillage (page 291).

que le jour se fit, nous aperçûmes effectivement le cap d'Orange et la montagne d'Argent, les deux objectifs du commandant Arnoux. Il avait calculé son atterrissage avec une précision mathématique, ce qui n'est pas toujours facile, en raison des courants très violents qui règnent sur cette côte et dont la vitesse atteint jusqu'à trente milles par jour. Après avoir reconnu la terre, on a fait route pour Cayenne en se tenant très au large. Nous avons défilé successivement devant les embouchures de l'Oyapock, de l'Approuage, le rocher du Grand-

Le Grand-Connétable.

Connétable et toute la famille des îlets, le Père, la Mère, les Filles, le Malingre. Arrivé par le travers de ce dernier, le *Caméléon* nous a fait son dernier signal : « L'amiral rend sa manœuvre indépendante; ordre aux bâtiments de se rendre au mouillage »

La corvette était obligée, en effet, en raison de son tirant d'eau, de rester en grande rade, près de l'Enfant-Perdu, dernier membre de la famille ci-dessus mentionnée et dont le nom indique suffisamment la

position, tandis que nous pouvions jeter l'ancre tout
près du débarcadère ; c'est ce que nous avons fait :
en dix coups d'avirons mon canot me dépose à terre.

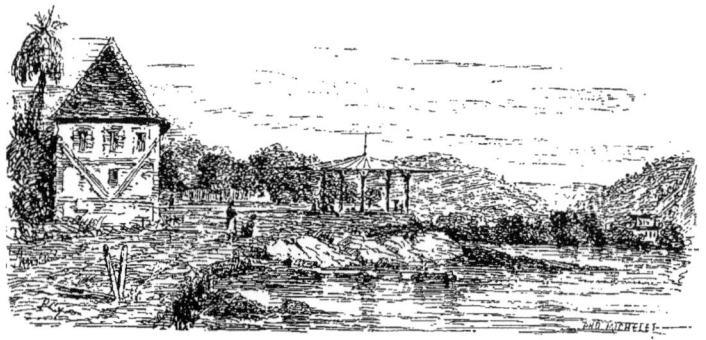

Le débarcadère de Cayenne.

J'ai trouvé ici une nombreuse flottille sur laquelle
je compte certainement des camarades ; les avisos à
vapeur *la Vedette, le Rapide, le Bisson, le Flambart,
l'Oyapock,* plus trois goëlettes commandées par des
maîtres et qui étaient parties de Rochefort un mois
avant nous. Mon ancre à peine au fond, j'ai été faire
ma visite au gouverneur, l'amiral Bonard, qui n'a pu
me recevoir ; il vient d'être à la mort de la fièvre
jaune et rentrera en France dès que les médecins
le jugeront en état de supporter l'embarquement.
Peut-être partira-t-il à bord du *Caméléon,* dont la
mission se trouve aujourd'hui terminée.

J'ai appris à l'état-major que nos bâtiments sont
exclusivement destinés à assurer l'approvisionnement des deux pénitenciers de Sainte-Marie et de

Saint-Augustin, situés à quarante milles dans la rivière de la Comté. Nous aurons à faire chacun un
voyage tous les quinze jours, en remorquant un
ou deux chalands de vivres et d'approvisionnements.
Ces voyages dureront deux ou trois jours ; dans
l'intervalle, nous resterons à Cayenne.

A cinq heures, le *Caméléon* ayant changé de mouillage pour se rapprocher de la terre, j'en ai profité
pour aller remercier le commandant et les officiers de
leurs bons offices pendant cette longue navigation.
De retour à bord de l'*Econome,* j'ai fait le branle-bas
et envoyé l'équipage se coucher, en gardant seulement un homme de veille sur le pont ; tout le monde
a bien gagné sa nuit franche. Je suis moi-même sur
pied depuis trois heures du matin, et s'il est vrai que
la fatigue, le succès et la cessation d'une lourde responsabilité assurent un sommeil paisible, je me trouve
certainement dans les meilleures conditions que
l'on puisse imaginer pour passer une excellente nuit.

CHAPITRE XI

Cayenne.

Situation de la colonie en 1855. — Première visite aux pénitenciers. —
L'île de Cayenne et la rivière du Tour-de-l'Ile. — Les tournants de
la Comté. — Pourquoi il est plus agréable de s'y promener sur le
navire d'un camarade que sur le sien. — Une nuit dans le Mahury. —
Voyages à Sainte-Marie. — A qui le tour ? — Où le capitaine fait
ses adieux à l'*Économe* et s'embarque pour la Martinique.

'ÉTAIS venu une première fois à la
Guyane au mois de décembre 1848, sur
la corvette-transport *la Caravane,* où
j'avais été embarqué au sortir de l'École navale
avec bon nombre de mes camarades. Le bâtiment
ne pouvant mouiller en rade en raison de son
tirant d'eau, était allé aux îles du Salut, situées en
face de la rivière de Kourou, à trente milles environ dans le N.-O. de Cayenne, mais j'avais obtenu l'autorisation de passer à terre tout le temps
de la relâche. La colonie se trouvait alors en pleine

crise : l'émancipation des noirs était depuis quelques
mois un fait accompli, et accompli sans désordres
matériels, grâce à la fermeté du gouverneur, M. Pa-
riset ; cependant la plupart des nègres devenus libres
ayant cessé de travailler, beaucoup de propriétés
n'étaient plus cultivées ; elles finirent par être aban-
données, car les essais d'immigration ne donnèrent
que des résultats tardifs et insuffisants : en 1855,
c'est-à-dire au bout de sept années, on n'avait encore introduit à la Guyane que 2,000 travailleurs
africains, indiens ou chinois, pour remplacer les
10,000 esclaves occupés naguère à la culture.

L'émancipation avait donc enlevé les bras aux
habitations ; vint ensuite, quatre ans plus tard, la
transportation qui en éloigna les propriétaires, peu
rassurés par cette invasion de tous les bagnes de
France, dont le personnel devait vivre en quelque
sorte côte à côte avec eux. Avec les bagnes, la transportation amena aussi la fièvre jaune, auparavant in-
connue à Cayenne, et qu'on y a vue depuis lors en
permanence.

Si en effet les fièvres paludéennes règnent dans
certaines parties marécageuses de la Guyane, si elles
apparaissent partout où l'on attaque les forêts vierges
pour les défricher, ce qu'on nomme l'île de Cayenne
est naturellement salubre, et les maladies épidémi-
ques ne s'y propageaient pas, lorsque les éléments
européens ne s'introduisaient dans la colonie que

par petits groupes et à de rares intervalles. Mais l'arrivée de nombreux agents français et de convois de condamnés, se succédant tous les deux ou trois mois, changea entièrement ces conditions, en fournissant sans cesse de nouveaux éléments aux germes de fièvre jaune, toujours en mouvement dans les régions tropicales. A mon arrivée sur l'*Économe*, l'épidémie dont l'amiral Bonard avait failli être victime

La corvette *la Caravane* aux îles du Salut.

était en décroissance, on n'en signalait plus de loin en loin que quelques cas d'un caractère assez bénin; elle allait évidemment s'éteindre, au moment où deux convois de transportés, débarquant coup sur coup, vinrent lui donner une nouvelle intensité.

Défaut de bras, établissement d'un bagne, épidémie, tout semblait donc se réunir alors pour ruiner la colonie, on commençait cependant à parler de gisements aurifères. Le colonel Charrière en avait

constaté l'existence et cherchait en France des capi-
taux pour organiser une exploitation régulière, et
je trouvai les habitants encore tout émus de la ré-
cente découverte, dans le haut du bassin de l'Approuague, au bord de l'Arataïe, de nouveaux placers
sur lesquels on paraissait fonder les plus grandes
espérances.

Au point de vue de la marine, Cayenne présentait beaucoup plus d'animation et de mouvement
qu'en 1848. Les communications continuelles avec
les îles du Salut, l'approvisionnement des pénitenciers, l'arrivée des frégates apportant les convois,
les voyages à Démérari pour aller chercher deux fois
par mois le courrier de France, la présence d'une
nombreuse flottille, produisaient sur la rade un va-
et-vient continuel de bâtiments et d'embarcations
dont je fus agréablement surpris, et auquel nous
allions apporter nous-mêmes un nouvel aliment.

Avant de laisser le *Surveillant* et l'*Économe* commencer leur navigation, le gouverneur voulut envoyer les capitaines explorer la rivière à bord de
l'*Oyapock,* qui faisait le service à lui seul depuis plusieurs mois, en attendant notre arrivée. C'était le
dernier voyage de cet aviso; à son retour, il devait
entrer dans le port pour se réparer et changer ses
chaudières tout à fait usées. L'*Oyapock* était court,
haut sur l'eau, avec des roues de petit diamètre et

un gouvernail étroit; il marchait et évoluait lentement; à côté de nos bâtiments il avait un peu l'air
d'une tortue entre deux serpents de mer.

Le 21 octobre, à sept heures du matin, nous quittâmes la rade en remontant la rivière de Cayenne.
L'embouchure forme une sorte d'estuaire très large,
dont les côtes sont encore distantes d'un mille au
détour de la pointe Macouria qui marque la véritable entrée du fleuve. Cette largeur se maintient jusqu'au bec du petit Cayenne, après lequel se détache
à droite la rivière du Mont-Sinéry; les berges sont
basses et assez tristes d'aspect; des habitations qui
les couvraient, il ne reste plus que quelques cases à
nègres, disséminées çà et là.

Je cherchais depuis un moment, dans le rideau
de palétuviers qui s'étend à gauche, l'embouchure
de la rivière du Tour-de-l'Ile, dans laquelle nous
devions entrer en quittant celle de Cayenne, lorsque
je vis, non sans étonnement, l'*Oyapock* venir brusquement sur babord et se diriger en plein vers la
rive, comme s'il voulait s'y échouer. Bientôt cependant j'aperçus un petit enfoncement vaseux n'ayant
pas beaucoup plus de largeur que le bateau lui-
même. C'était la rivière, il serait plus exact de dire
le canal, de même qu'il serait plus exact de ne pas
dire l'île de Cayenne, car, en réalité, Cayenne n'est
pas plus une île que le Tour-de-l'Ile n'est une rivière.
La ville est construite sur le bord d'une presqu'île

ayant assez la forme d'un champignon couché par
terre. La tête qui s'avance en saillie sur la mer,
entre les rivières du Mahury et de Cayenne, renferme
des mornes et des plateàux d'une certaine élévation;
mais ce qui représente la tige du champignon ne comprend guère que des terres basses et noyées. Les premiers colons voulant assécher ces terres, ont creusé
d'une rivière à l'autre deux canaux parallèles, la crique
Fouillée¹ et le Tour-de-l'Ile. La crique Fouillée,
située tout près de Cayenne, à la partie la plus étroite
de la presqu'île, est en partie comblée par la vase
et ne livre plus passage qu'aux pirogues. L'autre,
plus importante et qui forme ce qu'on est convenu
d'appeler l'île de Cayenne, a été creusée en utilisant
et en réunissant un certain nombre de petits cours
d'eau naturels.

Canal ou rivière, nous y sommes entrés et nous y
avons navigué trois heures de la manière la plus
originale, tellement serrés par les berges dans certains passages, que les tambours de l'*Oyapock* frô-
laient les troncs d'arbres, écrasaient les grandes
feuilles qui poussent sur les bords et arrachaient les
lianes qui pendent des hautes branches. Arrivait-il de
manquer un tournant, on s'enfonçait dans les broussailles sans que cela tirât à conséquence : il suffisait

---

1. Le mot crique s'emploie à la Guyane pour désigner non une petite
baie, mais un canal.

de pousser avec une gaffe et de haler sur les branches pour déborder et se remettre en marche. Le soleil perçant çà et là la voûte épaisse de la forêt, frappait sur les bandes de vase laissées à sec par la basse mer, et l'on distinguait parfois, en regardant avec attention, tant ils se confondaient avec la vase, des caïmans immobiles, dont le passage du bateau ne paraissait même pas troubler la quiétude. Plus loin, des aigrettes, des perroquets moins paisibles s'envolaient à notre passage; puis nous arrivions au confluent de canaux ou criques dont les sinuosités se perdent vers la droite dans les profondeurs de la forêt vierge. Ces canaux, calmes et silencieux, ont de vrais noms de romans, le Cavalet, le Galion, le petit et le grand Coromonbo. Le premier que l'on rencontre et le plus important des quatre, est le Cavalet dont l'extrémité opposée aboutit à la rivière des Cascades, prolongement de celle de Cayenne, car ici la plupart des rivières changent de nom lorsqu'elles reçoivent un affluent de quelque importance.

Le Cavalet présente un phénomène assez curieux : il n'a pas de courant propre non plus que le Tour-de-l'Ile, et rencontre ce dernier exactement à angle droit; à chaque marée montante, le flot pénètre dans le Tour-de-l'Ile par les deux extrémités à la fois. Les deux courants s'avançant l'un contre l'autre, se rencontrent précisément au confluent du Cavalet, dans lequel ils pénètrent après s'être réunis.

Le même fait se reproduit dans le Cavalet à la rencontre d'un autre petit canal, le second flot montant du côté opposé, par la rivière des Cascades. Avec le jusant, les courants se renversent, mais en conservant les mêmes allures. Lors donc qu'on navigue dans le Tour-de-l'Ile, on a toujours le courant pour soi pendant la moitié du parcours et contre soi pendant l'autre moitié, à moins que l'on n'arrive au confluent du Cavalet au moment précis du changement de marée.

A partir du petit Coromonbo, le canal s'élargit et l'on avance sans avoir à se préoccuper davantage des troncs d'arbres et des lianes qui encombrent les bords.

A midi nous débouchions dans le Mahury dont j'ai déjà parlé. Le Mahury n'est autre que le prolongement de la rivière Oyac, qu'il dépossède de son nom à l'endroit où elle reçoit le Tour-de-l'Ile. Il se jette dans la mer à douze milles de là, en face des îlets du Père et de la Mère, après avoir parcouru d'immenses savanes, qui nourissaient jadis de nombreux et beaux troupeaux et sur les bords desquelles s'élevaient de riches sucreries. Tout cela est désert aujourd'hui. Les criques se comblent; les savanes, envahies de nouveau par les eaux, sont redevenues des marais. Les bestiaux étaient retournés à l'état sauvage; on en a rallié le peu qui restaient pour les transporter au pénitencier de Sainte-Marie.

A peine entrés dans l'Oyac, nous apercevons à
gauche le petit bourg de Roura avec son église
blanche, construite sur un morne au bord de la rivière. L'aspect du pays se modifie complètement
alors : à gauche apparaissent les montagnes de Kaw
et la chaîne de l'Oyac dominant les plaines marécageuses, au delà des mornes de la Gabrielle et de
la montagne Anglaise qui leur servent de sentinelles avancées; à droite, les montagnes Serpent,
couronnées de bois, se rapprochent de la rivière
dont elles finissent par dominer le cours au point
où l'Orapu et la Comté se réunissent pour former
l'Oyac. C'est à droite vers la Comté que l'aviso
dirige sa marche, en contournant un premier coude
formé par un contrefort des montagnes Serpent, et
nous éprouvons immédiatement un avant-goût des
difficultés qui nous attendent.

La Comté est une rivière étroite, rocheuse, à
courant rapide, encaissée entre des berges élevées.
Dans la saison des pluies, il s'y produit parfois
des crues atteignant jusqu'à quatre mètres de hauteur, mais de courte durée. Elle s'appelait ancien-
nement Oyac; un fief noble y ayant été érigé sous
Louis XV, en faveur du comte de Gênes, elle a pris
le nom de Comté de Gênes, que l'usage a réduit
à celui de Comté tout court. Je trouve ce rensei-
gnement dans une notice publiée par le capitaine
Carpentier, ancien commandant de l'*Oyapock,* qui

avait quitté ce navire pour rentrer en France peu
de temps avant notre arrivée à Cayenne. M. Carpentier avait exploré avec son petit bâtiment les rivières de la Guyane et fait l'hydrographie d'un grand
nombre d'entre elles; la carte qui accompagne ce
volume a été dressée par lui. Autour de nous on
ne parlait encore que de ses excursions hardies et
de ses travaux.

A deux kilomètres au-dessus du confluent de l'O-
rapu, nous rencontrons le premier barrage formé par
les roches Saint-Régis. Le courant y est tellement fort
que l'*Oyapock* ne pouvant quelquefois le franchir avec
une vitesse de six nœuds, était obligé d'attendre que la
marée lui vînt en aide. Par le travers de ces roches,
on nous montre, à droite sur le plateau, l'emplacement
des anciennes concessions des jésuites. Au siècle
dernier, ces religieux avaient réuni sur divers points
de la colonie un nombre assez considérable d'Indiens, et fondé d'importants établissements. Ceux
de la Comté n'existent plus aujourd'hui, et les bois
ont repris possession des terres que les jésuites
avaient défrichées. Ce sont eux cependant qui des-
servent encore les pénitenciers.

De distance en distance, apparaissent des criques
et des dégrads ou débarcadères donnant accès à des
sentiers qui gravissent les mornes et se perdent
dans les grands bois. Ils conduisent à des habitations
ouvrières, mais sur les bords mêmes on n'aperçoit ni

La rade de Cayenne du côté du fort et de la caserne.

habitants ni cases. A un coude formé par le dernier contrefort de la montagne Serpent, nous passons au pied de masses rocheuses qui surplombent; l'une d'elles, surmontée de deux grands palmistes, présente un effet des plus pittoresques. Toute cette partie du cours de la rivière est semée d'écueils. Le passage le plus difficile est celui des roches Dupoix et Claudines, formant deux barrages situés à quelques centaines de mètres l'un de l'autre dans un tournant très brusque. L'*Oyapock* les a souvent heurtés en descendant la rivière, il est même resté échoué pendant deux jours sur les roches Dupoix. Lorsqu'on remonte le courant, on est maître de sa manœuvre, néanmoins l'aspect de ce passage m'inspire de sérieuses réflexions. Aujourd'hui, me trouvant ici en amateur, en touriste, je n'ai pas la responsabilité de ce qui peut arriver, mais la prochaine fois ce sera différent, je naviguerai pour mon compte, et si je manque le tournant, ce sera à moi de me tirer d'affaire.

Vers quatre heures de l'après-midi, nous nous trouvons en vue du pénitencier de Saint-Augustin, dont les constructions apparaissent à travers les arbres sur un morne élevé d'une quarantaine de mètres audessus de la rivière; il occupe l'emplacement de deux anciennes habitations, et reçoit seulement les libérés qui, astreints, aux termes de la loi de 1854, à résider pendant un certain temps dans la colonie

après l'expiration de leur peine, obtiennent des
concessions provisoires de terres; nous passons sans
nous arrêter. A partir de cet endroit, la rivière tra-
verse d'immenses savanes s'étendant à perte de vue
sur la rive droite, tandis qu'au fond, à gauche,
émergent les hautes montagnes de la chaîne de
l'Orapu. Le soleil déjà assez rapproché de l'horizon,
éclaire vivement les sommets, tandis que les vastes

Une pirogue dans le haut de la rivière de la Comté.

plaines sont comme noyées dans les teintes dorées
de ses rayons obliques.

Le pénitencier de Sainte-Marie est très rapproché
de celui de Saint-Augustin à vol d'oiseau, mais la
ligne droite n'est pas en honneur dans le monde
des rivières, et ce n'est pas à la Comté que l'on
pourrait reprocher de déroger aux errements con-
sacrés par une pratique séculaire. Aussi se passe-t-il
encore un long temps avant que nous arrivions au
terme de notre voyage, et il est plus de cinq heures

lorsque nous mouillons au pied du plateau dominant la rivière de dix à quinze mètres, sur lequel est établi le pénitencier. Le capitaine d'infanterie de marine Barbé, commandant supérieur des établissements de la Comté, vient au-devant de nous et, sans plus tarder, se met en devoir de nous faire faire le tour du propriétaire. Nous montons avec lui une large rampe taillée dans le sol et conduisant sur le plateau. De grands bois recouvraient encore ce plateau il y a quelques mois; on a déblayé le terrain indispensable d'abord pour établir les premiers baraquements, puis pour créer des jardins et cultiver des vivres. L'œuvre est déjà fort avancée.

La population du pénitencier comprend huit cents condamnés, plus les fonctionnaires, employés et surveillants, deux chirurgiens de marine, des sœurs et un aumônier. Nous visitons le pavillon de la direction, la chapelle, l'infirmerie, les magasins, les ateliers, la cantine, les baraques des condamnés. Tout cela a l'élégance de la propreté. En même temps qu'on achève les constructions, on continue à gagner sur la forêt pour développer les cultures. Le travail de la journée venait de se terminer au moment où nous faisions notre visite, et les escouades quittant les chantiers regagnaient leurs baraquements pour le souper. Je fus frappé de la bonne tenue, de l'air d'entrain de tous ces hommes qui trouvent dans la perspective d'améliorer plus promptement leur situation matérielle, un encouragement suffisant pour tenir en haleine leur bonne volonté. Il en résulte que la discipline est facile à maintenir, et l'établissement donnerait pour l'avenir les meilleures espérances, sans les fièvres qui ont fait leur apparition à la suite des premiers défrichements. Elles n'ont pas encore atteint une très grande intensité ; on les combat énergiquement à force de quinine, de vin de quinquina, de toniques de toute sorte, mais outre que ce régime est très cher, son efficacité est d'ordinaire assez limitée ; il y a donc là un point noir qui ne permet pas de considérer le problème comme dès à présent résolu.

Après le dîner que nous offrit le commandant Barbé, nous ne tardâmes pas à aller chercher un repos d'autant plus nécessaire que le lendemain de grand matin nous devions partir en pirogue pour remonter la Comté jusqu'aux premiers sauts, situés à quatre milles en amont ; Odo, l'habile pilote de l'*Oyapock*, l'élève et le compagnon du capitaine Carpentier dans ses voyages d'exploration, s'était chargé de nous y conduire. Ce sont des cascades pendant la saison sèche, mais les premières pluies les transforment en rapides qu'il est possible de remonter avec de bons pagayeurs. Notre pirogue, quoique armée par six vigoureux nègres, ne les a pas franchis sans difficulté ; par contre, la descente n'a duré que quelques minutes. L'embarcation était entraînée par le

courant avec la rapidité d'une flèche. Assis à l'arrière,
la main sur sa pagaie, notre pilote la dirigeait avec
tant de sang-froid, avec une telle sûreté de coup
d'œil au milieu des bouillonnements et des roches,
qu'oubliant le danger, nous étions tout entiers au
charme que nous faisait éprouver cette course verti-
gineuse.

Il était midi lorsque nous regagnâmes le pénitencier; l'*Oyapock*, déjà sous vapeur, n'attendait que
nous pour lever l'ancre, et un instant après nous
descendions la rivière, remmenant à vide le chaland
que nous avions amené la veille et dont on avait
débarqué le chargement dans la matinée. Dans le
but de faciliter le passage des tournants, ce chaland
était amarré par deux remorques à toucher l'arrière
du vapeur. On sait, en effet, que lorsqu'un bâtiment
en remorque un autre plus grand et surtout plus
lourd que lui, c'est à l'aide de ce dernier qu'il gou-
verne. Si dans un tournant on veut venir sur tribord,
par exemple, on lance le remorqué sur babord; il en-
traîne dans son mouvement l'arrière du remorqueur
dont l'avant abat alors en sens contraire. La manœuvre est d'autant mieux assurée que les deux bâtiments
sont reliés plus étroitement entre eux, ce qui peut
se faire sans inconvénient dans les eaux calmes;
dans ce cas on en augmente encore l'effet en lar-
guant une des amarres au moment de l'évolution.
Il fallait répéter souvent cette manœuvre dans la

Comté, surtout à la descente, et nous ne tardâmes
pas à en avoir le spectacle : après le passage des
deux roches Claudines, un peu au-dessous du pénitencier de Saint-Augustin, on rencontre un premier
tournant à angle droit; puis à deux ou trois longueurs de navire plus loin, il faut revenir encore à
angle droit du bord opposé pour enfiler le chenal,
large de cinq à six mètres à peine, qui sépare les
deux roches Dupoix. Dans les grandes eaux et avec
le jusant, la vitesse du courant atteint dix nœuds,
en ajoutant celle que doit conserver le navire pour
gouverner, c'est avec une vitesse de quinze à seize
nœuds que l'on est obligé de franchir alors ce dangereux passage. On comprend que dans de telles
conditions on ne soit jamais assuré de le franchir
heureusement, ni de ramener son bâtiment intact.
L'*Oyapock* dont la membrure est résistante, a pu
toucher sur ces roches sans en éprouver de graves
avaries, mais nos bâtiments avec leurs coques
légères n'y résisteraient certainement pas. Cette fois
nous descendions avec le flot et le passage était
relativement facile, ce qui nous permit de l'étudier
à loisir.

Ayant atteint l'entrée du Tour-de-l'Ile trop tard
pour nous y engager, le capitaine de l'*Oyapock* se
décida à mouiller dans le Mahury. Je n'oublierai
jamais cette soirée, les grands bois dont la lune
dans son plein éclairait les masses profondes, et le

Une nuit dans le Mahury.

silence imposant de ces vastes solitudes, que troublait seul le murmure du courant glissant le long du navire. Vers onze heures, une pirogue conduite par cinq nègres passa près de nous en longeant la rive et entra dans le canal; nous entendîmes longtemps le bruit cadencé des pagaies et le chant des rameurs. Ils s'affaiblirent peu à peu, puis le silence se rétablit. Nous restâmes fort tard sur le pont, ne pouvant nous lasser d'admirer ce spectacle.

Le lendemain matin, à neuf heures, nous étions de retour à Cayenne, et l'*Oyapock,* nous laissant désormais le soin d'assurer le service de la Comté, entra immédiatement en réparations. Le *Surveillant* fit le premier voyage, qui lui revenait de droit par l'ancienneté de son capitaine, et le 1er novembre, à sept heures du matin, je partis à mon tour, portant bon nombre de passagers, parmi lesquels se trouvaient plusieurs officiers, et remorquant deux chalands chargés de vivres et de matériaux de construction. L'*Économe* se trouvait là sur son véritable élément, accomplissant le travail en vue duquel il avait été construit, aussi sa supériorité se manifesta-t-elle d'une manière indiscutable par la facilité avec laquelle il refoula le courant. Les pales de ses grandes roues donnant à la traction un solide point d'appui, le recul se trouvait notablement diminué, et la puissance de la machine presque entièrement utilisée. Je pus apprécier également les avantages de son faible tirant d'eau; il avait seulement un peu trop de longueur pour certains tournants; malgré cet inconvénient, la traversée s'accomplit heureusement et avec une rapidité à laquelle mes passagers n'étaient pas habitués. Il en fut de même au retour: parti à onze heures de Sainte-Marie, je mouillais à sept heures du soir à Cayenne.

Le *Caméléon* avait appareillé le 30 octobre, ayant à son bord l'amiral Bonard qui officiellement s'en allait en congé de convalescence, mais dont la santé était trop profondément atteinte pour qu'il pût songer à revenir dans la colonie. Le colonel Masset prit immédiatement la direction des services, et peu de temps après, le directeur des pénitenciers, M. de la Richerie, promu au grade de capitaine de frégate et nommé chef d'état-major général, m'attacha à son bureau pour centraliser les affaires de la division navale. C'était pour moi l'occasion de remplir par une occupation intéressante les trop longs repos que devait me laisser la navigation, et d'échapper ainsi à l'ennui qu'engendre trop souvent l'inaction dans les stations lointaines. J'acceptai donc avec empressement ces nouvelles fonctions, que je conservai jusqu'au jour où il me fallut quitter la station.

J'ai fait sept voyages dans la Comté avec l'*Écomome*; au troisième, j'y ai conduit le gouverneur, le

médecin en chef et plusieurs hauts fonctionnaires de
la colonie, désireux de se rendre compte par eux-
mêmes de l'état sanitaire des pénitenciers, qui, pendant le mois de novembre, avait beaucoup empiré;
les fièvres s'étaient manifestées avec plus d'intensité,
et plusieurs hommes avaient été enlevés en quelques
heures par des accès pernicieux. Peu de jours après
ce voyage, je ressentis moi-même les premières at-
teintes de la fièvre; ce furent d'abord des malaises revenant presque tous les jours à heure fixe, puis les accès
ne tardèrent pas à se caractériser. L'équipage subis-
sait la même influence; la nuit passée au mouillage,
au pied du plateau de Sainte-Marie, était mortelle,
on se réveillait le matin, enveloppé dans un nuage
d'une brume épaisse et froide qui ne se dissipait
que vers huit ou neuf heures. Cette brume ne dé-
passant pas le haut du plateau, j'avais essayé de soustraire mes hommes à son action en les faisant coucher
au pénitencier, en même temps que je leur faisais
prendre des toniques à haute dose. Tous ces soins
furent impuissants à arrêter les progrès du mal; je dus
faire entrer plusieurs matelots à l'hôpital et renvoyer
en France, avant la fin de l'année, le maître mécanicien
et le commis aux vivres qui étaient à bout de forces.

La situation s'aggravait aussi à Sainte-Marie. A
mon dernier voyage, qui eut lieu le 3 janvier, j'en
fus profondément attristé; en deux mois et demi
l'aspect du pénitencier s'était complètement modifié.

Le mouvement, l'activité que j'y avais constatés le 21 octobre avaient disparu ; la plupart des chantiers étaient déserts ou occupés par des hommes à à la figure amaigrie et blême, aux yeux éteints, ressemblant à des ombres. Ceux qui manquaient aux chantiers étaient dans les infirmeries ou avaient été enlevés par la maladie. J'avais remorqué cette fois un chaland rempli de quarts de farine ; on dut rassembler, pour en achever le soir même le déchargement, tout le personnel valide de l'établissement : c'était pitié de voir ces malheureux s'appuyant sur des bâtons, obligés de se réunir à trois pour rouler un de ces petits barils le long de la rampe qui conduisait au plateau. Les transportés désormais attachés à ce sol empoisonné, se voyaient impitoyablement voués à une mort plus ou moins lente, mais inévitable ; chaque jour ils portaient en terre un ou plusieurs de leurs camarades, en attendant que leur tour arrivât. Les forçats n'étaient pas d'ailleurs les seuls victimes ; les surveillants qui les gardaient, les fonctionnaires, les agents qui les dirigeaient, subissaient le même sort. Un sergent de la garnison du pénitencier que je ramenais un jour à Cayenne, tomba tout à coup sur le pont, en proie à une sorte d'attaque épileptique. « Il est perdu, me dit le pilote, c'est un accès pernicieux ; une fois que la maladie prend cette forme, on n'en a pas pour longtemps. »

Il résulte des statistiques officielles qu'en 1855, la mortalité s'éleva dans le pénitencier de la Comté à 18 p. 100 de l'effectif, alors qu'elle n'était que de 8 p. 100 pour l'ensemble de la transportation. Elle atteignit 28 p. 100 l'année suivante et 32 et

La grande rue à Cayenne.

demi p. 100 en 1859, c'est-à-dire le tiers du personnel. Ce fut seulement alors que l'on renonça à cette cruelle expérience, après l'avoir prolongée pendant cinq années. Aujourd'hui il ne reste plus des pénitenciers de la Comté que des cimetières.

Au commencement de janvier, je me disposais à partir pour Sainte-Marie, lorsque le capitaine de l'*Oyapock* se présenta chez moi avec l'ordre de M. de la Richerie de prendre le commandement de l'*Économe* pour ce voyage. J'essayai vainement de persuader au chef d'état-major que j'étais encore en état de conduire mon navire, il fallut me soumettre, et deux jours après j'entrai à l'hôpital. Sur ces entrefaites le débarquement d'un convoi de condamnés, amené de France par la frégate *l'Érigone*, ranima pour la seconde fois l'épidémie de fièvre jaune dont on n'entendait plus parler depuis quelque temps. L'effet fut immédiat, et les cas foudroyants se multiplièrent. Bien qu'étant à l'hôpital, j'avais continué mon service à l'état-major; un jour, sortant à midi de l'hôtel du gouvernement, je remis au planton de service une lettre à porter en ville. De retour à l'hôpital à trois heures, j'appris que ce pauvre homme, frappé par la maladie, y avait été apporté à une heure et qu'il venait d'expirer. Les capitaines des trois goëlettes parties de Rochefort peu de temps avant moi, succombèrent l'un après l'autre dans l'ordre de leur arrivée à Cayenne. Je rencontrai le dernier quelques jours après la mort de son second camarade. « C'est mon tour cette fois, me dit-il, en hochant tristement la tête. » Son pressentiment ne tarda pas à se réaliser. Il restait encore les derniers venus de France, les capitaines du *Surveillant* et de l'*Économe*, arrivés le

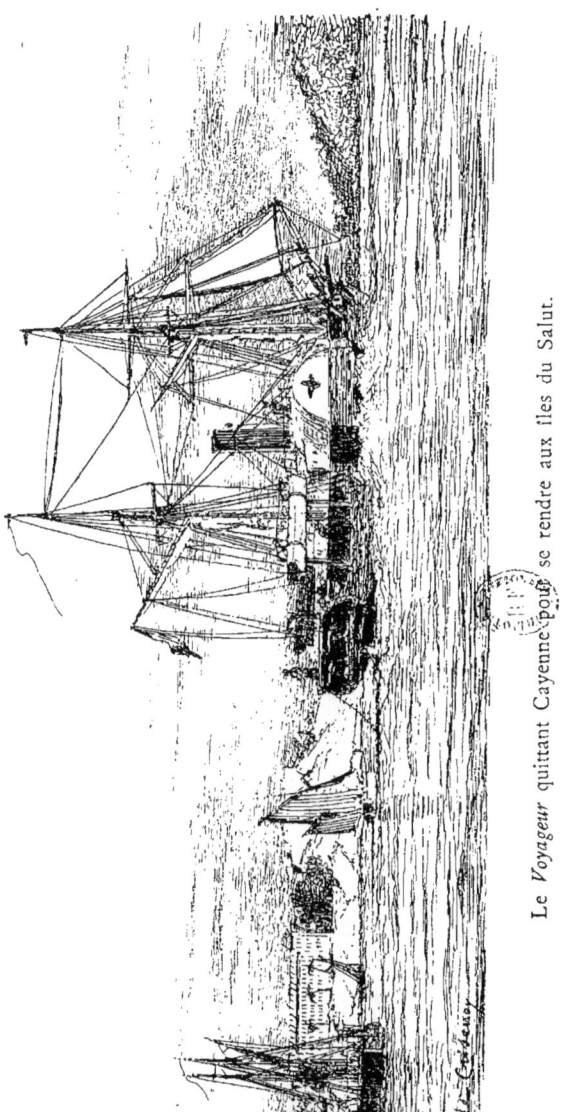

Le *Voyageur* quittant Cayenne pour se rendre aux îles du Salut.

21

même jour, à la même heure; était-ce au plus ancien ou au plus jeune à marcher le premier? Pendant quelque temps on put croire que le suprême régulateur de toutes choses avait désigné le plus jeune; il n'en était rien cependant, puisqu'en définitive les deux capitaines furent laissés sur terre.

Le médecin en chef s'était décidé, au retour de l'épidémie, à éloigner de l'hôpital tous les malades en état de sortir; j'avais été excepté de cette mesure, dans la pensée que l'état d'affaiblissement et d'anémie où j'étais réduit, me mettrait à l'abri de la fièvre jaune. Elle m'atteignit quand même, mais sa force en fut très atténuée, de sorte qu'après être resté quelques jours entre la vie et la mort, je me retrouvai sur pied. J'entrais à peine en convalescence que les fièvres me reprirent plus opiniâtres que jamais, il n'y avait plus dès lors à attendre de moi aucun service utile dans la colonie, et le conseil de santé décida que je devais la quitter dans le plus bref délai. Un enseigne de vaisseau qui venait d'arriver à la station, ayant été désigné pour me remplacer provisoirement dans mon commandement, j'allai à bord lui en faire la remise et dire adieu à mon cher bâtiment. Ce fut par le fait un adieu définitif, car il me fallut des mois, je pourrais dire des années, pour me rétablir complètement, et je ne retournai pas à Cayenne. Mon lieutenant Quest, un contre-maître mécanicien et le matelot Poilpot, atteints comme moi, partirent en même temps pour rentrer en France.

Le 12 février, je m'embarquais sur l'aviso *le Voyageur,* qui me conduisit à bord de la *Fortune,* mouillée aux îles du Salut, et le lendemain je mettais à la voile pour la Martinique.

Quant à l'*Économe,* il est toujours resté à Cayenne, où il a fourni une longue et laborieuse carrière, car c'est seulement vingt années après, en 1875, qu'il a disparu des listes de la flotte.

TABLE DES MATIÈRES

Chapitre I. — *Le vaisseau* l'Ulm.

Pages.

L'odeur de la poudre. — L'organisation d'un équipage de vaisseau. — Les colères d'un avocat. — Les clairons et les fifres du commandant Labrousse. — En rade de l'île d'Aix. — Ce qui se passa le 21 avril 1855. — L'embarras du choix. — Où l'on voit le *Boyard* se diriger tristement vers Fouras 1

Chapitre II. — *L'armement.*

L'*Économe* entre en scène. — Un ministre sous la Commune. — Les lanternes des habitants de Falaise. — Un baromètre qui n'a pas de chance. — Je pends la crémaillère. — Les navires russes n'ont qu'à bien se tenir. — La poule et ses poussins. — Grandeur et décadence d'une soupape 27

Chapitre III. — *La première étape.*

En mer. — Souvenirs d'enfance. — Premières épreuves. — Un bain forcé. — Où l'*Isly* et le *Mogador* se font des politesses. — Comment on fait tomber le croissant. — Le rat à trompe. — Déception 63

Chapitre IV. — *La station du Tage.*

Le *Newton* dans les eaux du Tage. — Comment les Anglais exercent leurs capitaines. — Nous ne sommes pas embarrassés de nos parts de prises. — A bon chat bon rat. — Fausse joie d'une garnison

Pages.

portugaise. — Les monopoles du sultan Abd-er-Rhaman. — Deux portraits traînés en triomphe dans une voiture. — Le revers de la médaille. 95

Chapitre V. — La station du Tage (suite). L'expédition du Riff. — La reine Christine à bord du Newton.

Comment il n'y avait aucun motif de faire l'expédition du Riff. — Un fort espagnol bloqué par les Kabyles. — Le combat. — Où l'on reconnaît l'utilité d'appartenir à la confrérie universelle des pêcheurs à la ligne. — Le marabout des Beni-Saïd. — Le traité de paix. — La reine Christine et l'ordre du porte-crayon. — Deux fonctionnaires fort ennuyés 119

Chapitre VI. — De Lisbonne à Ténériffe.

A la voile. — Passe-temps d'un lieutenant pendant le quart du jour. — Méditation. — Encore de nouveaux soucis. — Le pavillon jaune. — Une relâche à Sainte-Hélène. — Opinions diverses des officiers de la flottille sur le rôle de la femme dans la société. — Comment on parvient à tuer le temps 161

Chapitre VII. — De Ténériffe à Gorée.

Les vents alizés. — Les menaces du père Tropique. — Trombes et tournades. — Les gris-gris du grand chef de la cavalerie de Dakar. — Une tempête dans un verre d'eau. — La matelote des adieux. — A la ration d'eau. — *A-Dieu-vat* 193

Chapitre VIII. — A travers l'Atlantique.

M. le vent et Mme la pluie. — La lancette du chirurgien-major de l'*Econome*. — Emploi du temps. — Gâteau de riz à l'eau. — La théorie des vents. — Un banc de quart dans une baignoire. — Le concert interrompu. 223

Chapitre IX. — La traversée de la Belle-Poule.

Le quart de minuit à quatre heures. — Un salon de Paris au milieu de l'Atlantique. — Treize nœuds vent arrière. — Entre Dôle et Salins. — La colère du grand Manitou. — Au mouillage de Simon's-Bay. — Mlles Clootz. — Bal à bord. — Quatorze millions de milliards de lieues en vingt-quatre heures. 243

Chapitre X. — L'arrivée au port.

Pages.

L'atterrissage. — La famille des îlets. — Au mouillage de Cayenne.
— Où tout le monde s'endort 287

Chapitre XI. — Cayenne.

Situation de la colonie en 1855. — Première visite aux pénitenciers. — L'île de Cayenne et la rivière du Tour-de-l'Ile. — Les
tournants de la Comté. — Pourquoi il est plus agréable de s'y
promener sur le navire d'un camarade que sur le sien. — Une
nuit dans le Mahury. — Voyages à Sainte-Marie. — A qui le
tour? — Où le capitaine fait ses adieux à l'*Économe* et s'embarque
pour la Martinique 295

TABLE DES GRAVURES

Dessins.

	Pages.
L'aviso à vapeur *l'Économe* au mouillage.	1
Le vaisseau *l'Ulm* en armement à Rochefort	9
L'*Ulm* faisant ses essais au large	17
Le *Boyard* débordant de l'*Ulm*	33
L'*Économe* en expériences dans la rade de l'île d'Aix.	49
Le *Mogador* et l'*Isly* à l'entrée du port de Toulon.	81
L'*Économe* vent arrière sur les côtes du Portugal.	87
Le *Newton* et l'escadre anglaise dans le Tage.	97
Le canot du *Newton* abordant un brick français	105
Carte du pays des Riffains et du cap Tres-Forcas	129
Le combat du *Newton* contre les pirates du Riff.	137
Le *Caméléon* embarquant du charbon dans ses canots-tambours . .	168
Une trombe sur les côtes d'Afrique	201
L'île de Gorée	209
La flottille grand largue sous toutes voiles	233
La *Belle-Poule* fuyant vent arrière	257
La flottille arrivant à Cayenne	290
La rade de Cayenne du côté du fort et de la caserne.	305
Une nuit dans le Mahury	313
Le *Voyageur* quittant Cayenne pour se rendre aux îles du Salut . .	321

Vignettes dans le texte.

Pages.

L'*Ulm* par le travers 21
L'avant de l'*Économe* 28
Le youyou. 40
La panoplie 48
La chambre de l'*Économe* 52
La baleinière du *Caméléon* conduisant à bord les capitaines des
    avisos. 72
L'*Économe* sous l'avant du *Caméléon* 79
Le *Newton* au mouillage sur les côtes d'Espagne. 103
Le rocher de Gibraltar 124
Carabo des Riffains 142
Le crayon de la reine Christine. 156
Le *Chandernagor* en rade de Saint-Denis (île de la Réunion) . . . 181
Le canot chaviré 184
La *Belle-Poule* sous l'allure du plus près 249
Le rocher du Grand-Connétable près de Cayenne. 291
Le débarcadère de Cayenne 292
La corvette *la Caravane* aux îles du Salut. 297
Une pirogue dans le Tour-de-l'Ile 308
Une rue de Cayenne 312

Carte de la traversée de Rochefort à Cayenne et des rivières de la
    Guyane.

Nancy, imprimerie Berger-Levrault et Cⁱᵉ.

ENTRE DEUX CAMPAGNES. Notes d'un marin, par Th. AUBE, officier de marine. (Au Sénégal. En Océanie.) 1881. 1 vol. in-12, broché . . . . 3 fr.

SOUVENIRS DE MADAGASCAR, par le Dʳ H. LACAZE. Voyage à Madagascar, histoire, population, mœurs, institutions, avec une carte et une planche. 1881. Grand in-8º, broché. . . . . 4 fr.

LA MARTINIQUE, son présent et son avenir, par le contre-amiral AUBE, ancien gouverneur de la Martinique. 1882. Grand in-8º. 3 fr.

ÉTUDE SUR LA COLONIE DE LA MARTINIQUE. Topographie, météorologie, pathologie, anthropologie, démographie, par le Dʳ REY, médecin principal de la marine. 1881. Grand in-8º, broché. 3 fr.

CHINE ET JAPON. Notes politiques, commerciales, maritimes et militaires, par Alfred HOUETTE, enseigne de vaisseau. 1880. Grand in-8º, broché . . . . 3 fr.

L'ARCHIPEL DES ILES MARQUISES, par M. EYRIAUD DE VERGNES, lieutenant de vaisseau. 1877. In-8º broché. . . . . . . 2 fr. 50 c.

ÉTUDE SUR LA COLONIE DE LA GUADELOUPE (topographie médicale, climatologie, démographie), par le Dʳ REY, médecin principal de la marine. 1878. Grand in-8º, broché. . . . . 1 fr. 50 c.

RAPPORT SUR LA RECONNAISSANCE DU FLEUVE DE TONKIN, par DE KERGARADEC, lieutenant de vaisseau, consul de France à Hanoï. 1877. Grand in-8º. broché . . . . 2 fr.

HISTOIRE DE L'ACADÉMIE ROYALE DE MARINE, jusqu'à son affiliation avec l'Académie des sciences, par M. Alfred DONEAUD DU PLAN, professeur à l'École navale. 1879 à 1882. Six parties, grand in-8º, broché. . . . . 13 fr.

LES ÉTABLISSEMENTS SCIENTIFIQUES DE L'ANCIENNE MARINE : I. *Écoles d'hydrographie, ingénieurs de la marine au XVIIᵉ siècle*, par M. DIDIER-NEUVILLE, archiviste-paléographe. Grand in-8º. . 3 fr.

TABLEAU GÉNÉRAL DE L'HISTOIRE MARITIME CONTEMPORAINE, par Ch. CHABAUD-ARNAULT, capitaine de frégate. 1881. Grand in-8º, broché . . . . 4 fr.

DICTIONNAIRE DES MARINES ÉTRANGÈRES (cuirassés, croiseurs, avisos rapides), par P. DUPRÉ, lieutenant de vaisseau. 1882. Un vol. gr. in-8º, avec 155 figures . . . . 6 fr.

ÉLÉMENTS DE TACTIQUE NAVALE, par le vice-amiral PENHOAT. 1879. Un vol. grand in-8º, avec 29 figures, broché. . . . . 2 fr. 50 c.

NOTIONS D'HYDROGRAPHIE. Exposé des méthodes pratiques de levé et de construction employées en Nouvelle-Calédonie, par C. N. L. CHAMBEYRON, capitaine de frégate. 1881. In-8º, avec 4 tableaux, broché. . . . . 5 fr.

LES ARSENAUX DE LA MARINE. I. Organisation administrative, par M. GOUGEARD, ancien ministre de la marine. 1882. Grand in-8º, broché . . . . 3 fr. 50 c.

Le même, 2ᵉ partie. Organisation économique, industrielle et militaire. Grand in-8º, broché. . . . . 7 fr. 50 c.

Nancy, imp. Berger-Levrault et Cie.

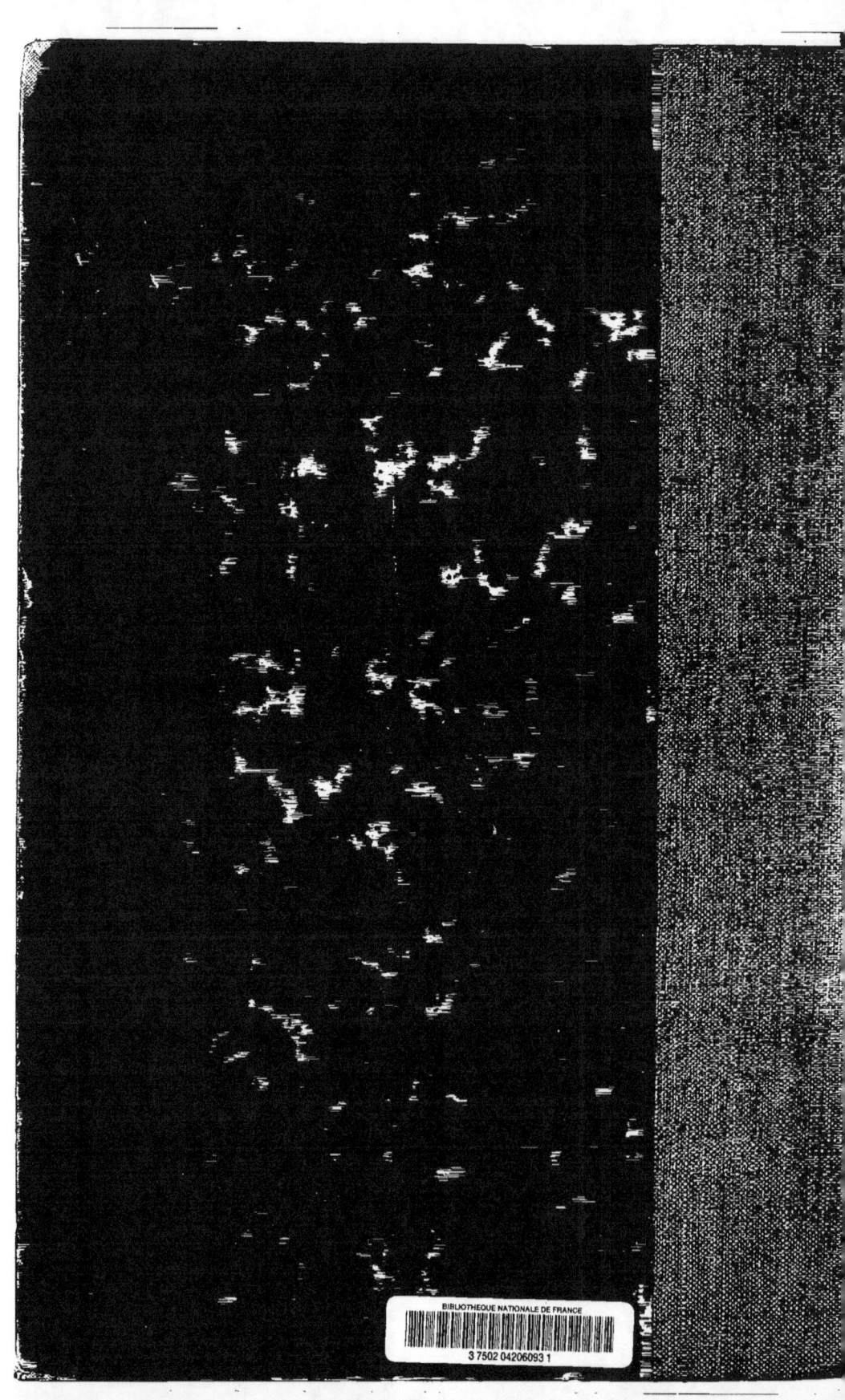

www.ingramcontent.com/pod-product-compliance
Lightning Source LLC
Chambersburg PA
CBHW051522050726
47503CB00014B/649